ARWYR

Arwyr

Daniel Davies

Argraffiad cyntaf: 2018
ⓗ testun: Daniel Davies 2018

Rhif Llyfr Safonol Rhyngwladol:
978-1-84527-658-4

Cyhoeddwyd gyda chymorth Cyngor Llyfrau Cymru

Cynllun y clawr: Sion Ilar

Cyhoeddwyd gan Wasg Carreg Gwalch,
12 Iard yr Orsaf, Llanrwst, Dyffryn Conwy, Cymru LL26 0EH.
Ffôn: 01492 642031
e-bost: llyfrau@carreg-gwalch.cymru
lle ar y we: www.carreg-gwalch.cymru

Argraffwyd a chyhoeddwyd yng Nghymru

I'm chwaer, Jennifer,
Jasper a Twm

Diolch i fy mam, Hannah Mary, a 'nghymar, Linda, am eu cefnogaeth a'u cariad.

Diolch hefyd i Linda ac Eiris am ddarllen y proflenni ac i Nia Roberts am ei hamynedd wrth olygu'r gyfrol hon.

Yn ogystal, diolch i Lyfrau Ystwyth am yr ogof Aladdin o drysorau llenyddol a'm helpodd yn fawr.

Yn olaf, diolch i fy ffrind Snwff, am fod yno bob cam o'r daith unwaith eto.

ARWYR

1. Aneirin, 600 O.C.:
Trysor y Gododdin

2. Hywel Dda, 929:
Cyfraith Angharad

3. Llywelyn ein Llyw Olaf, 1282:
Breuddwyd yw Bywyd

4. Dafydd ap Gwilym, 1341:
Cywilydd y Cywydd

5. William Morgan, 1587:
Gwartheg William Morgan

6. Merched Beca, 1839:
Cri'r Dylluan

7. Arwyr, 2028:
Wythnos yng Nghymru Rydd

Aneirin 600, O.C.
Trysor y Gododdin

I

XLIX

O nerth y cleddyf claer y'm hamug,
O garchar anwar daear y'm dug,
O gyfle angau o angar dud,
Cenau fab Llywarch, ddihafarch ddrud.

Tri chant chwe deg a thri o wŷr aeth i Gatraeth yn ffraeth eu llu, meddyliodd Aneirin, oedd wedi gwylio'r frwydr o fryn uwchben maes y gad y diwrnod truenus hwnnw.

Ac yn awr, ef yn unig oedd ar ôl i adrodd hanes cyflafan y Gododdin.

Gwyliodd aelodau o fyddin fuddugoliaethus yr Eingl yn claddu cyrff eu cyfoedion, a'u llusgo tuag at goelcerth i'w hamlosgi fin nos.

Gorweddai cyrff milwyr y Gododdin ger y rhyd lle bu'r ymlid a'r ymladd olaf. Swyddogaeth un o'r milwyr oedd torri'r pennau oddi ar y cyrff gyda'i gleddyf, i hwyluso'r gwaith o dynnu'r eurdorchau oddi ar yddfau'r meirw.

Ysbail fu aur erioed.

Sylwodd Aneirin fod milwyr yr Eingl yn ymgymryd â'u gwaith ag arddeliad. Cododd dau ohonynt gyrff pengoll y Brythoniaid a'u taflu'n flêr ar ben ei gilydd mewn pant islaw'r bryncyn. Hyrddiodd milwr arall bennau'r arwyr Brythonaidd blith draphlith i ganol y cyrff. Erbyn yr hwyrnos roedd gweddillion y Gododdin yn domen dawel.

Dechreuodd y brain ymgasglu wrth iddyn nhw arogli'r gwaed. Hedfanai'r fintai ddu yn yr wybren uwchben y fyddin gelain, yn aros i'r gatrawd oddi tanynt orffen eu llafur ac ymuno â'u llwyth i loddesta. Byddai'n amser bryd hynny i fyddin y brain hwythau wledda'n braf.

Nid oedd Aneirin wedi symud o'i wylfan ar y bryn ers i filwyr y Gododdin garlamu drwy'r niwl ar eu meirch y bore hwnnw – y niwl a broffwydodd y daroganwr, Sywno, y noson cynt. Y niwl fyddai'n cuddio'r marchoglu wrth iddynt ymosod dro ar ôl tro ar filwyr traed yr Eingl. Y niwl fyddai'n sicrhau buddugoliaeth i'r Brythoniaid. Y niwl nad oedd yn ddim mwy na tharth y bore.

Diflannodd gobeithion y Gododdin gyda'r tarth wrth i'r haul godi y bore oer, hydrefol hwnnw. Gwthiwyd milwyr y gogledd yn ôl at y rhyd a daeth y lladdfa fawr pan oedd yr haul ar ei anterth.

Bu i Aneirin syllu ar Sywno'r daroganwr yn sefyll ar y bryn gyferbyn, yn erfyn ar ei dduwiau i ailosod y mur o niwl. Gwaeddodd nerth esgyrn ei ben a syrthio ar ei bengliniau, gan estyn ei freichiau i ymbil. Ond ofer fu ei ymdrech daer. Gwyddai Aneirin nad oedd neb yn gwrando. Ni ddeuai'r un duw yn agos at yr uffern hon ar y ddaear.

Diflannodd Sywno oddi ar y bryn yn fuan wedi i'w fab, Cydywal, arwain rhyfelwyr Gwynedd ar eu meirch i ganol y frwydr. Ni fu'n hir cyn i hwnnw ddisgyn oddi ar ei geffyl wedi i un o'r Eingl wthio'i waywffon drwy ei asennau.

Daeth y diwedd yn gyflym ar ôl ymosodiad olaf y marchoglu. Roedd Aneirin am gau ei lygaid wrth i un cyfaill ar ôl y llall ddisgyn wrth draed milwyr yr Eingl, ond bu'n rhaid iddo wylio'r cwbl. Ei swyddogaeth ef oedd goroesi a chyfansoddi arwrgerdd am y frwydr. Marwnad fyddai honno bellach, meddyliodd.

Ac yna, tawelwch. Tawelwch llwyr am ennyd, cyn i'r gwynt ddechrau sisial i gyfeiliant crawcian y brain a bwrlwm afon Swale. Parhau i sefyll yn heriol ar y bryn wnaeth Aneirin wrth i'r brain ysglyfaethus ddisgyn ar y cyrff. Gwyddai y gallai'r Eingl ei weld, ond ni ddaeth neb tuag ato. Gwyddent mai ef oedd y bardd fyddai'n gorfod dychwelyd i Ddin Eidin i adrodd hanes y frwydr a buddugoliaeth yr Eingl.

Lledodd blinder drosto wrth iddi ddechrau nosi. Gwyliodd y goelcerth yn cael ei chynnau i losgi cyrff yr Eingl a fu farw.

Hunodd y noson honno i leisiau aflafar y gorfoleddu, gydag arogl marwolaeth yn ei ffroenau.

* * *

Dihunodd Aneirin drannoeth a gweld bod yr Eingl wedi codi eu pebyll a gadael Catraeth. Dim ond y brain oedd ar ôl erbyn hyn.

Dechreuodd deimlo i'r byw y galar a'r ing o golli cyfeillion mor arbennig.

Roedd Aneirin wedi'i fagu'n Gristion. Yn wir, bu ei frawd hŷn, Deinioel, yn esgob ym Mangor cyn iddo farw rhyw ddeng mlynedd ynghynt. Bu farw eu mam, Dwywai, yn fuan wedyn, a bu'n galaru'n hir ar ei hôl. Ond nid oedd y galar hwnnw, hyd yn oed, yn cymharu â'r galar a deimlai nawr.

Syllodd ar y domen o gelanedd. Y cyrff a orweddai yno oedd y dynion dewraf a adnabu erioed. Treuliodd flwyddyn yn eu cwmni fel rhan o osgordd Mynyddog Mwynfawr, yn paratoi am yr ymosodiad i amddiffyn y genedl roedd yn perthyn iddi.

Cerddodd yn araf i lawr y bryn, gan nesáu at y cyrff. Erbyn hyn roedd cleber croch y brain bron â'i fyddaru. Roedd eisoes wedi penderfynu na fyddai'n dychwelyd i Ddin Eidin i adrodd hanes trist dynion y Gogledd. Pa raid iddo adrodd yr hanes o gwbl? Roedd pawb wedi marw. Pa ots am hanes? Yr unig rai i elwa o'r stori fyddai'r Eingl. Taw piau hi.

Os nad oes un yn goroesi, aiff yr hanes yn angof. Claddaf hanes Catraeth yn fy nghof, meddyliodd Aneirin, gan wneud penderfyniad olaf ei fywyd.

Erbyn hyn roedd wedi cyrraedd y bryncyn uwchben y pant oedd yn llawn o gyrff y Gododdin. Gwelwodd Aneirin o weld Llif, mab Cain o'r Bannawg, yn syllu arno drwy dyllau lle bu ei lygaid . . . llygaid a welodd brin bymtheg haf. 'Greddf gŵr, oed gwas,' sibrydodd. Trodd ac adnabod wyneb Cydywal, mab Sywno'r daroganwr ac arweinydd catrawd Gwynedd. Erbyn hyn, dim ond hanner ei wyneb oedd ar ôl, ac roedd dwy frân yn dadlau dros ei gnawd.

Trodd eto ac adnabod Caradawg, Madawg, Pwyll ac Ieuan – nid o weld eu hwynebau, am nad oedd y rheiny'n rhan o'u cyrff bellach, ond yn hytrach o weld eu hosgo. Roedd y pedwar yn gorwedd fel y gwelodd Aneirin hwy'n cysgu ar y llawr gyda'i gilydd yn dilyn noson fawr o loddesta yn llys Mynyddog Mwynfawr yr haf cynt. Ni fyddent yn dioddef o effaith y medd heddiw, meddyliodd, gan chwifio'i freichiau o'i amgylch i geisio cadw'r brain digywilydd draw o gyrff y meirw.

Ochenaid. Un fer. Un sy'n dilyn penderfyniad mawr.

Yn araf, camodd Aneirin i mewn i'r pydew dynol, gan wthio'i hun rhwng cyrff Caradawg a Madawg i freichiau anferth yr hwn a dybiai oedd Gwawrddur, oedd yn hongian yn llipa o'i flaen. Roedd y breichiau fel petaent yn ei groesawu i'r uffern honno roedd ei frawd Deinioel bob amser yn sôn amdano. Teimlai ryddhad yn gymysg â'r arswyd. Yma y byddai'n gorwedd gyda'i gymheiriaid am byth bellach. Dim ond iddo blymio'n ddigon dwfn i ganol y cyrff, byddai'r cof am gyflafan y Gododdin yn marw gyda'i anadl olaf.

Wrth iddo blymio'n is dechreuodd pwysau'r cyrff ei fygu. Caeodd ei lygaid a theimlo cwsg yn lledu drosto. Roedd oes y Brythoniaid ar ben. Y Saeson oedd biau Prydain bellach.

Yn sydyn, teimlodd fraich yn gafael ynddo o dan ei gesail dde a llais yn gweiddi.

'Sywno! Cymer ei fraich arall!'

Teimlodd fraich o dan ei gesail chwith, cyn iddo gael ei lusgo'n ddiseremoni o ganol y pydew o gyrff.

Agorodd ei lygaid yn araf. O'i flaen roedd dyn ifanc mewn arfwisg haearn yn chwifio'i gleddyf mewn ymgais i wasgaru'r brain. Adnabu'r llanc ifanc eurdorchog ar unwaith: Cenau fab Llywarch. Yn ei ymyl safai Sywno'r daroganwr, yn syllu heibio i Aneirin ar y pentwr o gyrff.

Trodd Aneirin a gweld bod Sywno'n syllu ar yr hyn oedd ar ôl o'i fab, Cydywal. Ond ni ddywedodd air, dim ond troi ei ben a helpu Aneirin i godi ar ei draed.

'Dewch. Mae gen i waith i'w wneud,' meddai, gan arwain

Aneirin a Cenau dros y rhyd lle daeth y frwydr i ben, ac i mewn i goedlan fach. Yno, ar garreg uwchben yr afon, gorweddai un o dri arweinydd y lluoedd a deithiodd i Gatraeth, sef Cynon fab Clydno. Cododd hwnnw ar ei eistedd a gwingo pan welodd Aneirin, Cenau a Sywno'n agosáu. Roedd ei wisg frithwe'n waed i gyd, a'i fraich chwith yn hongian yn llipa wrth ei ochr.

Plygodd Sywno ac archwilio'r archoll ddofn ar ysgwydd Cynon. Yna, ymbalfalodd yn y pwrs ar ei wregys a thynnu perlysiau allan ohono. Tynnodd gyllell fach o lawes ei fantell a'i defnyddio i dorri'r planhigion yn fân a'u gosod yn dyner ar y clwyf.

'Mae'r gwaedu wedi peidio. Bydd y perlysieuyn hwn yn helpu i wella'r clwyf. Mae angen ichi orffwys, Cynon,' meddai.

O'r holl rai a wisgai eurdorchau a aeth i Gatraeth, doedd yr un wedi brwydro'n ddewrach na Chynon, meddyliodd Aneirin gan syllu ar y cadfridog barfog. Roedd hwnnw, mae'n amlwg, wedi gweld yr hyn a ddigwyddodd, a syllodd ar y bardd gan fynnu esboniad heb ddweud gair.

'Meddyliais fod pawb wedi marw. Doedd gen i ddim nerth i ddychwelyd ar fy mhen fy hun,' eglurodd Aneirin.

Amneidiodd Cynon â'i ben wrth i Sywno barhau i daenu'r perlysieuyn ar draws yr archoll ar ei fraich.

'Ond allen ni ddim gadael i Drysorydd y Gododdin bydru yn y pydew,' meddai Cynon, gan hanner gwenu a hanner gwingo wrth i Sywno ddal ati i drin y clwyf.

'Trysorydd y Gododdin?' gofynnodd Aneirin.

'Ti, Aneirin, yw Trysorydd y Gododdin. Dy waith di yw dychwelyd i Ddin Eidin ac adrodd am wroldeb y Gododdin, gan ledaenu'r neges ei bod yn golled odidog. Dyw'r frwydr ddim ar ben, Aneirin,' ychwanegodd Cynon gan godi ar ei eistedd. 'Ein gwaith ni yn awr yw dy warchod di nes inni gyrraedd Llys Mynyddog Mwynfawr,' eglurodd, gan wingo eto wrth i Sywno rwymo'i fraich â darn o frethyn. Gwthiodd Sywno o'r neilltu a chodi ar ei draed.

'Byddwch yn ofalus, Cynon fab Clydno, meddai Sywno. 'Mae angen amser ar y clwyf i wella, ac fe ddylech orffwys.'

'Wfft,' meddai Cynon, gan ddechrau cerdded yn simsan tuag at y rhyd. 'I'r gogledd!'

'Ond Cynon fab Clydno, mae'n rhaid ichi wrando arna i ...'

Yn ddaroganwr y llu, roedd Sywno wedi'i drwytho yn nysgeidiaeth y derwyddon. Erbyn hyn roedd seintiau Cristnogaeth yn bygwth dylanwad y daroganwyr ac yn ceisio disodli'r hen dduwiau Celtaidd. I Sywno, roedd grym ei berlysiau'n gryfach nag unrhyw ffydd Gristnogol. Ef, ac ef yn unig, a allai wella Cynon.

Trodd Cynon yn ei unfan.

'Gwrando arnat ti? Beth ddigwyddodd i'r fuddugoliaeth ysblennydd wnest ti ei darogan, Sywno? Beth ddigwyddodd i'r niwl a broffwydaist ti? Rwyt ti'n ffodus nad ydw i'n dy daflu di i'r pydew gyda dy fab. Gobeithio bod dy ddoniau meddygol di'n well na dy ddawn proffwydo,' meddai'n watwarus gan edrych dros ysgwydd Sywno.

'Cenau! Dere 'mla'n. I'r gogledd.'

Eisteddai Cenau fab Llywarch â'i gefn yn erbyn boncyff coeden. Edrychai'n syth o'i flaen heb ymateb. Cerddodd Aneirin draw ato ac estyn ei fraich i helpu'r milwr ifanc oedd wedi achub ei fywyd i godi ar ei draed. Cododd Cenau ac edrych i fyw llygaid Aneirin. Gwelodd y bardd fod llygaid y milwr ifanc yr un mor llonydd â'i gyfoedion a orweddai ganllath i ffwrdd.

II

XXXVII

Ni wnaethpwyd neuadd mor ddianaf lew;
Mor hael, baran llew, llwybr fwyaf
A Chynon, lary fron, adon decaf,
Dinas i ddias ar lled eithaf,
Dor angor byddin, bud eiliasaf,
O'r sawl a welais ym myd
Yn ymddwyn arf gryd wryd wriaf.

Ymlwybrodd Cynon, Cenau, Sywno ac Aneirin yn araf tua'r gogledd y bore hwnnw, gan ddilyn ôl traed byddin yr Eingl ac olion carnau'r meirch roedd y Lloegrwys wedi'u cymryd fel rhan o ysbail y fuddugoliaeth. Llwyddodd y pedwar i groesi afon Swale yn fuan ar ôl i'r haul gyrraedd ei anterth. Rhyw bum milltir wedi hynny, fe gyrhaeddon nhw fforch yn yr hen ffordd.

'Mae ganddon ni ddewis: dychwelyd i'r Gododdin ar hyd yr un ffordd ag y daethom i Gatraeth, drwy Gaer Weir, ac arfordir y dwyrain; neu ddilyn y ffordd i'r Gorllewin,' meddai Cynon.

'Does bosib mai dilyn yr un llwybr fyddai orau. Arfordir y dwyrain amdani?' awgrymodd Aneirin.

'Ond mae'r Eingl yn teithio ar hyd y ffordd honno,' meddai Sywno.

'Rwyt ti'n iawn, am unwaith, Sywno,' meddai Cynon. 'Mi fydd hi'n fwy diogel inni deithio i'r gorllewin a chael lloches yn un o'n tiroedd ni, tiriogaeth Rheged,' ychwanegodd.

'Ac rwy'n gweld coedwig yn y pellter,' meddai Sywno, gan edrych tua'r gorllewin. 'Bydd yn rhaid imi gasglu mwy o berlysiau i wella eich clwyf, Cynon,' ychwanegodd, gan edrych ar y cadfridog, oedd wedi gwelwi'n arw erbyn hyn.

'Beth yw dy farn di, Cenau fab Llywarch?' gofynnodd Cynon yn fyr ei wynt.

Amneidiodd hwnnw â'i ben heb yngan gair, felly dechreuwyd ar y daith ar hyd yr hen ffordd Geltaidd tua'r gorllewin.

'Fe ddylen ni gyrraedd Rheged ymhen chwe neu saith diwrnod,' meddai Cynon.

Ni ddywedodd Aneirin air, ond teimlai ym mêr ei esgyrn na fyddai'r cadfridog yn cyrraedd Rheged.

Llwyddodd Sywno i gasglu mwy o berlysiau i drin clwyf Cynon y prynhawn hwnnw. Yna, gosododd y pedwar eu pebyll mewn dyffryn ger tarddiad afon Swale, lle llwyddodd Cenau i ddal hanner dwsin o frithyll ar gyfer eu swper.

Dechreuodd Cynon beswch yn fuan wedi iddynt ddechrau

cerdded ar hyd gwastadedd a dyffrynnoedd gogledd-orllewin y wlad drannoeth, a gwaethygodd y peswch hwnnw drwy gydol y dydd.

Cerddai Aneirin ychydig ar wahân i'r gweddill y diwrnod hwnnw. Rhoddodd y tri arall lonydd iddo gael cyfle i feddwl a chyfansoddi cerdd am y Gododdin. Ond bob tro y ceisiai Aneirin gofio'r gwrol ryfelwyr, yr unig beth a ddeuai i'r cof oedd eu hwynebau a'u cyrff drylliedig yn domen ar ben ei gilydd yng Nghatraeth. Felly penderfynodd beidio â disgrifio pryd a gwedd yr arwyr ond yn hytrach eu priodoleddau. Cofiodd Aneirin ei falchder pan gafodd o, yn hytrach na Thaliesin, ei ddewis yn fardd i deithio o Gymru i ymuno ag arwyr y gogledd flwyddyn ynghynt, yng nghwmni dynion Gwynedd a'r Deheubarth. Cyfarfu â'r gweddill, detholwyr pob doethwlad, meibion brenhinoedd a boneddigion o bob parth oedd yn perthyn i genedl y Brythoniaid. Gan ei fod yn rhan o osgordd Arglwydd Eidin, Mynyddog Mwynfawr, bu'n rhaid iddynt dalu medd iddo. Addawodd pob un o'r tri chan chwe deg a thri ddilyn Arglwydd y Gododdin hyd farwolaeth, a pharhaodd y wledd am flwyddyn yng Nghaer Eidin.

Ac yna, y daith hir i Gatraeth.

Ac yn awr, hirdaith i Reged.

Erbyn canol y prynhawn roedd Cynon wedi arafu'n arw, a llwyddodd Sywno i ddarbwyllo'r cadfridog y dylent roi'r gorau i'r teithio'n gynnar y diwrnod hwnnw. Aeth Cenau, Sywno ac Aneirin i gasglu coed o goedlan gyfagos cyn cynnau coelcerth fechan, a choginio gweddill y brithyll arni. Wrth iddynt eistedd o amgylch y tân, sylwodd Aneirin fod Cynon erbyn hyn yn sâl iawn. Nid oedd triniaeth Sywno wedi gweithio, yn amlwg.

'Rwyt ti wedi bod yn dawel iawn, heddiw, Aneirin,' meddai Cynon yn floesg, gan glosio at fflamau'r tân i geisio twymo'i esgyrn.

'Peidiwch â siarad, Cynon fab Clydno. Mae'n rhaid ichi orffwys,' erfyniodd Sywno arno, cyn gosod mwy o'r eli perlysiol yn y clwyf. Anwybyddodd Cynon ef a throi at Aneirin.

'Gad imi glywed dy gerdd, Aneirin,' sibrydodd yn gryg.

'Dwi ddim wedi'i chwblhau hi eto, Cynon fab Clydno,' atebodd Aneirin. Roedd llygaid y cadfridog yn felynwyn erbyn hyn ac roedd hi'n amlwg fod gwenwyn y clwyf wedi lledu drwy ei gorff.

'Cana imi, Aneirin,' gwaeddodd, gan geisio codi, ond yn ofer. 'Cana imi nawr. '

Oedodd Aneirin am eiliad.

'Gwrandewch ar eich Cadfridog, Aneirin,' sibrydodd Sywno'n chwyrn. 'Eich swyddogaeth chi yw adrodd am wroldeb rhyfelwyr Catraeth a sicrhau bod dewrder y fintai'n parhau yng nghof y genedl am byth.'

Roedd Aneirin wedi penderfynu canu cerdd a fyddai'n adrodd y gwir am y Gododdin. Ond o weld cyflwr truenus Cynon, penderfynodd y dylai'r cadfridog dewr glywed yr hyn yr oedd am ei glywed. Felly dechreuodd ganu.

> Gwŷr o Gatraeth oedd ffraeth eu llu;
> Glasfedd eu hancwyn, a gwenwyn fu
> Trichant trwy beiriant yn catäu –
> A gwedi elwch tawelwch fu

Parhaodd i adrodd y gerdd gyfan, gan glodfori'r rhai a gwympodd, a'u dewrder yn aberthu eu bywydau i amddiffyn llwyth y Gododdin.

Sylwodd Aneirin fod Cynon wedi cau ei lygaid yn fuan wedi iddo ddechrau canu, a'i fod yn gwenu. Wedi i'r gerdd ddod i ben roedd llygaid Cynon yn dal ynghau, ac roedd yn dal i wenu.

'Mae e wedi'n gadael ni, ac ymuno â gweddill ein gwrol ryfelwyr,' meddai Sywno.

Dechreuodd Cenau wylo'n dawel wrth ochr Aneirin.

'Fe gladdwn ef yn y bore,' ychwanegodd Sywno. Cododd ar ei draed a thaflu dŵr dros y tân i'w ddiffodd, cyn mynd i'w babell i noswylio.

Cynhaliodd Sywno'r ddefod ffarwelio yn gynnar drannoeth,

ar ôl i Aneirin a Cenau dorri bedd dan goeden dderw, a gosod y cadfridog ynddo.

Dechreuodd y tri ar y daith i Reged yn fuan wedi hynny. Ond ar ôl iddynt gerdded ryw hanner milltir, dywedodd Aneirin:

'Rwyf wedi anghofio fy ffon gerdded. Ewch chi yn eich blaenau ac fe ddaliaf i fyny â chi.' Rhuthrodd yn ôl at fedd Cynon, codi dau frigyn o'r dderwen a'u clymu gyda'i gilydd â darn o frethyn. Rhoddodd y groes ar fedd Cynon a dechrau cerdded yn araf tua'r gorllewin gan feddwl am y gerdd roedd wir am ei chanu.

III

LXXXVIII
Pais Dinogad, fraith, fraith,
O grwyn balaod ban wraith.
Chwid, chwid, chwidogaith.
Gochanwn gochenyn wythgaith.
Pan elai dy dad di i hela ...

Ni ddywedodd Cenau fab Llywarch air yn ystod y daith chwe diwrnod i ardal Rheged. Bob nos mynnai Sywno fod Aneirin yn canu ei gerdd wrth y tân cyn clwydo, ac erbyn y chweched noson roedd y daroganwr bron yn cydyngan y geiriau gydag Aneirin o dan ei wynt. Ond ni ddywedodd Cenau air. Dim ond syllu'n hir i fflamau'r tân.

Ar fore'r seithfed diwrnod gadawodd y tri y gwastadedd a chyrraedd ardal fynyddig Rheged. Erbyn y prynhawn roeddent wedi dringo dros fynydd yr Ysgwyddau a chyrraedd rhaeadr Derwennydd.

Troediodd y tri'n ofalus dros y cerrig llithrig gerllaw'r rhaeadr, oedd yn pistyllu'n fyddarol dros y creigiau. Roedd Aneirin yn cerdded yn ofalus y tu ôl i'w ddau gydymaith, a'i lygaid wedi'u hoelio ar y ddaear, pan glywodd sgrech. Cododd ei ben a gweld fod Sywno wedi syrthio'n bendramwnwgl i'r dŵr. Ymhen chwinciad roedd Cenau wedi neidio i mewn i'r ffrydlif ar ei ôl. Nofiodd y llanc yn gyflym tuag at y daroganwr, oedd wedi'i fwrw'n anymwybodol ac wedi diflannu o dan y dŵr byrlymus. Diflannodd corff Cenau hefyd am eiliadau hir cyn i ben y milwr ifanc ailymddangos uwchben y dŵr. Dechreuodd nofio ag un fraich tua'r lan – roedd y fraich arall yn dal yn dynn yn Sywno. Llwyddodd Aneirin i helpu i dynu'r ddau allan o'r dŵr.

Daeth y daroganwr ato'i hun ymhen ychydig. Yn ffodus, nid oedd Sywno wedi'i anafu'n ddifrifol. Serch hynny, roedd wedi troi ei bigwrn, a bu'n rhaid i Aneirin a Cenau gymryd braich yr un i'w helpu wrth iddo hercian yn ei flaen.

'Daroganwr yn wir,' wfftiodd Aneirin. 'Wyddet ti ddim y byddai hynny'n digwydd.'

Gwgodd Sywno am ennyd, heb sylwi fod Cenau wedi gwenu am y tro cyntaf ers iddynt adael Catraeth.

Rhyw ganllath ymhellach yn eu blaenau gwelsant lyn anferth Derwennydd am y tro cyntaf. Ymestynnai'r llyn glas tywyll am filltiroedd. Cerddodd y tri tuag ato, a gweld clwstwr o dai cerrig o'u blaenau.

Pan oeddent gerllaw'r tŷ cyntaf, clywsant lais benywaidd yn canu. Wrth iddynt gyrraedd pen arall yr annedd gwelsant ferch yn sefyll â'i chefn atynt, yn canu hwiangerdd i faban oedd yn ei breichiau. Edrychai'r ferch allan tua'r llyn lle'r oedd nifer o ddynion yn pysgota mewn cyryglau. Yn ei hymyl safai plentyn tair neu bedair oed.

Safodd y tri yn eu hunfan a gwrando ar y ferch yn canu.

> Pais Dinogad sydd fraith, fraith,
> O groen y bela y mae'i waith.
> 'Chwid! Chwid!' Chwibanwaith.
> Gwaeddwn ni, gwaedden nhw – yr wyth caeth

Pan elai dy dad di i hela –
Gwaywffon ar ei ysgwydd, pastwn yn ei law –
Galwai ar gŵn tra chyflym
'Giff! Gaff! Dal, dal! Dwg, dwg!'

Yn sydyn daeth dau gi allan o'r tŷ a charlamu tuag atynt gan ysgyrnygu. Trodd y ferch a gweiddi 'Giff! Gaff! Na.' Ymhen amrantiad roedd Giff a Gaff wedi eistedd un bob ochr i'r ferch a'i phlant.

Cyflwynodd Sywno ei hun, ac yna Aneirin a Cenau yn eu tro, gan esbonio pwy oeddent a'r rheswm am eu taith o Gatraeth i Redeg. Rhedodd y plentyn tuag at Cenau gan ddal bwndel bach o glytiau oedd wedi'u clymu gyda'i gilydd ar siâp pêl. Dim ond bryd hynny y sylweddolodd Aneirin fod Cenau wedi bod yn wylo wrth wrando ar hwiangerdd y fam.

'Ydych chi wedi bod yn chwarae milwyr?' gofynnodd y plentyn yn swil.

Edrychodd Cenau ar y plentyn fel petai newydd ddihuno yn dilyn cwsg hir.

'Ydw. Ond dim rhagor,' atebodd, gan wenu a phlygu fel ei fod wyneb yn wyneb â'r bachgen.

'Wyt ti eisiau chwarae pêl?' gofynnodd y bachgen bach.

'Ydw. Mae chwarae pêl yn dipyn mwy o hwyl na chwarae milwyr,' meddai Cenau, gan gymryd y bêl a'i thaflu i'r pellter, cyn dechrau rasio yn erbyn y plentyn a Giff a Gaff i gyrraedd y bêl.

'Bydd y dynion yn dychwelyd o'r llyn cyn bo hir,' meddai'r ferch, gan siglo'r baban yn ei breichiau.

Cafodd y tri a ddaeth o Gatraeth eu trin gydag anrhydedd y noson honno. Cawsant bysgod o raeadr Derwennydd a baedd wedi'i rostio i'w fwyta o amgylch y goelcerth yng nghwmni trigolion y pentref. Cytunodd y pentrefwyr y dylai Sywno, Aneirin a Cenau aros yn eu plith nes i figwrn Sywno wella digon iddo allu parhau yng nghwmni Aneirin a Cenau ar y daith i Ddin Eidin.

Bu'n rhaid i Aneirin ganu cân y Gododdin i'w gyd-Frythoniaid sawl tro yn ystod yr arhosiad, heb newid prin ddim ar y gerdd a ganodd i Cynon wythnos ynghynt. Unwaith eto sylwodd fod Sywno'n cydyngan y geiriau'n dawel gyda'i lygaid ar gau. Sylwodd hefyd fod Cenau wedi cilio o'r lle tân yn fuan wedi i'r gloddesta ddod i ben i sgwrsio â merch ifanc hardd yr olwg.

Ni chysgodd Aneirin yn dda'r noson honno. Breuddwydiodd ei fod yn ôl yn y pydew yng Nghatraeth. Ond y tro hwn roedd am ddianc. Serch hynny, ni lwyddodd i wneud hynny am fod cadwyni haearn am ei draed. Edrychai ar bennau'r meirw o'i gwmpas – roedd pob wyneb yn ymdebygu i wyneb Sywno, oedd yn dal y cadwyni haearn ac yn ei dynnu'n bellach a phellach i mewn i'r pydew.

Dihunodd ym mherfeddion y nos yn chwys drosto. Gadawodd ei babell a mynd allan i'r nos olau leuad. Penderfynodd fynd am dro ar hyd glannau'r llyn ... ond yn ei feddwl roedd yn dal i orwedd ymhlith cyrff y milwyr.

Pydew o atgofion hunllefus. Pydew o gelwyddau.

Cofiodd fel y gwyliodd y fintai o dri chan chwe deg a thri a adawodd Din Eidin ar y daith i Gatraeth. Roedd nifer ohonynt yn feddw ac wedi dod â chasgenni di-ri o fedd gyda nhw, er bod pwysau'r rheiny'n arafu'r meirch ar y daith. Roedd y cyrff cyhyrog wedi meddalu yn dilyn blwyddyn gron o wledda, a phob un o'r milwyr wedi pesgi rhywfaint a sawl un wedi magu bloneg. Roedd y llygaid a fu'n pefrio ar un adeg wedi pylu.

Crynodd Aneirin yn oerfel y nos. Sylweddolodd mai ei waith ef fel bardd oedd dweud y gwir. Nid yn unig fel bardd, ond fel Cristion. Ond ar y llaw arall, byddai dweud y gwir yn amharchu'r meirw. Ac ar ben hynny, ni fyddai Mynyddog Mwynfawr am i'r bardd ganu am ei fethiannau ef a'i osgordd.

Dychwelodd Aneirin i'w babell gan bendroni'n ddwys. Beth ddylai ei wneud?

Yr unig beth a gododd ei galon dros y dyddiau canlynol oedd sylwi bod Cenau, drwy ryw ryfedd wyrth, wedi adfywio'n llwyr. Treuliai hwnnw'i ddyddiau'n pysgota gyda dynion y pentref ac yna'n chwarae pêl gyda'r plant fin nos.

Parhaodd Aneirin i ganu'r gerdd ger y tân bob nos, yn ogystal â nifer o'i gerddi eraill, yn anad dim i atgoffa'i hun ei fod yn fardd oedd yn uchel ei barch am ganu'n ddidwyll. Deuai'r un hunllef ynghylch cael ei ddal yn gaeth gan Sywno yn ôl i'w boenydio bob nos.

Yna, ar y seithfed diwrnod yn Nerwennydd, penderfynodd Sywno ei fod yn ddigon iach i ailgydio yn y daith, a dywedodd wrth Aneirin a Cenau y byddent yn gadael drannoeth.

Penderfynodd Aneirin fynd am dro ar hyd glannau Derwennydd am y tro olaf y noson honno. Roedd wedi cerdded tua hanner milltir pan glywodd sŵn chwerthin. Sleifiodd yn nes at y sŵn a gweld Cenau'n cofleidio'r ferch hardd. Camodd oddi yno'n dawel a dychwelyd i'w babell.

* * *

'Beth wyt ti'n feddwl wrth ddweud dy fod ti am aros yma, Cenau fab Llywarch?' taranodd Sywno fore trannoeth pan ddatgelodd Cenau nad oedd am ddychwelyd i'r gogledd. 'Rwyt ti'n fab i un o dywysogion Aeron. Nid dy le di yw byw gyda thaeogion Derwennydd.'

'Bu farw Cenau fab Llywarch yng Nghatraeth yr un pryd â phawb arall. Dyw Cenau fab Llywarch ddim yn bodoli rhagor,' meddai Cenau.

'Ond ... ond ...'

'Rydw i wedi achub dy fywyd di, Sywno ... a dy fywyd di, Aneirin. Yr unig dâl rwy'n gofyn amdano yw eich bod chi'n anghofio amdanaf. Dywedwch fod Cenau fab Llywarch wedi marw yng Nghatraeth – am mai dyna'r gwir. Os bydd yr Eingl yn ymosod arnom yn Rheged, byddaf ar flaen y gad unwaith eto, ond o'm gwirfodd y tro hwn. Ni fydda i'n talu medd i'r un dyn eto.'

Trodd Aneirin at Sywno. 'Fe roddodd y rhodd o fywyd i ni.

Rwy'n credu y dylem ni roi'r bywyd mae'n ei ddymuno yn rhodd iddo yntau.'

'O'r gorau,' cytunodd Sywno'n dawel. Cododd ei babell a'r pecyn bwyd roedd y pentrefwyr wedi'i baratoi ar gyfer y daith. 'Ffarwél, Cenau fab Llywarch,' ychwanegodd cyn troi ar ei sawdl.

'Ffarwel Cenau, gyfaill Aneirin,' meddai Aneirin gan gofleidio Cenau cyn troi a dilyn Sywno.

IV

LV
Er pan waned maws, mur trin,
Er pan aeth daear ar Aneirin
Nw neud ysgarad nâd â Gododdin.

Bu cydwybod Aneirin yn ei boeni'n fawr yn ystod y dyddiau canlynol wrth iddo gyd-deithio â Sywno dros diroedd Ystrad Glud ar hyd yr arfordir gorllewinol, cyn troi tua'r dwyrain i gyfeiriad Din Eidin. Ni fu fawr o Gymraeg rhwng y ddau ar hyd y daith, am eu bod yn tawel ystyried beth fyddai goblygiadau eu gweithredoedd dros y pythefnos cynt, pan fydden nhw'n cyrraedd llys Mynyddog Mwynfawr.

Eisteddai'r ddau ger coelcerth fechan ar y drydedd noson wedi iddynt adael Cenau ar lethrau Derwennydd. Roeddent ar fin rhannu eog o afon Clud – roedd Sywno wedi ffiledu'r pysgodyn â'i gyllell ac wrthi'n ei ffrio dros y tân. Gofynnodd i Aneirin ganu ei gerdd unwaith eto i'w gysuro yn ei golled.

Gwrthododd Aneirin.

'Digon yw digon,' meddai.

'Pam?' gofynnodd Sywno gan edrych yn hir ar y bardd a rhoi'r pysgodyn i lawr.

'Fe fydd yn rhaid imi newid y gerdd. Dwi ddim yn hapus â'r cynnwys,' atebodd Aneirin heb godi ei ben, gan syllu i fflamau'r tân.

Amneidiodd Sywno â'i ben gan wenu'n dawel.

'Roeddwn i wedi darogan y byddech chi'n newid y gerdd ac yn ychwanegu un neu ddau o bethau ati,' meddai.

'Oeddech chi? Wir? Pa newidiadau oeddech chi wedi'u darogan, Sywno?' gofynnodd Aneirin yn ddiamynedd.

'Fydden i byth yn meiddio awgrymu newidiadau i waith bardd.'

'Ond mae'n amlwg eich bod chi eisoes yn gwybod beth rydw i'n bwriadu'i newid, Sywno'r Daroganwr,' meddai Aneirin yn chwerw.

Gwenodd Sywno eto cyn arllwys ychydig o'r medd a roddwyd iddo gan daeogion Derwennydd i ddau gwpan pren ac estyn un i Aneirin.

'Rwy'n credu eich bod chi'n sylweddoli y gallech chi gynyddu mawredd y Gododdin ... mae'r gerdd yn dweud bod byddin yr Eingl yn cynnwys tua dwy fil o filwyr. Rwy'n credu y byddai'n well petaech chi'n newid y rhif hwnnw yn ugain mil, gan roi'r argraff fod y Gododdin hyd yn oed yn fwy dewr,' meddai Sywno.

Yfodd Aneirin ei fedd mewn un llwnc a chodi ar ei draed.

'Ydych chi'n awgrymu y dylwn i adrodd celwydd?' meddai.

Cododd Sywno ar ei draed yn araf a chlosio at y bardd.

'Pa ots am air celwyddog neu ddau os bydd y gerdd yn dangos gwroldeb y Gododdin?' gofynnodd, gan edrych i fyw llygaid Aneirin.

'Dwi ddim yn bwriadu adrodd unrhyw ffug newyddion am y gyflafan pan gyrhaeddwn ni Ddin Eidin, Sywno,' atebodd Aneirin yn bendant, gan godi ar ei draed i wynebu'r daroganwr. 'Rwyt ti wedi byw ar dwyll a chelwydd, Sywno. A wnest ti ddarogan fy mod i am newid y gerdd a dweud y gwir nad oedd y fintai wedi paratoi'n iawn? A wnest ti ddarogan fy mod i am ganu bod talu medd i Fynyddog Mwynfawr wedi bod yn rhannol gyfrifol am achosi'r gyflafan? A wnest ti ddarogan bod ein byddin yn rhy falch a mawreddog?' ysgyrnygodd Aneirin. 'Na. Twyll yw dy honiad di dy fod ti'n ddaroganwr, Sywno.'

Parhaodd Sywno i wenu gan gamu'n nes fyth at Aneirin.

'Rwy'n cyfaddef y bu camgymeriadau yn ystod y paratoadau. Ond nid lle'r bardd yw lladd ar ei lwyth ...'

'... lle'r bardd yw dweud y gwir,' mynnodd Aneirin.

'... hyd yn oed os bydd hynny'n achosi trallod a chywilydd ymysg ei genedl? Collais fy mab yng Nghatraeth a dwi ddim am iddo gael ei gofio fel ffŵl meddw.'

'Er ei *fod* yn ffŵl meddw ...'

Bu tawelwch rhwng y ddau am ennyd. Caeodd Sywno'i lygaid, yna'u hagor yn araf.

'Mae'n hanfodol bod y gerdd yn dweud ein bod wedi colli'n arwrol, a bod y meirw wedi huno gydag urddas. Rwy'n erfyn arnat ti i newid dy feddwl, Aneirin. '

'Pa un o dy hen dduwiau sy'n dweud hyn wrthot ti, Sywno? Mae fy ngwaredwr i'n dweud "na ddywed gelwydd". Ond rwyt ti, Sywno, yn byw ar gelwydd. Mae'r hen dduwiau wedi hen farw,' meddai Aneirin yn dawel.

Erbyn hyn roedd y ddau'n sefyll yn wynebu'i gilydd.

'O'r gorau. Rwy'n ildio. Ti sy'n iawn. Efallai fy mod i wedi methu fel daroganwr ar faes y gad. Pa ddyfodol sydd 'na i ddaroganwr sy'n methu darogan? Ac yn waeth na hynny, methais ag achub bywyd Cynon. Efallai'n wir fod oes y derwyddon ar ben ...' meddai Sywno, gan estyn am Aneirin i'w gofleidio mewn brawdoliaeth. '... ond nid eto,' sibrydodd yng nghlust y bardd.

Pwysodd Sywno dros Aneirin a llithro ei gyllell rhwng asennau'r bardd gan adael i'r gwaed lifo'n rhydd.

Teimlodd Aneirin boen angerddol yn ei frest. Camodd Sywno yn ei ôl a gwelodd Aneirin y gyllell finiog oedd yn ei law.

'Pam?' gofynnodd, gan syrthio i'w ben-gliniau.

'Oherwydd bod y duwiau wedi dweud wrtha i na fydd y Cymry'n goroesi os wyt ti'n newid y gerdd. Mi gaiff dy gerdd di ei hanfarwoli gan y Brythoniaid, Aneirin. Dwi'n cofio pob gair ohoni. Does neb am glywed am fethiant sy'n deillio o wendid. Ond mi oroeswn ni o glywed am golled arwrol,' meddai Sywno.

Erbyn hyn roedd Aneirin yn gorwedd â'i lygaid ar gau. 'Penderfynais pan oedden ni yn Rheged na allwn i adael i neb gyrraedd Din Eidin fyddai'n dyst i'm methiant i a methiant fy nuwiau,' ychwanegodd.

'Cenau ... Cenau yn dyst i'r gyflafan ... Cenau wedi goroesi,' sibrydodd Aneirin yn floesg gyda'i anadl olaf.

'Bu farw Cenau yng Nghatraeth. Tawelwch fydd tynged Cenau nawr,' meddai Sywno, ond erbyn hyn doedd neb yn gwrando arno. 'Mae Trysorydd y Gododdin wedi mynd,' sibrydodd. 'Ond mae Trysor y Gododdin wedi'i ddiogelu.'

Cusanodd dalcen Aneirin a chau ei lygaid am y tro olaf.

Cyrhaeddodd Sywno osgordd Mynyddog Mwynfawr bythefnos yn ddiweddarach. Esboniodd mai dim ond pedwar oedd wedi goroesi brwydr Catraeth ond bod Cenau, Cynon ac Aneirin wedi marw o'u hanafiadau er gwaethaf ei ymdrechion i'w cadw'n fyw.

Y noson honno, canodd Sywno gerdd y Gododdin i Mynyddog Mwynfawr a'i osgordd. Clodforwyd Aneirin am ei gerdd. Gwyddai Sywno ei fod nid yn unig wedi achub y genedl trwy ladd y bardd ond ei fod hefyd wedi sicrhau anfarwoldeb Aneirin.

Byddai cerdd y Gododdin yn parhau cyhyd â hoedl y genedl.

Hywel Dda, 929
Cyfraith Angharad

Dydd Iau, 1 Ionawr 929

Blwyddyn newydd dda, fy nghofnod annwyl. F'enw yw Angharad ap Hywel ap Cadell, merch brenin y Deheubarth, Hywel ap Cadell. Rwyf wedi penderfynu nodi popeth sy'n digwydd yn fy mywyd rhwng dy gloriau. Wedi'r cyfan, mae tipyn wedi digwydd yn ystod yr wythnosau diwethaf. Mae Mama wedi marw. Mae Dada, neu, 'y brenin', fel mae pawb arall yn ei alw, wedi mynd dramor. Ac mae gen i ddafaden ANFERTH ar fy moch chwith.

Rwy'n siŵr dy fod yn cytuno bod hynny'n gryn dipyn i ferch sy'n 13 a thri chwarter i ddygymod ag ef. Rwyf wedi bod MOR UNIG am gyhyd, gofnod annwyl. Roedd Mama a Dada'n rhy brysur yn teyrnasu dros eu tiriogaethau i roi llawer o sylw i mi, yn enwedig ar ôl i fy mrodyr, Owain (10 oed), Rhodri (9 oed) ac Edwin (6 oed) gael eu geni. Ond fe ddywedodd yr offeiriad y dylwn i fod yn ddiolchgar wrth iddo gosi ei farf wen. DIOLCHGAR AM BETH?!

'Diolch i Dduw am ei rodd anhraethadwy ... Corinthiaid ... naw ... pymtheg,' meddai hwnnw'n hunangyfiawn. Serch hynny, mae'n rhaid imi ddiolch iddo am fy nysgu i ddarllen ac ysgrifennu er mwyn imi allu rhannu popeth gyda thi, gofnod annwyl.

Dydd Gwener, 2 Ionawr 929

Mae'r ddafaden HYD YN OED yn FWY ANFERTH heddiw! Yn ôl yr offeiriad, 'Ni ddylid gwrthod dim yr ydym yn ei dderbyn a diolch iddo ef ... Timotheus ... pedwar ... pedwar.' BETH?

Hawdd iddo fe ddyfynnu'r ysgrythur drwy'r amser. Does dim byd ganddo fe i'w wneud ond darllen y Beibl drwy'r dydd. Wedi dweud hynny, does dim byd gen i i'w wneud ond darllen y Beibl drwy'r dydd chwaith. DIFLAS!

Rwyf newydd edrych allan drwy'r ffenestr a gweld bod Owain, Rhodri ac Edwin yn cael gwers gan yr hebogydd. Mae gan yr hebogydd ben-ôl bach siapus. Ond mae'n rhaid imi beidio â meddwl am ben-ôl yr hebogydd am fy mod i'n gwybod mai'r diafol sydd yn fy nhemtio.

Dydd Sadwrn, 3 Ionawr 929

Diwrnod Dathlu Santes Geneviève m c. 500.

Ar ôl sylwi ar ben-ôl bach siapus yr hebogydd cefais sgwrs gyda'r offeiriad heddiw. Rwyf wedi penderfynu beth rwyf am ei wneud yn yrfa. Dechreuais feddwl yn ddwys am y cyfleoedd sydd ar gael i ferched o'm statws i ar ôl i Mama farw. 'Wy ddim yn debygol o etifeddu ceiniog gan Dada, oherwydd bydd ei diroedd yn cael eu rhannu'n gyfartal rhwng Owain, Rhodri ac Edwin pan fydd Dada'n ymuno â Mama yn y nefoedd. Yn ôl yr offeiriad mae gan dywysoges ddewisiadau di-ri, sy'n cynnwys priodi tywysog neu, ar y llaw arall, briodi tirfeddiannwr cefnog. A dyna ni. ANGHREDADWY! Ond rwy'n gwybod bod gen i ddewis arall. Tydi, gofnod annwyl, yw'r cyntaf i gael gwybod.

Rwy'n mynd i fod yn lleian.

Rwyf wedi benthyg llyfr gan yr offeiriad, *Llyfr yr Oriau*, sy'n cofnodi bywyd y Seintiau a'u Dyddiau Gŵyl. Heddiw yw diwrnod gŵyl y Santes Geneviève, a benderfynodd fod yn lleian pan nad oedd hi ond blwyddyn a chwarter yn hŷn na fi. Treuliodd ei bywyd yn gweddïo a chyflawni gweithredoedd da. Ond doedd ei bywyd hi ddim yn un diflas o gwbl! Yn wahanol i f'un i. Llwyddodd hi i arwain mintai arfog ar hyd afon Seine i nôl bwyd ar gyfer pobl Paris oedd dan warchae. Llwyddodd hefyd i achub Paris drwy weddïo MOR GALED nes i fyddin Attila'r Hŷn gael ei dargyfeirio heibio i Baris. Rwy'n mynd i weddïo MOR GALED nes bod y ddafaden hon yn diflannu oddi ar fy moch. Wedi'r cyfan. DOES DIM BYD ARALL yn digwydd yn fy mywyd i!

Dydd Sul, 4 Ionawr 929

Wedi gweddïo'n galed. Dafaden yn llai.

Dydd Llun, 5 Ionawr 929

Gweddïo'n ddi-baid trwy'r dydd. Dafaden bron â mynd.

Dydd Mawrth, 6 Ionawr 929

Mwy o weddïo. Mae hyn yn waith caled. DAFADEN WEDI TYFU!

Dydd Mercher, 7 Ionawr 929

HWRÊ! Mae'r ddafaden wedi diflannu. Rwy'n bendant yn mynd i fod yn lleian, ac wedi penderfynu ymarfer gweddïo'n ddi-baid am O LEIAF ddeuddeg awr y dydd. Efallai rhyw ddydd y gallaf efelychu Santes Geneviève a dargyfeirio'r Llychlynwyr roedd Dada'n poeni cymaint amdanynt cyn iddo ddiflannu i ymweld â'r Pab yn Rhufain dri mis yn ôl.

Y diwrnod ar ôl inni gladdu Mama.

Dydd Iau, 8 Ionawr 929

Diwrnod Dathlu Santes Gudule m 712

Cysegrodd Gudule ei bywyd cyfan i weddïo, ymprydio a rhoi cardod. Roedd hi'n enwog am WEDDÏO MOR GALED nes iddi lwyddo i ailgynnau cannwyll roedd y diafol wedi'i diffodd. Dyw ei gorchest hi ddim hanner mor drawiadol â rhai Geneviève. Yn wir, dyw ei gorchest hi ddim dri chwarter mor drawiadol â'm llwyddiant i gyda'r ddafaden. Rwy'n hanner meddwl ysgrifennu at y Pab yn gofyn iddo fy ngwneud i'n santes, gydag ôl-nodyn yn gofyn iddo adael i Dada ddod adref.

Rwyf wedi bod yn trafod ymuno â lleiandy gyda'r offeiriad. Pesychodd hwnnw gan ddweud y byddai'n well i mi aros 'nes i'ch tad ddychwelyd o Rufain'. Ond ddaw e ddim yn ôl. Does dim un tywysog o Gymru wedi bod yn Rhufain ac wedi dychwelyd ERIOED! Mae'n ddigon gwael bod yn blentyn gydag un rhiant ... ond colli dau ... ANFODDHAOL! Mae'r teulu hwn AR CHWÂL YN LLWYR!

Dydd Sadwrn, 10 Ionawr 929

Diwrnod Dathlu Santes Saethrith m seithfed ganrif.

Dwi ddim yn deall pam fod Saethrith yn santes. Er ei bod hi'n lleian ac yn ferch i frenin – fel fi, wrth gwrs – yr unig beth nodweddiadol am ei bywyd oedd ei bod wedi symud o Loegr i Ffrainc i fod yn lleian. Rwyf wedi penderfynu bod angen imi deithio i ehangu fy ngorwelion. A chael ychydig o dawelwch, yn lle gorfod treulio'r rhan fwyaf o'm hamser gydag Owain, Rhodri ac Edwin.

Rwy'n gwybod fy mod wedi addo i Mama pan oedd hi ar ei gwely angau y byddwn i'n gofalu amdanyn nhw, ond maen nhw mor blentynnaidd! Mae Owain yn pigo'i drwyn drwy'r amser, ac mae Rhodri'n pigo'i drwyn AC yn bwyta'r cynnyrch. Mae Edwin yn gwneud y ddau beth a hefyd yn crafu'i ben-ôl trwy'r amser! YCHHHH A FIIII. Duw a ŵyr beth ddaw o Gymru pan fydd y tri yna wrth y llyw ar ôl i Dada farw.

Ond gofynnodd Mama imi wneud mwy na hynny pan welais i hi am y tro olaf. Rwy'n ei chofio hi'n gorwedd yn y gwely'r noson honno. Roedd y gwynt yn gryf a fflamau'r canhwyllau'n crynu fel petaen nhw'n gwybod bod bywyd Mama yn dod i ben.

'Dy waith di fydd gofalu am dy dad a'th frodyr nawr, Angharad,' meddai Mama mewn llais gwan. 'Fe wnes i fy ngorau glas dros dy dad, ac rwyf wedi ysgrifennu rhai cyfarwyddiadau fydd o gymorth i ti, gobeithio, i barhau gyda'r gwaith.'

Estynnodd yn araf am ysgrepan fach yr oedd wedi'i chuddio o dan y gobennydd a'i rhoi imi, gan ychwanegu nad oeddwn i ddangos y cynnwys na'i rannu gyda'r un dyn, yn enwedig Dada.

Ffarweliais â Mama am y tro olaf, cyn cuddio'r ysgrepan o dan fy nillad a gadael yr ystafell wely fel yr oedd Dada'n dod i mewn trwy'r drws. Roedd hi'n amlwg nad oedd llawer o amser ar ôl gan Mama ac mai dyma fyddai'r tro olaf i Mama a Dada weld ei gilydd nes iddynt gwrdd yn y nefoedd. Doedd neb arall o gwmpas am fod Mama wedi mynnu bod yr offeiriad a'r meddyg yn gadael yr ystafell cyn i mi a Dada ymweld â hi. Felly, ni allwn wrthsefyll y demtasiwn i glustfeinio ar eu sgwrs y tu allan i'r drws.

Fedrwn i ddim clywed popeth roedden nhw'n ei ddweud, ond dechreuodd lleisiau'r ddau godi ymhen dipyn wrth i Mama ddechrau sôn am frawd Dada, Clydog. Doeddet ti, gofnod annwyl, ddim yn adnabod f'ewythr Clydog, diolch byth. Roedd yn rheoli ardal Seisyllwg ar y cyd â Dada nes cyn iddo farw naw mlynedd yn ôl yn 920, pan oeddwn i'n bum mlwydd oed. Rwy'n cofio f'ewythr Clydog yn dda. Roedd e'n arfer mynnu fy mod i'n eistedd ar ei ben-glin. Doedd e ddim yn gwneud yr un peth i Owain a Rhodri (roedd Edwin heb ei eni bryd hynny). Na. Fi a fi'n unig oedd yn gorfod dioddef yr artaith honno.

Clywais Mama'n dweud '... ond Hywel ... roedd yn rhaid imi gael gwared ag ef.'

Roedd Mama yn llygad ei lle. Fe fyddwn i wedi dangos y drws i'r diawl byseddlyd hefyd. Yna clywais fy nhad yn dechrau wylo a dweud, 'O Elen ... pam? Pam?' cyn i Mama ateb '... er mwyn i ti gymryd dy le iawn yn frenin. Roedd yn rhaid iddo fynd ...'. Oedodd am eiliad cyn ychwanegu ... 'yn yr un modd ag yr oedd yn rhaid i dy dad a fy nhad innau fynd.'

Dechreuodd Dada wylo, a dweud, 'Cuddia'r wyneb ffals yr hyn a ŵyr y ffals ei galon.'

Wn i ddim pam fod Dada dan gymaint o deimlad am fod Mama wedi penderfynu nad oedd hi am i un o'u rhieni fyw gyda nhw. Wedi'r cyfan, pa bâr priod sydd am fyw gyda'u tadau yng nghyfraith? Yn enwedig os oedden nhw ar fin dechrau teulu. Beth bynnag, bu farw tad Mama, Llywarch, brenin Dyfed, yn 904, yn fuan wedi iddynt briodi. A bu farw tad Dada, sef Cadell, yn 911. Efallai fod Dada'n meddwl fod penderfyniad Mama i beidio â gadael i'r tadau fyw gyda nhw wedi torri eu calonnau, a'u bod wedi marw'n fuan wedi hynny.

Penderfynais gilio wrth i Dada ddal ati i wylo a dweud, 'Mae'n rhaid imi dalu penyd am dy weithredoedd. O fy nhad! O fy mrawd! O Llywarch! Maddeuwch iddi!'

Bu farw Mama'r noson honno.

Dridiau yn ddiweddarach aeth fy nhad ar ei bererindod i Rufain.

Dydd Iau, 15 Ionawr 929
Diwrnod Dathlu Santes Ita m 570
Treuliodd Santes Ita o Iwerddon (oedd hefyd yn ferch i frenin

gyda llaw, HWRÊ!) y rhan fwyaf o'i bywyd mewn unigedd. Felly rwyf wedi treulio'r dyddiau diwethaf yn ymarfer unigedd YN GALED IAWN!

Mae'r cyfnod hwn wedi bod yn llai diflas am fy mod i wedi bod wrthi'n darllen ac ailddarllen cynnwys yr ysgrepan a roddodd Mama imi ar ei gwely angau. Mae'n anodd deall yr ysgrifen ar y memrwn am fod Mama'n amlwg yn ei ysgrifennu yn ystod ei horiau olaf, cyn ymuno â Santes Ita a'r gweddill yn y nefoedd, ond rwy'n credu fy mod i wedi dehongli'r rhan fwyaf ohono erbyn hyn.

I. Gwna'n siŵr fod dy dad yn ymolchi'n rheolaidd. O LEIAF ddwywaith y flwyddyn.

II. Gwna'n siŵr nad oes yna DDIM BWYD yn ei farf pan mae'n annerch y llys.

III. Gwna'n siŵr nad yw Owain yn pigo'i drwyn drwy'r amser, nad yw Rhodri'n pigo'i drwyn AC yn bwyta'r cynnyrch, ac nad yw Edwin yn gwneud y DDAU BETH a hefyd yn crafu'i ben ôl.

IV. Gwna'n siŵr bod Dada'n CADW DRAW oddi wrth yr hen Sais Aethelstan 'na. Mae'n ddigywilydd a wastad yn cymryd mantais o anian dyner dy dad.

V. Gwna'n siŵr fod Dada'n cael gwared â'i gefnder, Idwal, Brenin Gwynedd a Phowys, a'i frawd Elisedd, os byddan nhw'n ymweld ag ef.

VI. Dyma'r rysait ar gyfer pryd llysywod os bydd Idwal ac Elisedd yn dod i aros: 20 o lysywod yr un, dwy lwy fawr o *belladonna*, dau wydraid o gwcwll y mynach, dau wydraid o gegid, un winwnsyn.

Ble yn y byd fydden i'n dod o hyd i *belladonna*, cwcwll y mynach a chegid? 'Wy ddim hyd yn oed yn gwybod beth ydyn nhw. Dyna'r broblem gyda'r ryseitiau ffansi 'ma. Maen nhw wastad yn swnio'n wych ond dyw hanner y cynhwysion sydd eu hangen arnoch ddim ar gael yn y pantri. Bydd yn rhaid imi ofyn i'r cogydd gael gafael ar y cynhwysion, rhag ofn i Idwal ac Elisedd alw'n ddirybudd. Byddai'r cogydd yn eithaf golygus petai ganddo ddannedd. O leiaf does dim perygl iddo fwyta cynnwys y pantri.

Ond mae'n rhaid imi roi meddyliau anweddus o'r fath o'r neilltu os ydw i'n bwriadu treulio gweddill fy mywyd yn lleian, a chadw fy hun yn bur ar gyfer yr Arglwydd. Rwyf newydd edrych allan drwy'r ffenestr a gweld Owain, Rhodri ac Edwin yn cael eu gwers ddiweddaraf gan yr hebogydd.

A ddywedais i wrthot ti, gofnod annwyl, fod gan hwnnw ben-ôl bach pert? Deniadol iawn, yn enwedig pan mae'n ceisio rhedeg i ffwrdd oddi wrth yr aderyn ysglyfaethus hwnnw nad oes ganddo ddim rheolaeth drosto.

Dydd Mercher, 21 Ionawr 929
Diwrnod dathlu Santes Agnes m 304
Mae'n flin gen i, gofnod annwyl, am d'anwybyddu am cyhyd, ond rwyf wedi bod yn gweddïo MOR GALED. Yn anffodus, collodd yr hebogydd un o'i lygaid ar ôl i un o'i hebogiaid ymosod arno ddydd Iau diwethaf. Rwyf wedi treulio'r pum niwrnod ers hynny yn gweddïo y bydd ei olwg yn dychwelyd, ond dim lwc hyd yn hyn.

Fe wnaeth Santes Agnes rywbeth tebyg ar ôl iddi gael ei charcharu gan y Rhufeiniaid am fod yn Gristion. Cafodd milwr oedd yn ei gwarchod ei ddallu am iddo gael meddyliau amhur amdani. Ond dychwelodd ei olwg ar ôl i Agnes weddïo'n GALED IAWN. Efallai nad yw fy ngweddïau i wedi gweithio am mai myfi sydd wedi cael y meddyliau amhur y tro hwn!

Beth yw'r sŵn carnau a glywaf y tu allan i'r castell? Maddeua imi, gofnod annwyl. Mae'n rhaid imi fynd i edrych drwy'r ffenestr ...

Alla i ddim credu'r peth. Mae Dada wedi dychwelyd. Rhaid imi fynd. O, orfoleddus ddydd!

Dydd Sul, 25 Ionawr 929

Diwrnod Dathlu Santes Dwynwen m 6ed ganrif

Dwi BYTH yn mynd i gwyno eto fod DIM YN DIGWYDD yn fy mywyd i gofnod annwyl. Ble i ddechrau? Dychwelodd Dada o Rufain ar ôl tri mis. HWRÊ! Ond roedd Tudor Trefor ap Ynyr, Arglwydd Croesoswallt, Maelor a degau o lefydd eraill yr un mor ddiflas, wedi dod gydag ef. BWWWW! Mae Trefor Tew wedi ymweld â ni o'r blaen ac mae'r ffordd y mae'n llyfu ei wefusau wrth siarad â mi'n troi fy stumog, ac yn fy atgoffa o f'ewythr Clydog. Ac mae ganddo ben-ôl sy'n fwy nag un baedd. Ond fe adawodd y bore 'ma. HWRÊ! Ond daeth Dada ataf yn fuan wedyn gan ddweud ei fod am gael sgwrs ddifrifol am fy nyfodol! BWWWW!

Sut allai Dada hyd yn oed ystyried y fath sgwrs ar ddiwrnod Santes Dwynwen? Hi syrthiodd mewn cariad â Maelon Dafodrill ar ôl i'w thad, ahem! y brenin, Brychan Brycheiniog, drefnu iddi briodi rhywun arall. Wrth gwrs, ni ellir esgusodi ymateb Maelon, a dreisiodd Dwynwen am ei fod mor ddig ar ôl clywed y newyddion gwael. Rhedodd Dwynwen i'r goedwig a gweddïo ar Dduw i wneud iddi anghofio am Maelon. Anfonodd Duw angel at Dwynwen a roddodd ddiod iddi a fyddai'n gwneud iddi anghofio am Maelon, a'i droi'n dalp o rew. Ond mae Dwynwen yn cael tri dymuniad. Mae'n dymuno i Maelon gael ei ddadmer (er y dylai fod wedi anghofio amdano ar ôl yfed y ddiod!), y bydd Duw yn gwireddu breuddwyd pob un sy'n dioddef o gariad, ac na fydd hi Dwynwen byth yn priodi.

Gwireddwyd ei dymuniadau, yn ôl y sôn, a chysegrodd Dwynwen weddill ei hoes i'r Arglwydd, gan fyw fel lleian ar ei phen ei hun ar Ynys Llanddwyn, lle sefydlodd eglwys.

Wyt ti'n gweld y tebygrwydd rhyngof i a Dwynwen, gofnod annwyl? Mae'r ddwy ohonom yn ferched i frenhinoedd ac mae'r ddwy ohonom am fod yn lleianod.
BRAWYCHUS!

Beth bynnag, daeth Dada ataf y bore 'ma. Dyna'r tro cyntaf inni gael sgwrs ers iddo ddychwelyd bedwar diwrnod yn ôl.

Dechreuodd drwy ddweud ei bod hi'n bryd inni drafod fy nyfodol. Atebais fy mod i eisoes wedi penderfynu bod yn lleian a gwasanaethu'r Arglwydd, gan helpu'r tlawd a'r methedig.

'Syniad da ... da iawn,' meddai Dada, '... ond mae Trefor ap Ynyr wedi cael syniad gwell. Beth am wasanaethu Arglwydd Croesoswallt yn gyntaf ac yna gweithio dy ffordd i fyny?' awgrymodd, cyn datgan ei fod am imi BRIODI TREFOR!! Ond mae Trefor yn dew, mae ei wynt yn drewi ac mae e MOR, MOR HEN! Mae'n 23 o leiaf, a dim ond 13¾ ydw i!

Ceisiodd Dada esbonio am diroedd eang a gwleidyddol bwysig Trefor yng Ngogledd Ddwyrain Cymru a'r Gororau, gan ychwanegu mai syniad Mama oedd y cyfan.

'Bydd yn rhaid imi feddwl am y peth,' atebais.

'O'r gorau. Ond does dim i feddwl amdano yn y bôn. Mae'n syniad da. Syniad da iawn. Gyda llaw, bydd y briodas ymhen tri mis, pan fyddi di'n bedair ar ddeg. Toc wedi'r Pasg.'

Nid atebais. Roeddwn wedi fy mrawychu gymaint. Gweddïais ar yr Arglwydd (Duw, nid Trefor) i anfon angel gyda diod arbennig ataf. Petawn i'n ei yfed byddwn i'n troi Trefor yn dalp o rew. Ond fyddwn i byth yn ei ddadmer.

Dydd Gwener 30 Ionawr 929
Diwrnod dathlu Santes Bathild m 680

Chefais i ddim cyfle i drafod y briodas ymhellach gyda Dada, oherwydd y bore canlynol neidiodd ar ei geffyl a theithio gyda rhan o'i osgordd i Winchester i gwrdd â Brenin Lloegr, Aethelstan, sydd newydd ei ddyrchafu i'r swydd ar ôl i'w dad, Edward, farw.

Roeddwn mewn cymaint o sioc am y briodas nes imi anghofio am rif IV yn y ddogfen a roddodd mam imi ar ei gwely angau, sef, *Gwna'n siŵr bod Dada'n CADW DRAW oddi wrth yr hen Sais Aethelstan 'na. Mae'n ddigywilydd a wastad yn cymryd mantais o anian dyner dy dad.*

Rwy'n teimlo fel Santes Bathild a gafodd ei gwerthu i fod yn gaethferch. Dyna fydd yn digwydd imi ymhen tri mis. Ond ar ôl GWEDDÏO'N GALED IAWN llwyddodd hi i oresgyn y sefyllfa, gan arwain brwydr yn erbyn caethwasiaeth. AM EIRONIG! Mae angen imi hefyd WEDDÏO'N GALED IAWN ar Dduw er mwyn canfod ffordd o osgoi priodi Trefor tew.

Dydd Sadwrn 1 Chwefror 929
Diwrnod dathlu Santes Brigid m 523
Dychwelodd Dada o'i ymweliad â llys Aethelstan mewn hwyliau gwael iawn. Dywedodd fod brenin Lloegr am i bob brenin arall ym Mhrydain gydnabod mai'r Sais oedd brenin holl ynys Brydain. Ychwanegodd Dada nad oedd ganddo ddewis ond cael ei ddarostwng gan ei feistr newydd.

'Ond pam, Dada?' gofynnais. Esboniodd fod angen cymorth Aethelstan arno i warchod ei diroedd rhag ymosodiadau ar Gymru gan y Llychlynwyr anwaraidd yn Nulyn. Ychwanegodd fod Aethelstan hefyd wedi penderfynu creu llyfr cyfreithiau ar gyfer Lloegr. Dim ond is-frenin yw Dada nawr, sy'n golygu mai DIM OND IS-DYWYSOGES YDW I!!

Ychwanegodd Dada ei fod hefyd wedi gorfod derbyn bod y ffin rhwng Cymru a Lloegr wedi cilio hyd at lannau afon Gwy. Yn waeth, mae'n rhaid i Dada dalu treth o 20 pwys o aur, 300 pwys o arian, cŵn, hebogau a 25,000 o ych i Aethelstan!

Yn fyr, gofnod annwyl, ry'n ni ar fin bod nid yn unig yn deulu UN RHIANT ... ond hefyd yn DEULU UN RHIANT TLAWD!

'Bydd yn rhaid imi gwtogi ar faint y llys,' meddai Dada gan edrych allan drwy'r ffenestr i wylio'r hebogydd unllygeidiog yn straffaglu gyda dau hebog.' Bydd yn rhaid i'r hebogydd fynd i ddechrau,' meddai.

Byddaf yn colli'r pen-ôl bach siapus yna, ond mae'n rhaid i bawb wneud aberth mewn argyfwng on'does, gofnod annwyl?

'Bydd yn rhaid inni ganslo'r briodas, efallai?' awgrymais yn obeithiol. Chwarddodd Dada'n uchel. 'Wyt ti'n wallgof, Angharad? I'r gwrthwyneb. Bydd yn rhaid iti briodi cyn gynted â phosib. Mae gan Trefor filoedd ar filoedd o ych yn pori yn ardal Dinbych. Mi fydd hi ar ben arnom os na fyddi di'n ei briodi.' Camodd allan o f'ystafell cyn dychwelyd ddwy funud yn ddiweddarach gyda dilledyn yn ei law. 'Gyda llaw, prynais ffrog briodas i ti yn Winchester. Alla i ddim fforddio cael rhywun i wneud un i ti rhagor. Bydd yn rhaid i hon wneud y tro,' meddai, cyn taflu'r dilledyn ar y gwely a gadael yr ystafell.

Mae fy nhad wedi f'offrymu ar allor mamon. ANGHREDADWY! Codais y ffrog briodas – a chwarae teg i fy nhad, roedd hi'n un sidan hyfryd. Rhoddais hi amdanaf, ond ROEDD HI'N RHY DYNN! Sut yn y byd allwn i ei chael hi i ffitio cyn y briodas (petawn i'n cytuno i briodi Trefor, sydd ddim yn mynd i ddigwydd, wrth gwrs). Bydd yn rhaid imi ddechrau ymprydio heddiw. Diolch byth am y Grawys. Ond 'wy ddim yn mynd i briodi Trefor Tew. Rwy'n mynd i ddilyn ôl traed Santes Brigid, a sylfaenodd y lleiandy cyntaf yn Iwerddon. Wedi iddi hi WEDDÏO'N GALED IAWN llwyddodd i newid y dŵr baddon yn gwrw, a sicrhau bod ei buchod yn rhoi llaeth DAIR gwaith y dydd. Byddai rhywbeth tebyg yn helpu ein sefyllfa ariannol echrydus ni.

Mae'n rhaid imi feddwl am rywbeth. Rwy'n mynd i WEDDÏO DRWY'R NOS!

Dydd Mercher 5 Chwefror 929
Diwrnod Dathlu Santes Agatha m 251
Rwyf wedi cyflawni fy NGWYRTH GYNTAF! Rwyf wedi darganfod ffordd o oresgyn ein problemau ariannol echrydus, a does dim un fuwch na dŵr baddon ynghlwm â'r peth.

'Mae'n syniad da. Syniad da iawn,' oedd ymateb Dada pan ddywedais wrtho, yn dilyn noson o WEDDÏO CALED nos Sadwrn. Ac fel pob syniad da mae'n un syml, sydd wedi'i ddwyn oddi ar rywun arall!

'Os all Aethelstan greu cyfraith ar gyfer Lloegr, pam na alli di, Dada, greu cyfraith ar gyfer dy diriogaethau di?' gofynnais. Wedi'r cyfan, mae Dada'n frenin, neu'n is-frenin, ar y rhan fwyaf o Gymru. A phetai rhywbeth yn digwydd i'w gefndryd Idwal ac

Elisedd, byddai'n teyrnasu dros Wynedd a Phowys hefyd.

Byddai cyfundrefnu deddfau tiriogaeth Dada yn sicrhau bod mwy o arian yn dod i mewn i'r coffrau drwy drethi, eglurais iddo. Gallai godi trethi ar unrhyw beth gan hyd yn oed greu ambell ddeddf newydd, ac yn bwysicach fyth, byddai 'Cyfraith Hywel' yn helpu pobl Cymru i ddechrau teimlo'n rhan o un genedl unedig.

Felly mae Dada wedi gwahodd y deuddeg lleygwr mwyaf doeth yn y wlad yma i Hendy-gwyn ar Daf, ynghyd ag offeiriad mae'n ei adnabod o'r enw Meistr Blegywryd, sydd mwy na thebyg yn hen foi cefngrwm gyda gwallt gwyn, i gadeirio'r cyfan. Ac maen nhw'n cyrraedd yfory ar ddechrau cyfnod y Grawys gyda'r nod o orffen y gwaith erbyn y Pasg mewn deugain diwrnod.

'Bydd yn rhaid imi ddechrau gwneud trefniadau ar gyfer y pwysigion – bwyd, llety ac yn y blaen ... bydd yn rhaid inni ganslo'r briodas, Dada!' awgrymais unwaith eto.

Amneidiodd hwnnw â'i ben.'Syniad da ... syniad da iawn, Angharad ... mi fydd yn rhaid gohirio'r briodas,' meddai cyn gadael fy ystafell. GOHIRIO? GRRR!

Rwy'n teimlo fel Santes Agatha, a ddioddefodd arteithiau echrydus dros ei ffydd a'i gwyryfdod. Gwrthododd Agatha gynigion tirfeddianwyr cyfoethog fel Trefor Tew. Cafodd ei hanfon i buteindy lle torrodd ei bronnau bant yn hytrach na cholli ei gwyryfdod. Ni lwyddodd unrhyw un i ddwyn perswâd ar Agatha i wyro oddi ar lwybr cyfiawnder ac MAE ANGHARAD AP HYWEL O'R UN ANIAN!

Dydd Sul 9 Chwefror 929
Diwrnod dathlu Santes Apollonia m 249
Er bod Dada'n rhoi'r argraff ei fod â'i ben yn y cymylau ac yn gadael i bobl ei reoli (yn enwedig Mama a'r brenin Aethelstan) mae'n rhaid imi ddweud ei fod yn gweithredu'n gyflym pan fydd raid. Anfonodd farchogion i ddwyn y neges am y gynhadledd gyfreithiol yn Hendy-gwyn ar Daf fore Mercher, a dechreuodd

pawb gyrraedd y bore 'ma. Roedd y deuddeg arbenigwr wedi cyrraedd erbyn i'r haul fachlud. 'Dyn nhw ddim yn edrych yn ofnadwy o ddoeth, rhaid dweud. Maen nhw oll yn hen ddynion gyda barfau gwynion sy'n treulio'r rhan fwyaf o'u hamser yn eistedd ar y geudy, mae'n siŵr, ac yn cwyno am eu hesgyrn brau. Os mai'r rhain yw dynion doethaf Cymru, Duw a'n helpo ni.

Roeddwn wrthi'n trafod trefniadau cysgu'r dwsin doeth, gan ystyried pwy oedd angen bod agosaf at y geudy, pan sylweddolais fod rhywun yn sefyll y tu ôl i mi. Troais a syllu i'r pâr o lygaid glas mwyaf llachar imi eu gweld erioed. O'm blaen roedd dyn tal, ifanc, lluniaidd gyda gwallt hir melyn yn llifo dros ei ysgwyddau llydan.

'Noswaith dda. Fy enw yw Meistr Blegywryd. Myfi fydd yn cadeirio'r gynhadledd,' meddai gan wenu. Ni allwn ynganu gair am eiliad.

'Blrb prph lehstrh rstbhthad,' meddwn yn y man, gan wrido o'm corun i'm sawdl.

Gwenodd arnaf unwaith eto.

'All rywun fy nhywys i f'ystafell? Mae gen i lawer o waith paratoi i'w wneud,' meddai.

Codais fy llaw a phwyntio i gyfeiriad yr ystafelloedd cysgu yn y clwysty.

'Diolch,' meddai cyn troi ar ei sawdl a dechrau cerdded i'r cyfeiriad hwnnw. Gwyliais ei ben-ôl bach siapus wrth iddo gerdded ymaith. Roedd Meistr Blegywryd yn siŵr o feddwl mai fi oedd ynfytyn mwyaf y Gwledydd Cred. Roeddwn am i rywun godi coelcerth yn y fan a'r lle, er mwyn imi allu neidio i'r fflamau fel y gwnaeth Santes Apollonia yn Alecsandria y diwrnod hwn yn 249.

Dydd Gwener 14 Chwefror 929
Dathlu Dydd Sant Ffolant m 269

Maen nhw'n dweud bod aderyn yn dewis cymar ar ddiwrnod cynta'r gwanwyn, a chredaf 'mod innau o'r un anian. Alla i ddim f'atal fy hun rhag meddwl am Meistr Blegywryd. Mae Meistr

Blegywryd yn dod o Landaf. Mae Meistr Blegywryd yn ddiacon yn Eglwys Llandaf. Mae Meistr Blegywryd nid yn unig yn ddoethur mewn cyfraith eglwysig ond yn ddoethur mewn cyfraith wladol hefyd. Alla i ddim peidio â dweud ei enw. Meistr Blegywryd, Meistr Blegywryd, Meistr Blegywryd. Does dim rhyfedd bod Dada wedi'i ddewis i arwain y gynhadledd i benderfynu pa ddeddfau i'w gosod. Rwy'n gwybod ei fod ychydig yn hen i mi, ond dim ond naw mlynedd sydd rhyngom ni, ac mae e flwyddyn yn iau na Trefor Tew!

Ond mae ffawd wedi sicrhau na fydda i'n cael cyfle i'w weld. Mae Dada wedi dweud bod yn rhaid i'r dynion doeth gwblhau'r gwaith erbyn y Pasg. Dim ond DEUGAIN DIWRNOD! Felly mae Meistr Blegywryd a'r gweddill wedi cloi eu hunain o'r neilltu ers dyddiau. Ond mae'n RHAID imi weld Meistr Blegywryd eto. Mae'n rhaid imi weld y llygaid glas llachar 'na eto.

Felly, rwyf wedi dweud wrth Dada y byddai'n syniad da petaen ni'n gwahodd Meistr Blegywryd a'r dynion doeth i swpera gyda ni. Roedd Dada'n eistedd ar ei orseddfainc yn y llys ar y pryd.

'Na, Angharad. Y Grawys. Mi wyddost ti'n iawn mai dim ond dŵr a bara y bydd pawb yn ei gael tan y Pasg,' meddai. Ond gallwn weld olion coes ffowlyn wedi'i wthio i lawr un ochr i'r sedd, a saim a darnau o gig yn ei farf. Does dim ots gen i am gyfarwyddiadau Mama (rhif II). Gadewch i bawb chwerthin am ben yr hen RAGRITHIWR!!

Ond newyddion da, gofnod annwyl. Edrychais drwy'r ffenestr gynnau a gweld Meistr Blegywryd yn cerdded ar ei ben ei hun drwy'r coed helyg yn y gwyll.

Mae gen i syniad.

Dydd Sadwrn 1 Mawrth 929
Diwrnod Dathlu Sant Dewi m 589
Mae'n flin gen i am d'anwybyddu mor hir, gofnod annwyl, ond mae dy feistres MEWN CARIAD! Rydw i wedi dilyn cyfarwyddyd Dewi Sant ac ymdrochi mewn dŵr oer

DEIRGWAITH y dydd i geisio atal meddyliau anllad ... A METHU!! O, gofnod annwyl, sut alla i ddechrau cofnodi pythefnos hapusaf fy mywyd?

Bu Meistr Blegywryd yn cerdded drwy'r helyg am ddwy noson cyn imi fagu'r hyder i ddod ar ei draws 'ar hap' ar y drydedd noson – noson a fydd wedi'i hoelio yn fy nghof tan ebargofiant. Roedd e mor foesgar a chynigiodd gydgerdded â mi am ychydig cyn iddo glwydo'r noson honno. Gofynnais iddo am y gynhadledd a chefais fy nghyfareddu gan ei wybodaeth. Dywedodd pa mor anodd oedd hi i benderfynu pa ddeddfau i'w cynnwys, gan ganmol FY NHAD!! i'r cymylau am gael y syniad o osod y deddfau. Roeddwn yn ysu i ddweud wrth Meistr Blegywryd mai FY SYNIAD I A FY SYNIAD I YN UNIG oedd y cyfan, i gael yr hen ragrithiwr allan o dwll ariannol. Ond gwyddwn na fyddai hynny'n weddus. Serch hynny, mae gen i syniadau pendant am rai agweddau ar y gyfraith, a chyn imi wybod roeddwn wedi'u mynegi.

'Mae hi mor annheg mai dim ond bechgyn sy'n cael etifeddu, ac nad yw merched, hyd yn oed os mai nhw yw'r cyntaf anedig, yn etifeddu dim, meddwn. 'Dyw merched ddim yn cael cyfle teg mewn bywyd.'

Edrychodd Blegywryd yn graff arnaf, a boddais yn ei lygaid gleision.

'Mae 'na gyfleoedd i fenywod, Dywysoges Angharad ap Hywel ap Cadell. Yn wir, mae'r Eglwys yn cynnig cyfleoedd gwych i fenywod o'ch statws chi,' meddai. Soniodd am Matilda, merch Brenin Otto'r Cyntaf, yr Ymerawdwr Rhufeinig Sanctaidd, a benderfynodd fod yn lleian cyn cael ei dyrchafu'n abades Quedlinburg, a olygai fod ganddi awdurdod dros nifer o ddinasoedd yn ogystal â grym Esgob.

Teimlais lygaid gleision Meistr Blegywryd yn treiddio i'm calon.

'Ond rwyf am fod yn lleian, Meistr Blegywryd. Rwyf am wasanaethu Duw drwy weddïo a chyflawni gweithredoedd da,' meddwn.

'Clodwiw iawn,' atebodd, gan gosi ei ên am ennyd. 'Wrth gwrs, roedd y ffaith fod Matilda'n dywysoges yn bwysig am fod lleiandai'n hunangynhaliol. Bu'n rhaid iddi gyfrannu gwaddol arian a thir i helpu i gynnal y lleiandy,' ychwanegodd, gan edrych yn daer arnaf.

Pesychodd yn dawel. 'Mae Eglwys Llandaf am godi lleiandy, ond mae'n gostus iawn ... byddai cefnogaeth merch y brenin yn help mawr i'r achos,' meddai, fel petai'n gwybod beth fyddwn i'n ei awgrymu.

'Ond Meistr Blegywryd ... pam na alla i ddod i Landaf i helpu i godi'r lleiandy? Gallem weithio ar y cyd,' meddwn, cyn oedi am ennyd.

Gwyddwn fod yn rhaid imi ddweud popeth wrtho. Felly dywedais fod fy nhad am imi briodi Trefor ond mai Duw oedd yr unig Arglwydd roeddwn i am ei wasanaethu.

Cododd Meistr Blegywryd ei aeliau am ennyd. Yna gwenodd.

'O ran y gyfraith, wrth gwrs, mae gwasanaethu'r Arglwydd yn y Nen yn rhagori ar wasanaethu unrhyw Arglwydd ar y ddaear, ond eich tad yw'r brenin, Dywysoges Angharad.'

Fy nhro i oedd hi i wenu. Dywedais y gallwn berswadio Dada.

'Mae gennyf syniadau pendant am hawliau merched. Efallai y gallai'r rheiny gael eu cyflwyno fel rhan o'r deddfau, petawn i'n cytuno i berswadio Dada y byddai'n well imi ddod i Landaf i godi lleiandy ... gyda help gwaddol sylweddol,' awgrymais.

Yn fy meddwl, gwelwn Meistr Blegywryd a minnau'n treulio gweddill ein hoes gyda'n gilydd ar lannau afon Taf.

Oedodd Blegywryd.

'Hmm. Hawliau merched. Wrth gwrs, i ŵr cyfraith, nid sacrament yw'r uniad rhwng mab a merch, ond cytundeb sy'n creu braint arbennig; a'r fraint honno, fel pob braint arall, yn mynegi'i hun i raddau helaeth ym mherthynas y gŵr a'r wraig, ac eiddo a hawliau cyfreithiol eraill,' meddai'n dawel.

Ac felly, fe ddechreuon ni gynllunio fy nyfodol yn Llandaf gyda Meistr Blegywryd.

Rydym wedi trafod ein cynlluniau yn y gwyll ymysg yr helyg bob nos ers hynny, ac eisoes wedi trafod galanas, amobr, a sarhad. Nos yfory mae Meistr Blegywryd yn mynd i esbonio'r gwahaniaeth rhwng craith guddiedig a chraith ogyfarch. Nid oeddwn wedi sylweddol cyn hyn bod manylion y gyfraith MOR DDIDDOROL!

Dydd Llun 17 Mawrth 929
Dathlu Diwrnod Santes Gertrude m 659
Prin y galla i ysgrifennu'r geiriau hyn, gofnod annwyl, am fod cymaint o ddagrau'n llifo i lawr fy mochau. Mae Blegywryd wedi fy ngadael am byth. A fi yn unig sydd ar fai. Ond mae'n rhaid imi fod yn gryf a diolch i'r Iôr ein bod wedi cael cyfle i dreulio mis yng nghwmni'n gilydd. Rwy'n deall nawr nad oedd yr Arglwydd am imi dreulio f'oes gyda Meistr Blegywryd, a bod yn rhaid imi gadw fy ngwyryfdod, fel cymaint o'r Santesau rwyf wedi sôn amdanynt.

Llwyddodd y dwsin doeth a Meistr Blegywryd i orffen 'Cyfraith Hywel' ddydd Gwener diwethaf. Cyflwynwyd y dogfennau i Dada. Treuliodd yntau'r penwythnos yn eu darllen, cyn trefnu bod copïau'n cael eu hanfon at gyfreithwyr ac ustusiaid drwy ei diriogaeth er mwyn eu cymeradwyo.

Gadawodd y dynion doeth Hendy-gwyn ar Daf fesul un y bore 'ma. Gadawodd Dada hefyd, i oruchwylio a chynghori'r swyddogion a fydd yn casglu'r trethi i lenwi'i goffrau o hyn ymlaen.

Ond ni adawodd Meistr Blegywryd. Roeddwn wedi ei wahodd i'm hystafelloedd i ddathlu llwyddiant ein cynllun. Cyflwynodd gopi o'r deddfau imi, ac fe'i darllenais yn awchus, gan weld ei fod wedi cynnwys nifer helaeth o'm hawgrymiadau i.

'Diolch, Meistr Blegywryd. Rydych chi wedi gwneud cymwynas fawr â merched Cymru,' meddwn.

'Pleser pur, Dywysoges Angharad. Pleser pur,' atebodd yntau, gyda gwên siriol a oleuodd yr ystafell.

'Byddaf yn dweud wrth fy nhad am fy nghynlluniau i godi'r

lleiandy yn Llandaf pan fydd yn dychwelyd,' ychwanegais.

Cyrhaeddodd y gweision gyda'r swper a gosod y wledd o'n blaenau. Roedd yn bryd o fwyd addas ar gyfer diwrnod Santes Gertrude, am ei bod hi'n enwog am ei lletygarwch.

Roeddwn wedi penderfynu dilyn un o gyfarwyddiadau Mama am unwaith: rhif VI, sef y rysáit am y pryd llysywod; 20 *llysywen yr un, dwy lwy fawr o* belladonna, *dau wydraid o gwcwll y mynach, dau wydraid o'r gegid, un winwnsyn.*

Y bore hwnnw roeddwn wedi rhoi'r rysáit i'r cogydd. Cododd hwnnw ei aeliau.

'Ydych chi'n hollol siŵr eich bod am imi gynnwys *belladonna, wolfsbane* a *hemlock*?' gofynnodd.

'Wrth gwrs. Dyna oedd hoff rysáit fy mam,' meddwn.

'Alla i gredu hynny,' clywais y cogydd yn mwmial dan ei wynt, cyn ychwanegu, 'O'r gorau. Chi yw'r dywysoges.'

'Hmmm. Mae'r llysywod 'ma'n hyfryd. Rwy bron â llwgu ar ôl byw ar fara a dŵr am ddeugain diwrnod. Blas ychydig yn anarferol. Beth yw'r saws, Dywysoges?' gofynnodd Meistr Blegywryd, oedd eisoes wedi llyncu dwsin o lysywod cyn imi ddechrau bwyta.

'*Belladonna*, cwcwll y mynach a'r gegid,' atebais. 'Rysáit fy mam.'

'Doniol iawn ... ond dyw'r saws ddim yn blasu fel gwenwyn,' meddai Meistr Blegywryd gan ddechrau chwerthin.

'Gwenwyn? Pa wenwyn?' bloeddiais wrth i Meistr Blegywryd ddechrau peswch, cyn gafael yn ei wddf a syrthio ar ei ben i ganol gweddill y llysywod.

Daliais Meistr Blegywryd yn dynn yn fy mreichiau wrth iddo gymryd ei anadl olaf. Collais unig gariad fy mywyd heno, gofnod annwyl. Beth wna i hebddo? Alla i ddim meddwl am fyw hebddo.

Och a gwae, gofnod annwyl.

Dihunais yn ferch y bore 'ma. Byddaf yn mynd i gysgu'n fenyw.

Dydd Llun 24 Mawrth 929

Diwrnod Dathlu Santes Hidelith m712

Fe briodais i Trefor Tew heddiw.

PAID ag edrych arnai fel yna, gofnod annwyl. Doedd dim dewis gennyf.

Erbyn hyn, wrth gwrs, rwy'n deall holl gynlluniau ffiaidd Mama i sicrhau mai Dada fyddai brenin Cymru. Dywedais wrth Dada fod Meistr Blegywryd wedi marw ar ôl iddo fwyta un o ryseitiau Mama. Dywedodd Dada wrth bawb arall ei fod wedi marw ar ôl 'bwyta llysywod hyd syrffed.'

Roeddwn wedi anghofio'n llwyr ei bod yn ben blwydd arnaf y diwrnod y bu farw Meistr Blegywryd. Ond allwn ni ddim dweud dim wrth Dada. Yr unig beth oedd ar ei feddwl e oedd y briodas. Doedd dim ots gennyf rhagor.

'Gwnewch beth fynnwch chi, Dada,' meddwn wrtho. Ac felly y bu. Priodas amdani.

Ond cafodd Trefor fraw pan oeddem ar ben ein hunain yn fy ystafell wely yn gynharach heno. Mae'n addas ei bod hi'n ddiwrnod Santes Hidelith, merch oedd yn enwog am reoli gyda disgyblaeth lem.

Daeth Trefor tuag ataf gan lyfu'i wefusau tew. Fe'm taflodd ar y gwely. Ond cyn iddo gael cyfle i neidio ar fy mhen, tynnais fy nghopi o Gyfraith Hywel allan o'i guddfan dan y cwrlid a'i agor.

'Peidiwch â dod gam yn nes, Trefor,' meddwn yn awdurdodol. Safodd Trefor yn ei unfan. 'Cyn inni ddechrau ar ein bywyd priodasol, rwyf am amlinellu fy hawliau yn ôl Cyfraith Dada. Galwch e'n gytundeb cyn-briodasol os mynnwch,' ychwanegais. Syrthiodd wyneb Trefor yn araf wrth imi amlinellu cyfraith agweddi, gan esbonio fy hawl i hanner eiddo'r briodas petai gennyf achos i'w ysgaru ar ôl saith mlynedd.

'Yn ogystal, mae arnat ti arian imi am gytuno i dy briodi yn ôl cyfraith agweddi ... dyma ni ... punt i ferch taeog ... teirpunt i ferch brëyr ... a phedair punt ar hugain i ferch brenin ... sef myfi.'

'FAINT?' gwaeddodd Trefor.

'A 'wy ddim wedi sôn am gowyll eto,' ychwanegais.

'Beth yn y byd yw cowyll?'

'Yr anrheg sy'n rhaid i ŵr ei roi i'w wraig ar ôl eu noson gyntaf gyda'i gilydd.'

'A faint yw hwnnw? Wnes i ddim cytuno i hyn!'

'Does dim rhaid iti gytuno. Mae'n gyfraith gwlad,' atebais. 'Ac mae gen i hawl i fargeinio am swm y cowyll. Beth yw gwerth fy ngwyryfdod, Trefor?'

Dechreuodd hwnnw anadlu'n drwm a chodi'i law i'm taro.

'Gyda llaw, mae'r ddirwy sarhad am daro gwraig heb achos da yn un uchel ...' ychwanegais, gan droi at y dudalen nesaf. 'A phaid â hyd yn oed meddwl fy nhreisio, oherwydd byddai hynny'n costio'n ddrud iawn i ti. Ac os nad wyt ti'n fodlon talu'r ddirwy, y dewis arall yw colli dy geilliau. O, a mae gan ferch yr hawl i ysgaru ei gŵr os yw'n wahanglwyfus, yn rhywiol ddiffygiol, neu – ac mae hyn yn bwysig yn dy achos di – os oes ganddo ANADL DREWLLYD!'

Rhoddodd Trefor ei law dde o flaen ei geg ac anadlu arni.

'Yn ogystal, paid â meddwl godinebu gydag unrhyw un arall. Bydd y sarhad yn costio darn chweugain iti am y tro cyntaf, punt am yr eildro, a ... gad imi ddyfynnu'n gywir,' meddwn, gan droi'r dudalen, 'ie ... dyma ni ... a'r trydydd tro mae gen i'r hawl i ysgariad heb golli dim o fy eiddo.'

Mae Trefor wedi mynd i ystafell wely arall i gysgu. Rwy'n credu y byddaf yn mwynhau bywyd priodasol wedi'r cyfan, gofnod annwyl. Diolch i GYFRAITH ANGHARAD!

Llywelyn ein Llyw Olaf, 1282

Breuddwyd yw bywyd

I

Bu Madog yn eistedd â'i ben yn ei ddwylo am funudau hir cyn ailgydio yn y fegin a'i gwasgu a'i hagor yn araf dro ar ôl tro. Syllodd ar y siarcol yn mudlosgi wrth i dymheredd y ffwrnais ddechrau codi yng nghornel yr efail, gan oleuo'r adeilad tywyll am ennyd.

Roedd Madog yn isel ei ysbryd y prynhawn crasboeth hwnnw o Fehefin yn 1282. Roedd newydd ddathlu ei ben blwydd yn ugain mlwydd oed ac, o ganlyniad, yn wynebu creisis canol oed. Edrychodd o amgylch yr efail gan ochneidio. Gwyddai y byddai'n treulio'r rhan fwyaf o weddill ei fywyd yn y fagddu hon. Sawl blwyddyn fyddai hynny? Deg haf ar hugain arall petai'n byw mor hir â'i dad. Ochneidiodd unwaith, yna pesychu am hir cyn parhau i agor a chau'r fegin gan ddwys ystyried ei ddyfodol fel gof.

Roedd Madog wedi llwyr ymlâdd ar ôl chwysu am oriau yng ngwres deifiol y ffwrnais i greu rhawiau palu newydd ar gyfer taeogion yr ardal. Bachodd ar y cyfle i gael hoe ac ychydig o awyr iach. Gadawodd ei waith ac eistedd ger drws yr efail – ymhen ychydig byddai Gwenllian, ei wraig, yn dod â'i swper iddo o'r tŷ cyn iddo ailddechrau gweithio nes iddi dywyllu.

Cododd ei ben a gweld dyn tal ond ychydig yn gefngrwm, gydag ysgrepan dros ei ysgwydd, yn closio ato.

'Henffych, Madog. Mae gwaith gof yn ddi-baid ac yn ddiddiolch, yn dyw e, yn enwedig ar ddiwrnod mor ddieflig o boeth,' meddai Iestyn Megin Fawr, cyn estyn ei law i gyfeiriad Madog. Cododd Madog ar ei draed ac ysgwyd llaw'r dyn gyda'r gwallt hir du a'r llygaid miniog cyn cynnig cwpanaid o ddŵr iddo.

'Diolch, Madog, ond mae gen i rywbeth ychydig yn fwy blasus fan yma,' atebodd Iestyn, gan osod ei ysgrepan ar y llawr a thynnu potel o win allan ohoni. 'Cynnyrch gorau Bordeaux,' broliodd.

Roedd Iestyn wedi clywed bod Madog yn hoff iawn o'r

ddiod gadarn ac felly wedi penderfynu ymweld â'r gof pan fyddai hwnnw fwyaf angen torri ei syched.

'Pam lai,' atebodd Madog, a thywys Iestyn i gornel leiaf crasboeth yr efail, estyn gobled yr un iddyn nhw o silff gyfagos a'u gosod ar y bwrdd.

Arllwysodd Iestyn y gwin i'r gobledi. Cododd un a'i astudio'n ofalus.

'Ai chi greodd hwn?' gofynnodd, gan droi'r gobled yn araf yn ei law chwith a syllu ar y ddraig goch oedd wedi'i cherfio'n gelfydd ar flaen y gobled. Amneidiodd Madog â'i ben i gadarnhau hynny cyn yfed cynnwys ei obled yntau mewn un dracht ac arllwys mwy o win i stumog ei ddraig. 'Gwaith gwych. Mor gywrain. Wrth gwrs, mae f'arbenigedd i mewn maes sy'n llawer llai creadigol,' meddai Iestyn. Cymerodd lwnc bach o'i win a thaflu'i lygaid i bob cornel o'r efail i geisio dyfalu pa mor llewyrchus oedd busnes Madog.

Gwyddai Madog fod Iestyn wedi gwneud ei enw fel gof yn ne Cymru drwy arbenigo bron yn gyfan gwbl mewn creu cleddyfau, tarianau a phennau saethau.

Roedd Iestyn Megin Fawr wedi gweld bwlch yn y farchnad pan ddechreuodd gwrthryfel Llywelyn, Tywysog Cymru, yn erbyn coron Lloegr bum mlynedd ynghynt. Erbyn hyn roedd ganddo sawl gefail lewyrchus yng nghestyll Llanfair-ym-Muallt, Blaen Llyfni a Bronllys. O ganlyniad, roedd wedi penderfynu ehangu ei fasnachfraint, gan agor gefail arall wythnos ynghynt yng nghastell tomen a beili Aberedw, a safai ar y bryn yn syllu'n ffroenuchel ar efail dila Madog.

'Rwy'n clywed bod creu arfau ar gyfer byddinoedd Cymru a Lloegr wedi bod yn waith llewyrchus iawn,' meddai Madog gan orffen y gwin. Tynnodd Iestyn botel arall allan o'i ysgrepan.

Do, bu'r gwrthryfel yn fuddiol iawn i Iestyn Megin Fawr am ei fod yn medru'r Gymraeg a'r Saesneg, yn wahanol i Madog a'i dad. Roedd tiroedd Buellt wedi newid dwylo sawl tro rhwng byddinoedd Llywelyn a'r Brenin Edward I dros y cyfnod cythryblus hwnnw, ond llwyddodd y gof amlieithog i arfogi'r naill ochr a'r llall wrth iddynt orchfygu cestyll de Powys yn eu tro.

'Dyw byddinoedd ddim yn poeni am hil y gof sy'n creu'r arfau, diolch byth. Iestyn wyf fi i'r Cymry a Justin i'r Saeson. Mae byddinoedd Llywelyn ac Edward yn sylweddoli mai busnes yw busnes,' meddai Iestyn yn hunanfodlon. Yna trodd at wir reswm ei ymweliad, sef prynu gefail pentref Aberedw ac ehangu ei ymerodraeth. 'Roedd yn flin gen i glywed am farwolaeth eich tad. Colled fawr i'r ardal,' meddai'n dawel gan arllwys mwy o win i Madog.

Bu farw Guto, tad Madog, yn ystod y gwanwyn y flwyddyn honno. Roedd Madog yn perthyn i linach o saith cenhedlaeth o ofaint ym mhentref Aberedw yng nghantref Buellt yn y Canolbarth. Am mai ef oedd unig fab ei dad, roedd Madog wedi ysgwyddo'r cyfrifoldeb o ddysgu'r grefft dan adain anferth Guto'r gof.

Amneidiodd Madog â'i ben i gydnabod y sylw cyn cymryd llwnc arall o'i win.

'Mae'n siŵr ei bod hi'n anoddach arnoch chi am mai dim ond chi sy'n gyfrifol am waith yr efail erbyn hyn, ac mae gennych wraig a dau o blant i'w cynnal hefyd,' meddai Iestyn, oedd wedi gwneud ei ymchwil yn drylwyr.

'Mae'n anodd iawn ar adegau. Digon gwir. Ond fan hyn mae fy lle i, mae'n debyg,' atebodd Madog yn dawel, gyda thafod oedd yn tewhau gyda phob dracht o win.

Bu busnes Madog a'i dad yn un llewyrchus tan yn ddiweddar, gyda'r ddau'n pedoli ceffylau a chreu rhawiau, cloeon, colfachau, allweddi, hoelion, cyllyll, proceri, offer llaw ac offer miniog ar gyfer ffermwyr a thaeogion yr ardal. Roedd Guto, fel ei gyndeidiau, yn grefftwr medrus a greai gleddyfau haearn safonol ar gyfer llysoedd tywysogion y Deheubarth. Guto hefyd, gyda chymorth ei fab, Madog, a fu'n gyfrifol dair blynedd ynghynt am greu'r porthcwlis newydd yng nghastell Aberedw, a safai uwchben y pentref ar lethrau afon Irfon. Roedd y castell hwnnw erbyn hyn wedi newid dwylo, yn dilyn y frwydr ddiwethaf, ac yn eiddo i fyddin y Sais a'r brenin, Edward y cyntaf.

Pwysodd Iestyn ar draws y bwrdd.

'Ond fyddai ddim rhaid ichi boeni am y dyfodol petai rhywun yn cynnig ysgwyddo'r baich,' sibrydodd.

'Beth y'ch chi'n ei awgrymu?'

'Rwy'n cynnig prynu'r efail hon ... am bris teg ... a thalu cyflog i chi barhau i wneud yr un gwaith yma, i sicrhau eich bod yn derbyn cyflog rheolaidd yn hytrach na dibynnu ar fympwy'r taeogion,' meddai Iestyn. Cymerodd lwnc arall o'i win. 'Neu fe allech chi ddefnyddio'r tâl am yr efail i symud i rywle arall. Cyfle i ddechrau o'r dechrau mewn ardal wahanol,' ychwanegodd.

Bu farw Guto'r gof pan oedd blodau'r gog yn eu hanterth y flwyddyn honno a bu'n rhaid i Madog gymryd yr awenau ar ei liwt ei hun yn yr efail. Ni fyddai ei ddau fab, Guto, 5, a Rhys, 3, yn ddigon hen i ddechrau gweithio fel prentisiaid iddo am flwyddyn neu ddwy, felly roedd baich y cyfrifoldeb o gynnal saith cenhedlaeth o draddodiad teuluol yn pwyso'n drwm ar ei ysgwyddau ef, ac ar ei ysgwyddau ef yn unig. Llyncodd ei win yn un dracht a gosod y gobled yn ôl ar y bwrdd, lle cafodd ei ail-lenwi eto gan Iestyn.

'Faint ydych chi'n ei gynnig am yr efail ... a beth yw'r telerau?'

Lledodd hanner gwên ar draws wyneb Iestyn, oherwydd gwyddai o brofiad fod unrhyw un a ofynnai am y telerau'n fodlon gwerthu.

'Wyth gini am yr efail a hanner swllt yr wythnos o gyflog. Beth amdani, Madog?' gofynnodd yn uchel cyn poeri ar ei law chwith a'i hestyn tuag at Madog.

Pwysodd Madog yn ôl ar ei stôl deircoes. Roedd y gwin wedi mynd i'w ben erbyn hyn ac yn sydyn roedd y syniad o adael yr efail a bod yn hollol rhydd yn un atyniadol iawn. Dyma'i gyfle o'r diwedd i wireddu ei freuddwyd yn hytrach na threulio gweddill ei oes yn slafio yn yr efail.

Mae gan bob un ohonom freuddwyd. Breuddwyd Madog

oedd bod yn glerwr neu'n faledwr, yn teithio'r wlad gyda'i liwt ar ei gefn yn diddanu pobl gyda'i faledi twymgalon. Roedd Madog wedi breuddwydio am hynny ers i haid o glerwyr, actorion, cellweiriwyr, acrobatiaid a thrwbadwriaid ymweld ag Aberedw pan oedd Madog yn wyth mlwydd oed. Cafodd ei syfrdanu a'i swyno gan berfformiad y fintai, gan eu gwisgoedd amryliw a'u campau gorffwyll. Ond yn bennaf, cafodd Madog ei gyfareddu gan ganeuon swynol y clerwr i gyfeiliant ei liwt.

Erbyn i'r fintai o ddiddanwyr adael, roeddent wedi plannu'r syniad o glera ym meddwl y bachgen ifanc. Dechreuodd Madog weithio i'w dad fel prentis yn fuan wedi hynny, ond yn raddol blagurodd ei gynllun i fod yn glerwr. Aeth ati i greu ei liwt ei hun pan oedd yn ei arddegau, gan ddechrau diddanu trigolion y pentref yn y dafarn bob cyfle posib. Dyna ble y cyfarfu Madog â'i wraig, Gwenllian. Hi oedd merch dlysaf y pentref o bell ffordd, ym marn y gof ifanc pymtheg oed. Syrthiodd hithau mewn cariad â'r gŵr ifanc gyda'r llais ysgafn, melfedaidd.

'Wel, Madog ... ie neu na?' gofynnodd Iestyn, oedd yn dal i ddal ei law chwith allan o'i flaen.

Roedd Madog ar fin codi ei law pan glywodd lais wrth y drws.

'Ie neu na am beth?'

Trodd y ddau a gweld Gwenllian yn sefyll yno gyda hanner torth yn ei dwylo. Bu tawelwch rhwng y dynion wrth iddi ymuno â nhw.

'Ie neu na am beth?' gofynnodd Gwenllian am yr eildro, cyn sylwi ar y ddwy botel win ar y bwrdd.

'Dim ond cynnig busnes. Gadewch imi gyflwyno fy hun ...' meddai Iestyn Megin Fawr, gan ddechrau codi ar ei draed.

'Rwy'n gwybod pwy y'ch chi. Eisteddwch i lawr tra bydd fy ngŵr yn esbonio'r cynnig,' meddai Gwenllian. Hoeliodd ei llygaid ar Madog a defnyddio'i llaw dde i wasgu ysgwydd chwith Iestyn a'i orfodi i ddychwelyd i'w sedd. Roedd Gwenllian yn fenyw gref, a gwingodd Iestyn wrth iddi barhau i wasgu'n galed ar ei ysgwydd ar ôl iddo ildio i'w dymuniad.

'Mae Iestyn wedi cynnig prynu'r efail ...' dechreuodd Madog esbonio'n floesg. Boddwyd gweddill ei frawddeg gan chwerthiniad uchel Gwenllian.

'Wrth gwrs ei fod e. Ac rwyt ti'n mynd i ddweud na.'

'Ydw i?'

'Wyt,' atebodd Gwenllian, gan lwyr anwybyddu Iestyn, oedd hefyd ar fin cynnig esboniad. 'Mae hwn yn gwybod yn iawn dy fod ti a dy dad a'th gyndeidiau yn grefftwyr heb eu hail sydd wedi bod yn rhan annatod o'r gymdeithas hon ers canrifoedd, Madog. Mae gen ti gyfrifoldeb iddyn nhw i beidio â gwerthu'r efail i hwn, heb sôn am dy gyfrifoldeb i gynnal dy wraig a dy blant. Petaet ti'n gwerthu'r efail i hwn mi all godi pa bris a fynn ar drigolion yr ardal am y gwaith gofaint. Dyw e ddim yn byw yn ein plith ni, felly does dim ots ganddo,' ychwanegodd, cyn troi at Iestyn. 'Rwy'n credu eich bod wedi cael eich ateb. Mae fy ngŵr angen ei swper cyn ailddechrau ar ei waith,' meddai, gan godi ei llaw oddi ar ysgwydd Iestyn o'r diwedd.

Cododd Iestyn yn araf o'i sedd gan anwybyddu Gwenllian.

'Meddyliwch am y cynnig, Madog. Cymerwch eich amser,' meddai, gan anelu am y drws. 'Ond cofiwch, os mai "na" yw eich ateb, rwy'n ofni y bydd yn rhaid imi ddechrau cynnig yr un gwasanaethau â chi, Madog, am brisiau llawer is. Gwerthu neu fyw ar domen y pentref erbyn y Nadolig fydd eich ffawd,' ychwanegodd, cyn camu allan trwy ddrws yr efail.

'Mi fydd cyfrwystra hwnna'n achosi iddo syrthio ar ei gleddyf ei hun un diwrnod,' meddai Gwenllian wrth ei gŵr ar ôl i Iestyn fynd.

'Ond mae e yn llygad ei le. Does dim modd inni ei drechu, Gwenllian. Mae'r ddau ohonom yn gwybod hynny,' meddai Madog yn benisel.

'Pam na alli di greu cleddyfau a tharianau hefyd? Cystadla'n uniongyrchol ag e. Rwy'n siŵr dy fod ti'n well gof na'r diawl digywilydd 'na.'

'Na. Alla i ddim mynd yn groes i ewyllys fy nhad, Gwenllian,' mynnodd Madog.

Roedd tad Madog, fel ei gyndeidiau, wedi creu rhai o gleddyfau gorau'r genedl ar gyfer tywysogion Cymru. Creodd Guto ei gleddyf gorau dan oruchwyliaeth ei dad ar gyfer taid y Tywysog Llywelyn, sef Llywelyn Fawr. Pan fu farw'r Tywysog hwnnw, penderfynodd Guto'r Gof na fyddai ef nac unrhyw aelod arall o'i deulu'n creu'r un arf milwrol arall, er cof am arwr mwyaf ei wlad.

Serch hynny, ar ei wely angau, ysgogodd Guto ei fab i fod yn genedlatholwr da fel ei gyndeidiau, ac ateb unrhyw alwad a ddeuai o du ei gydwladwyr. Yna, cyn iddo gymryd ei anadl olaf, sibrydodd y gyfrinach ar gyfer creu cleddyf o'r safon orau, rhag ofn y byddai un o dywysogion Cymru'n galw am wasanaeth Madog ryw ddydd.

'Yn ôl ewyllys fy nhad, alla i ddim creu arfau ar gyfer unrhyw un heblaw am un o aelodau Llys Aberffraw,' oedd gair olaf Madog ar y mater y prynhawn hwnnw. Camodd at y cafn dŵr ger y ffwrnais, disgyn ar ei bengliniau a rhoi ei ben o dan y dŵr hanner dwsin o weithiau er mwyn sobri.

Yn ystod yr oriau canlynol, sylweddolodd Madog mai breuddwyd gwrach oedd gwerthu'r efail a dechrau bywyd newydd fel clerwr. Darbwyllodd ei hun fod yn rhaid iddo barhau i wneud bywoliaeth fel gof er mwyn cynnal ei deulu. Gwyddai mai ffolineb llwyr oedd hyd yn oed ystyried teithio'r wlad gyda gwraig a dau o blant bach, gyda dim ond lliwt i amddiffyn ei hun a'i deulu yn ystod rhyfel.

Efallai nad gwireddu breuddwydion sy'n bwysig, ond yn hytrach dal ein gafael ar y breuddwydion hynny, meddyliodd wrth iddo grwydro'r ardal gyda'i geffyl a'i gert i gyflawni'i waith dros yr wythnosau canlynol. Yn aml, byddai'n cau ei lygaid gan esgus bod y ceffyl yn ei arwain o Aberedw tuag at fywyd newydd fel clerwr.

Ond dychwelyd i Aberedw a wnâi bob nos.

II

Aeth pethau o ddrwg i waeth i Madog a'i deulu wrth i'r haf droi'n hydref, ac yn waeth byth wrth i'r hydref droi'n aeaf. Ni fu'r cynhaeaf y flwyddyn honno'n un gwael, ond am ryw reswm dechreuodd ei holl gwsmeriaid ddadlau na allent dalu i Madog am ei waith. Hefyd, collodd Madog nifer o'i gwsmeriaid i Iestyn Megin Fawr, oedd wedi cadw at ei air ac yn cynnig yr un gwasanaethau am bris llawer rhatach.

Yr unig gysur ym mywyd y gof oedd yr oriau hynny a dreuliai'n canu ei faledi yn y dafarn, lle gallai anghofio am ei broblemau. Dechreuodd fynychu'r dafarn yn fwy rheolaidd i leddfu ei ofidiau wrth i'r Nadolig nesáu, a chytunodd y landlord i'w dalu mewn cwrw a gwin.

Doedd dim rhyfedd felly fod Madog yn isel ei ysbryd wrth iddo syllu ar y siarcol yn mudlosgi ar fore oer ym mis Rhagfyr 1282. Daeth allan o'i lesmair wrth i'r fflamau droi eu lliw. Roedd y ffwrnais yn barod ar gyfer y gwaith o greu darn newydd ar gyfer aradr un o'r taeogion lleol, ond dal i agor a chau'r fegin a wnâi Madog, gan feddwl am ei dad a cheisio creu baled o deyrnged i'r aradr.

Roedd ei dad wedi dweud wrtho droeon fod gan bobl barch enfawr tuag at y gof am na allai cymdeithas fodoli hebddo. 'Dim gof, dim pedol, dim ceffyl, dim bwyd ... Dim gof, dim aradr, dim ceffyl, dim bwyd. Newyn.' Dyna ddywedai Guto'n aml. 'Cofia, Madog, dy fod di'n dibynnu ar y taeogion am dy fywoliaeth, ond maen nhw'n dibynnu mwy arnat ti.'

Ond wythnos ynghynt, bu un ohonynt mor hyf â dweud, 'fel yr oedd dy dad yn arfer dweud ... Dim bwyd, dim ceffyl, dim pedol, dim gof. Dim bwyd, dim ceffyl, dim aradr, dim gof. Newyn,' cyn wincio ar Madog a gadael heb dalu.

'Mae pawb yn cymryd mantais ohonot ti, Madog. Rwyt ti'n rhy oddefgar o lawer,' taranodd Gwenllian ar ôl i Madog ddweud wrthi fod Edryd ap Siencyn y töwr wedi dweud wrtho na allai dalu ceiniog ar hyn o bryd am yr offer llaw roedd Madog wedi'i wneud iddo.

'Fe welais i Alys ap Siencyn yn y farchnad y bore 'ma. Fe glywais i hi'n brolio wrth Siwan ab Seisyllt fod Edryd wedi gwneud mor dda'n ddiweddar fel eu bod wedi prynu stôl newydd, a'u bod yn gallu fforddio newid y gwellt maen nhw'n cysgu arno'n fisol. Yn fisol, cofia, Madog!'

Griddfanodd Madog gan wybod bod ei wraig yn llygad ei lle. Un a oedd yn gweld yr ochr orau o bobl fu Madog erioed.

'A beth ddaeth dros dy ben di'n pedoli ceffylau'r twyllwr 'na'r wythnos diwethaf?'

Griddfanodd Madog eto, gan gofio'r dyn barfog a alwodd heibio gyda'i geffyl, yn honni mai ef oedd y Tywysog Llywelyn, a bod angen pedoli ei geffyl. Ufuddhaodd Madog ar unwaith, gan gofio cyfarwyddyd ei dad ar ei wely angau i helpu tywysogion Llys Aberffraw. Addawodd y dyn y byddai'n dychwelyd i'w dalu drannoeth, ond ni ddychwelodd.

Sylweddolodd mai twyllwr oedd e pan gyrhaeddodd dyn arall yr efail yn ddiweddarach yn yr wythnos, gan ofyn i Madog bedoli ei geffyl a dweud mai ef oedd Dafydd, brawd y Tywysog Llywelyn. Yn ôl hwnnw, nid oedd Llywelyn wedi gadael Gwynedd ers misoedd. Diolchodd Madog i'r dyn am yr wybodaeth. 'Croeso,' meddai hwnnw, gan addo talu pan fyddai'n teithio trwy Aberedw drannoeth.

Ond ni ddychwelodd hwnnw chwaith. Sylweddolodd Madog mai twyllwyr oedd y ddau ohonynt pan ofynnodd Gwenllian iddo amdanynt.

'Ddylet ti fod wedi meddwl ddwywaith – doedd yr un o'r ddau ddiawl yn siarad ag acen ogleddol,' meddai.

'Ond beth arall allen i wneud? Alla i ddim gwrthod gwaith.'

'Roedd gan bobl ofn dy dad. Dy'n nhw ddim yn dy ofni di, Madog. Mae'n rhaid iti ddangos ychydig o asgwrn cefn,' mynnodd Gwenllian, cyn anelu am ddrws yr efail.

'Neu roi'r ffidil yn y to,' atebodd Madog yn dawel.

'A gwneud beth? Teithio'r wlad yn canu baledi? Mae'r ddau ohonon ni'n gwybod mai dim ond esgus i fynd i'r dafarn i yfed yw'r dwli clerwr 'ma. Tyfa lan, wir.'

'Ond, Gwenllian ... beth os wertha i'r efail i Iestyn Megin Fawr? Mae wyth gini'n dipyn o arian.'

'Na, Madog. Digon yw digon. Dy deulu ddylai ddod yn gyntaf. Wyth gini, wir! Dim ond am ryw hanner blwyddyn y byddai hynny'n ein cynnal ni. Petaet ti'n rhoi deg sofren yn fy llaw i fe fydde hynny'n wahanol. Bydden i a'r plant yn dod 'da ti mewn chwinciad,' chwarddodd Gwenllian gan ddychwelyd i'r tŷ.

III

Fore trannoeth, safai Madog ger drws yr efail. Roedd eira cyntaf y gaeaf wedi disgyn dros nos, a syllodd yn hiraethus allan dros y caeau gwynion. Sylwodd ar smotyn du yn symud ar hyd y gorwel, ac wrth i hwnnw nesáu gwelodd Madog mai dyn ar gefn ceffyl ydoedd. Ymhen dim, cyrhaeddodd y ceffyl a'r marchog yr efail, a disgynnodd y marchog, gŵr barfog a mantell hir amdano, oddi ar ei geffyl a'i arwain at y drws lle safai Madog.

'Ai hon yw gefail Guto'r gof?' gofynnodd.

Cadarnhaodd Madog hynny, gan sefyll o flaen yr efail â'i ddwylo ar ei gluniau.

'Rwyf wedi teithio'n bell ac mae fy ngheffyl wedi colli pedol,' meddai'r hen ŵr, gan edrych yn ôl dros ei ysgwydd fel petai'n disgwyl gweld rhywbeth neu rywun yn y pellter.

'Felly wir?' meddai Madog yn amheus, gan hanner cau ei lygaid. Syllodd yr hen ŵr arno.

'Rydych chi'n rhy ifanc. Yw Guto yn yr efail?' gofynnodd. Cymerodd gam ymlaen ond safodd Madog yn stond o flaen drws yr efail.

'Na. Mae Guto wedi marw. Fi sy biau'r efail nawr: ei fab, Madog. A phwy ydych chi?' gofynnodd yn heriol.

Cymerodd y dyn gam yn ei ôl.

'Myfi yw Llywelyn ap Gruffudd, Tywysog Cymru.'

Cafodd ei synnu gan ymateb y gof ifanc, a edrychodd i lawr a dechrau crafu siarcol oddi ar ewinedd ei law chwith.

'Llywelyn ap Gruffudd, ife?'

'Ie,' atebodd y dyn yn ddryslyd. Ni allai gredu'r fath hyfdra.

'Gadewch imi ddeall yn iawn. Dwi ddim am wneud camgymeriad. Ry'ch chi'n honni mai chi yw Llywelyn ap Gruffudd, sy'n gwrthryfela yn erbyn y Brenin Edward.'

'Ia ... ac rydw i ar frys,' meddai'r dyn, gan edrych dros ei ysgwydd am yr eildro.

'Y'ch chi'n gallu talu?'

'Rydw i ar frys, ddyn, mae'r Saeson yn f'erlid!'

'Nid dyna'r cwestiwn. Y'ch chi'n gallu talu?'

'Fydda i ddim yn cario arian ... fy ngosgordd sy'n cario hwnnw.'

Tro Madog oedd hi nawr i edrych dros ysgwydd Llywelyn.

'Ble maen nhw, 'te?'

'Rydw i wedi dod ar fy mhen fy hun ... cyfarfod cyfrin, pwysig ...'

'Dy'ch chi ddim yn edrych fel tywysog ...'

'Gwisgais fel hyn am nad ydw i am gael fy adnabod,' meddai'r dyn, gan edrych dros ei ysgwydd eto fyth.

'Er eich bod chi wedi cyfadde'n hollol agored i ddieithryn llwyr pwy y'ch chi,' meddai Madog, gan godi'i aeliau.

'Mi wn i fod teulu'r efail hon yn gefnogol i'r achos,' eglurodd y dyn, gan glosio at Madog.

'... ac ry'ch chi'n drewi,' ychwanegodd Madog, gan gymryd cam yn ôl.

'Bu i mi orfod cysgu mewn ogof drwy'r nos am fy mod i'n aros am neges ynglŷn â'r frwydr sydd i ddod.'

Caeodd Madog ei lygaid am ennyd cyn ochneidio.

'O'r gorau.' Camodd at y ceffyl ac edrych ar bob carn yn ei dro. 'Mae angen pedair pedol newydd arno. Ond ry'ch chi'n ffodus. Rwy'n cynnig bargen hyd at y Nadolig, sef prynu un, cael un am ddim. Felly mi bedola i'r pedwar carn am bris dau,' meddai Madog gan ddechrau ar y gwaith.

'Diolch, Madog fab Guto'r gof,' meddai'r gŵr barfog hanner

awr yn ddiweddarach, cyn dringo ar ei farch. 'Byddaf yn dychwelyd gyda'ch tâl cyn gynted â phosib.'

'Gawn ni weld,' meddai Madog o dan ei wynt.

IV

Ychydig a wyddai Madog mai Llywelyn ap Gruffudd, Tywysog Cymru, *oedd* y gŵr a ddaeth ato i gael pedoli'i geffyl. Gadawodd hwnnw bentref Aberedw a gefail Madog, a dechrau ar ei daith ugain milltir i'r fan ble'r oedd ei fyddin wedi ymgynnull ger Abaty Cwm-hir.

Ond wrth i Lywelyn farchogaeth ei geffyl drwy Lanfaredd, sylwodd fod chwe marchog yn nesáu o gyfeiriad y dwyrain. Sbardunodd ei geffyl i garlamu'n gyflymach, ond am ryw reswm nid oedd y ceffyl yn symud mor esmwyth ag arfer. Roedd y chwe marchog yn teithio'n gyflym tuag ato a thybiai Llywelyn mai mintai o fyddin y Saeson oeddent. Byddent yn dal i fyny ag ef ymhen munudau os na lwyddai i wneud rhywbeth. Gwelodd goedwig fawr tua chwarter milltir i'r gorllewin. Trodd ei geffyl ac anelu am y goedlan gan obeithio cuddio rhag y marchogion yn nhywyllwch y coed. Carlamodd i ganol y goedlan drwchus. Tynnodd ei gleddyf o'r wain a dechrau torri'r brigau trwchus oedd o'i flaen, gan lywio'r ceffyl yn ddyfnach i mewn i'r goedwig. Clywodd sŵn y fintai oedd yn ei erlid. Neidiodd oddi ar ei geffyl a rhoi'r cleddyf yn y tir o'i flaen er mwyn defnyddio'i ddwy law i reoli'i farch.

Bryd hynny y sylweddolodd Llywelyn ei bod hi ar ben arno. O'i flaen gwelai olion pedolau'r ceffyl yn yr eira, yn ymestyn yn ôl tuag at y ffordd drwy ganol y coed. Nid oedd ganddo ddewis ond aros i'r chwe marchog gyrraedd a brwydro hyd farwolaeth. Clywodd sŵn y ceffylau'n arafu tua deugain llath i ffwrdd, a'r Saeson yn trafod ymysg ei gilydd.

Safodd Llywelyn a'r ceffyl yno'n dawel am funudau hir. Mwythodd Llywelyn geg y ceffyl yn ddi-baid i'w atal rhag gweryru. Yna, yn wyrthiol, dechreuodd sŵn y carnau wanhau, wrth i'r fintai ddiflannu i'r un cyfeiriad ag y daethant ddeng munud ynghynt. Ni allai Llywelyn ddeall pam nad oedd y marchogion wedi dilyn ôl pedolau ei geffyl. Pwysodd ymlaen ac edrych ar yr olion yn yr eira. Gwenodd wrth iddo sylweddoli pam fod ei geffyl yn arafach na'r arfer y diwrnod hwnnw. Dilynodd drywydd olion y pedolau yn ôl at y ffordd. Yno gwelodd olion y chwe cheffyl arall yn teithio i'r un cyfeiriad, ac yno yn eu plith roedd olion ei geffyl yntau, yn teithio, yn ôl pob golwg, i'r un cyfeiriad.

Dychwelodd Llywelyn at ei farch a chodi carnau'r ceffyl fesul un. Llanwyd y goedwig â'i chwerthiniad afreolus, wrth iddo gofio am y gof anfoddog yn Aberedw. Gof oedd newydd achub ei fywyd.

Neidiodd ar ei geffyl a dechrau carlamu i gyfeiriad croes i un y Saeson. Byddai'n cyrraedd Abaty Cwm-hir cyn iddi nosi. Dim ond wedi iddo gyrraedd ei fyddin yn Abaty Cwm-hir y cofiodd Llywelyn ei fod wedi gadael ei gleddyf yn y goedlan.

Rhan V

Fore trannoeth pwysai Madog yn erbyn y ffwrnais yng nghanol yr efail yn gwrando ar gŵyn y ffermwr yr oedd wedi pedoli ei geffyl y diwrnod cynt.

'Ond dyw hi ddim yn deg, Madog. Mae'r ceffyl yn symud yn rhy araf. Pam yn y byd wnest ti osod y pedolau y tu ôl ymlaen?'

'Am fy mod i'n gwybod y byddai'r ceffyl yn symud yn araf. Dyna'r unig ffordd alla i dy gael di i dalu am fy ngwaith. Mi osodaf i'r pedolau y ffordd iawn pan fyddi di'n dechrau talu dy ddyledion,' meddai Madog, gan feddwl y byddai'r digwyddiad yn destun baled ysgafn wych.

Parhaodd y drafodaeth am hanner awr arall nes i'r ffermwr ildio yn y pen draw a thalu i Madog am y gwaith. Aeth y gof ati wedyn, yn ôl ei addewid, i ailosod y pedolau. Ffarweliodd â'r ffermwr gan deimlo'n hapus ei fod wedi cymryd y cam cyntaf tuag at fod yn fwy pendant gyda'i gwsmeriaid, a chael syniad am faled newydd ar yr un pryd.

Yn ddiweddarach y bore hwnnw roedd Madog yn canu'r faled iddo'i hun wrth iddo greu hoelion ar gyfer crydd y pentref. Cododd ei ben pan glywodd sŵn ger drws yr efail.

Yno safai'r dyn a honnai mai ef oedd Tywysog Cymru.

'A! Llywelyn ap Gruffudd. Tywysog Cymru. Ein Gwaredwr! Dewch mewn. Ry'ch chi wedi dod yn ôl i gwyno am y pedolau hefyd, mae'n siŵr. Eisteddwch, f'arglwydd!' meddai Madog, gan foesymgrymu'n wawdlyd a throi yn ôl at ei waith. 'Mi wna i ailbedoli'r ceffyl pan fyddwch chi'n talu'ch dyledion,' ychwanegodd dros ei ysgwydd.

Yn araf, tynnodd y dyn ddarnau o arian o'i bwrs a gosod un, dwy, tair sofren ar y ffwrnais o flaen Madog. Cododd y gof ei ben.

'Mae gennych chi lais swynol, Madog fab Guto'r gof,' meddai Llywelyn ap Gruffudd.

'Peidiwch â dweud ... Na! Nid chi yw ...?' sibrydodd Madog, gan syllu ar yr arian.

Amneidiodd Tywysog Cymru â'i ben yn gadarnhaol.

'Dyna'i diwedd hi,' mwmialodd Madog. 'Cyn i chi roi'r arian yn ôl yn eich pwrs, tynnu'ch cleddyf o'ch gwain a'm lladd i, mae gen i un peth i'w ddweud,' meddai'n gadarn.

'Beth?' gofynnodd Llywelyn.

'Does dim ots gen i farw. Dim ots o gwbl. Ddylen i fod wedi dilyn fy mreuddwyd a bod yn faledwr. Ond wnes i ddim. Fy mai i yw hyn i gyd am beidio â dilyn fy ngreddf. Rwy'n barod,' meddai Madog, gan syrthio ar ei bengliniau.

'Codwch ar eich traed, Madog fab Guto'r gof. Tydw i ddim yma i'ch lladd chi. Dychwelais i ddiolch ichi am achub fy mywyd.'

Cododd Madog ar ei draed ac esboniodd Llywelyn sut y llwyddodd i ddianc rhag y Saeson am fod y pedolau wedi'u gosod y tu ôl ymlaen. Cododd y tair sofren a'u rhoi yn llaw y gof.

'Yr ail reswm dros beidio â'ch lladd chi yw fy mod wedi colli fy nghleddyf yn y goedwig,' meddai Llywelyn, gan agor ei fantell a dangos y wain wag. Rhoddodd ei law yn ei bwrs unwaith eto i estyn am dair sofren arall a'u rhoi yn nwylo Madog.

'Rwyf am ichi wneud cleddyf newydd i mi. Mi gewch chi weddill eich cyflog pan ddof yn ôl i'w gasglu'r prynhawn 'ma,' meddai Llywelyn.

'Ond ... dwi ddim . . .' dechreuodd Madog, cyn i Llywelyn dorri ar ei draws.

'Gwnaeth eich taid gleddyf i'm taid i, Llywelyn Fawr, rai blynyddoedd yn ôl. Dyna pam y dois i i'ch gefail chi ddoe. Rwy'n cofio fy nhaid yn dweud mai gof Aberedw a greodd y cleddyf gorau iddo'i ddefnyddio erioed. Ac rwy'n disgwyl un o'r un safon gan ei ddisgynnydd,' meddai.

'Erbyn pryd fyddwch chi ei angen?' gofynnodd Madog yn dawel.

'Byddaf yn teithio'n ôl yn hwyr brynhawn heddiw. Mae gen i frwydr i'w threfnu. Felly ffarwél tan hynny, Madog fab Guto'r gof,' meddai Llywelyn cyn camu allan o'r efail.

Dilynodd Madog ef at y drws, a gweld deunaw o farchogion yn aros am y Tywysog. Neidiodd Llywelyn ar ei farch ac aeth y fintai yn ei blaen ar garlam.

Edrychodd Madog ar y chwe sofren yn ei law. Gallai'r arian hwn sicrhau na fyddai'r efail yn mynd i'r wal am o leiaf blwyddyn. Gallai'r teulu newid gwellt eu gwelyau ddwywaith y mis, a gallai brynu nifer o stolion ar gyfer y tŷ.

'Neu ...' meddyliodd am ennyd, cyn rhoi'r syniad o'i feddwl, a dechrau ar y gwaith o greu'r cleddyf.

Yn fuan iawn, sylweddolodd nad oedd ei dad erioed wedi gadael iddo greu cleddyf ar ei ben ei hun. Ceisiodd gofio'r chwe cham: gofannu, anelio, llifanu, caledu, a hydwytho. Ond y cam pwysicaf ar gyfer creu cleddyf dur, miniog allan o ddarn o haearn oedd ychwanegu'r cyfansawdd cywir o siarcol i'r haearn.

'Beth oedd y cyfansawdd hwnnw?' gofynnodd Madog iddo'i hun wrth i'r haearn ddechrau meddalu yn y ffwrnais. Yna cofiodd eiriau ei dad. 'Cofia, Madog. Dau ddarn o siarcol, dyna sy'n bwysig.' Gwenodd Madog, cyn ychwanegu dau ddarn o siarcol i bob deg darn o haearn yn y ffwrnais, a pharhau gyda'i waith yn eiddgar.

VI

Chwe awr yn ddiweddarach, roedd Llywelyn yn dal y cleddyf o'i flaen ac yn syllu arno gyda edmygedd.

'Mae'n ysgafn iawn am gleddyf mor sylweddol,' meddai, gan blicio darn o wallt o'i ben, ei daflu i'r awyr a hollti'r blewyn yn ddau gyda'r cleddyf. 'Ac mae'n finiog, hefyd,' ychwanegodd, cyn tynnu arian o'i bwrs. 'Gwaith gwych, Madog,' meddai Tywysog Cymru. Rhoddodd yr arian yn llaw Madog a syllu ar lafn hir y cleddyf. 'Rwyf am dy alw'n Madog Min Mawr,' meddai'n dawel wrth yr erfyn. 'Gobeithio y byddi di mor ffyddlon â dy grëwr.'

Gwyliodd Madog wrth i Llywelyn a'i fintai o farchogion garlamu tua'r gogledd i gyfeiriad Llanfair-ym-Muallt, cyn troi ar ei sawdl a rhedeg nerth ei draed i'w gartref i gyhoeddi'r newyddion da i'w deulu.

VII

'Wyth ... naw ... deg ... unarddeg ... deuddeg sofren! O ble gest ti'r fath gyfoeth?' gofynnodd Gwenllian, gan syllu'n syn ar Madog oedd yn sefyll o'i blaen gyda'i liwt yn hongian dros ei ysgwydd.

'Esbonia i bopeth ar y ffordd ...'

'Ar y ffordd i ble?'

'Ar y ffordd i ddyfodol gwell. Cer i nôl y plant. Af innau i baratoi'r ceffyl a'r cert. Ry'n ni'n gadael heno.'

VIII

Roedd hi'n dechrau tywyllu'r nos Wener honno, yr unfed ar ddeg o Ragfyr 1282, erbyn i Llywelyn a'i osgordd o ddeunaw marchog nesáu at odre'r mynydd i'r gogledd o afon Irfon ger pentref Cilmeri. Yn y fan honno bu byddin Gymreig o saith mil o filwyr troed ac oddeutu cant a hanner o farchogion yn aros am y tywysog.

Ond ryw hanner awr cyn i fintai'r Tywysog gyrraedd, ymosodwyd ar y fyddin honno o'r ochr gan fyddin Seisnig dan arweiniad Roger Mortimer a Roger Lestrange. Llwyddodd milwyr troed y Saeson i gyrraedd pont Irfon ac ymosod ar y milwyr oedd ar flaen y gad, cyn i'r ôl-fyddin gael ei threchu gan farchogion y Saeson.

Clywodd Llywelyn a'i osgordd sŵn y frwydr wrth iddynt nesáu, a charlamu mor gyflym â phosib i geisio cynorthwyo'u cydwladwyr. Ond roedd hi'n rhy hwyr. Roedd y fyddin ar ffo.

Pan gyrhaeddodd Llywelyn gyrion y frwydr, baglodd ei geffyl a syrthiodd y tywysog oddi ar ei farch. Cododd ar ei draed a gweld milwr Seisnig yn dod tuag ato, ei waywffon wedi'i hymestyn o'i flaen. Tynnodd Llywelyn ei gleddyf newydd o'r wain yn hyderus a sibrwd wrtho, 'Dihuna, Madog Min Mawr.' Closiodd at y milwr a chwifio'r cleddyf i dorri'r waywffon yn ei hanner. Ond er syndod i Llywelyn, nid y waywffon a holltodd yn ei hanner, ond yn hytrach y cleddyf brau a ddaliai'r tywysog yn ei law. Edrychodd yn syn ar y darn o ddur drylliedig cyn teimlo'r waywffon yn suddo i'w gnawd.

Safodd y milwr yno am ennyd, heb sylweddoli ei fod wedi lladd Llywelyn ei hun. Trodd i ymuno â'r milwyr eraill oedd yn ymosod ar yr osgordd o ddeunaw o filwyr dewr, oedd erbyn hyn yn ceisio amddiffyn y bont dros afon Irfon.

Ychydig a wyddai Stephen de Franckton, yr Ystad, Church Stretton, Sir Amwythig, y byddai ei enw'n cael ei anfarwoli am iddo ladd Llywelyn ein Llyw Olaf y diwrnod hwnnw.

Eiliadau'n ddiweddarach, roedd un o fyddin Llywelyn a

welodd ei dywysog yn syrthio wedi rhedeg draw o fryn cyfagos. Pwysodd dros Llywelyn, a'i glywed yn sibrwd yn gryg.

'Brad Buellt.'

'Brad? Pwy fradychodd ni?'

Cododd Llywelyn weddillion ei gleddyf yn boenus o araf a dweud, 'Cleddyf brau ... Gof Aberedw,' cyn cymryd ei anadl olaf.

Penderfynodd y milwr yn y fan a'r lle y byddai'n rhaid iddo ddod o hyd i'r gof oedd wedi bradychu Llywelyn. Ni fyddai'n gorffwys nes iddo ddial am farwolaeth ei Dywysog. Roedd byddin y Cymry ar chwâl erbyn hyn, felly sleifiodd oddi yno a diflannu i'r gwyll.

IX

Roedd Iestyn Megin Fawr ar ben ei ddigon y noson honno yn dilyn diwrnod llewyrchus iawn. Roedd wedi llwyddo i brynu gefail Madog y gof am fargen y prynhawn hwnnw. Hefyd, cafodd ei dalu'n hael ben bore am roi gwybodaeth i un o ysbïwyr Roger Mortimer. Roedd wedi dweud wrth hwnnw ble oedd y rhyd dros afon Irfon lle gallai byddin Mortimer a Lestrange ymosod ar fyddin Llywelyn o'r cefn.

Penderfynodd Iestyn fachu ar y cyfle i ledaenu'r wybodaeth fod yr efail yn awr yn ei ddwylo ef drwy dreulio awr neu ddwy yn y dafarn y nos Wener honno. Erbyn hynnny, roedd y newyddion am y gyflafan ger afon Irfon wedi cyrraedd y dafarn ac roedd Iestyn wrth ei fodd. Ar ôl yfed potelaid neu ddwy o win, dechreuodd frolio ymhlith cwsmeriaid y dafarn am ei gynlluniau ar gyfer gefail Aberedw.

Ond roedd rhywun arall yn gwrando ar Iestyn yng nghornel dywyllaf y dafarn. Y milwr a glywodd eiriau olaf Llywelyn oedd yn eistedd yno. Roedd eisoes wedi chwilio'r efail a chartref Madog, ond doedd neb yno. Felly penderfynodd fynd i'r dafarn i chwilio ymhellach.

Cododd y milwr ar ei draed a cherdded draw at Iestyn a

chriw o ddynion oedd yn sefyll o'i amgylch yn gwrando arno'n traethu. Gwthiodd drwy'r dorf fechan gan wynebu'r gof ymffrostgar, oedd wedi hen feddwi erbyn hyn.

'Ai chi sydd piau'r efail ym mhentref Aberedw?'

'Yn llygad eich lle, syr. Fi sydd biau'r efail,' cadarnhaodd Iestyn gyda balchder.

'Ydych chi'n creu cleddyfau hefyd?'gofynnodd y milwr, gan gymryd cam yn nes at y gof.

'Cywir unwaith eto. Fi – a myfi yn unig – sy'n creu cleddyfau ar gyfer holl ardal Buellt. Ond os ydych chi am gael cleddyf, bydd yn rhaid ichi aros tan y bore, mae gen i ofn.'

Tynnodd y milwr ei gleddyf o'r wain.

'Mae gen i gleddyf,' meddai. 'Ond rwyf am ei ddychwelyd ... am frad Buellt,' ychwanegodd, cyn gwthio'r cleddyf i stumog Iestyn Megin Fawr.

Cyn i unrhyw un fedru ymateb, roedd y milwr wedi rhuthro o'r dafarn a diflannu i berfedd y nos ar ei geffyl, gan adael Iestyn Megin Fawr yn gelain yng nghanol y dafarn.

X

Ar yr un pryd, roedd y ceffyl a'r cert yn cludo Madog, Gwenllian, a'r plant i gyrion tref Llanymddyfri, lle'r oeddent yn bwriadu aros mewn tafarn y noson honno, cyn teithio tua'r gorllewin drannoeth.

Llwyddodd y teulu i lwytho eu heiddo pitw ar y cert mewn llai na hanner awr, wedi i Madog ruthro draw i efail Iestyn Megin Fawr yng nghastell Aberedw.

Roedd Iestyn Megin Fawr wedi bod yn fwy na bodlon prynu'r efail, wrth gwrs. Serch hynny, cafodd ei synnu pan dderbyniodd Madog ei gynnig cyntaf o bedair gini, a hynny am yr efail a'r tŷ. Arwyddodd Madog y cytundeb yn gyflym, derbyn yr arian a ffarwelio â pherchennog newydd yr efail.

Wrth i'r cert nesáu at Lanymddyfri rhoddodd Gwenllian ei phen ar ysgwydd Madog.

'Rwyt ti'n sylweddoli ein bod ni'n wallgof, on'd wyt ti, Madog? Does ganddon ni ddim un rhan o gant o siawns o lwyddo.'

'Beth ddwedest ti,' gofynnodd Madog, gan oeri trwyddo.

'Does ganddon ni ddim un rhan o gant o siawns ...'

'Damio. Nid deg oedd e, ond cant,' meddai Madog dan ei anadl. Roedd newydd gofio mai dau ddarn o siarcol i bob cant o haearn, nid dau ddarn i bob deg, oedd y gymhareb gywir i wneud cleddyf dur. Gwyddai y byddai Llywelyn ap Gruffudd yn wallgof pan fyddai'r cleddyf brau yn torri yn ei law.

Ni allai ddweud gair am hyn wrth neb. Gwyddai hefyd fod yn rhaid i Madog y gof ddiflannu am byth. Trodd at Gwenllian.

'Rydw i wedi bod yn meddwl. Efallai y dylwn i newid fy enw. Dechrau o'r dechrau. Rwy'n credu y byddai "Cynan y Clerwr" yn enw da. Rwy'n teimlo'r awen yn cydio'n barod,' meddai Cynan y Clerwr. 'Beth am y llinell hon? "Fin nos fan hyn, Cynan a anwyd".'

Ymlwybrodd y ceffyl ymlaen tuag at Lanymddyfri i gyfeiliant chwerthin iach.

Dafydd ap Gwilym, 1341
Cywilydd y Cywydd

I

Gadewch imi gyflwyno fy hun. Yr enw yw Dafydd. Dafydd ap Gwilym. Bardd.

Doeddwn i ddim wedi torri gair â Wil, fy ngwas, ers dwy awr, ac roedden ni'n closio at Aberteifi.

Gadewch imi esbonio. Dechreuodd yr anghydfod dridiau yn ôl.

Roeddwn wedi prynu pâr o esgidiau ysblennydd yn siop y crydd yn Llanbadarn Fawr cyn dechrau ar y daith a newidiodd ein bywydau ni'n dau. Roedd yr esgidiau wedi'u crefftio o'r lledr gorau ac yn y steil diweddaraf, â blaen pob esgid yn cyrlio i fyny'n uchel.

Rydw i'n credu'n gryf mai'r cam cyntaf tuag at bod yn fardd yw gwisgo fel bardd. Ac rwy'n siŵr eich bod chi'n cytuno i hanes ddangos fy mod yn gywir ... yn hynny o beth, o leiaf.

Mae penwisg, wrth gwrs, yn hanfodol i bob bardd. Het Ffleminaidd wedi'i chreu o groen afanc rydw i'n ei ffafrio, a dyna oedd yn cuddio fy ngwallt melyn hir, cyrliog, y diwrnod hwnnw. Roeddwn yn gwisgo tiwnig frethyn o liw fermiliwn, i nodi fy mod i'n ddyn cyfoethog – uchelwr, dim llai. A'r *pièce de résistance*, chwedl y trwbadwriaid, oedd fy sanau melyn llachar, a gynrychiolai'r cydbwysedd rhwng cyfiawnder a thrugaredd, priodoleddau sydd mor bwysig i ni'r beirdd.

Yn fy marn i, roedd yr esgidiau newydd yn plethu'n berffaith â gweddill fy ngwisg. Ond roedd Wil, fy macwy, yn amlwg yn anghytuno. Cododd ei aeliau pan welodd yr esgidiau am y tro cyntaf wrth imi hop-a-deri-dandoian allan o'r siop a neidio ar fy mhalffrai, ceffyl bach ufudd o'r enw Ifan, a gweiddi 'Ymlaen i'r llys nesaf, Wil!' Ymlafniodd y march deg ar hugain oed a'r gwas pump ar hugain oed yn eu blaenau heb lawer o hop, llai o dderi a phrin ddim dandoian.

Dechreuodd y cecru am yr esgidiau'n fuan wedi hynny, yn ystod ein taith deugain milltir, pan glywais Wil yn dechau mwmian o dan ei wynt – arferiad oedd wedi gwaethygu'n arw yn y tri mis ers iddo fod yn was i mi, ei feistr ifanc.

Gadewch imi sôn ychydig am Wil. Deuthum o hyd iddo mewn tafarn yn Llanbadarn Fawr pan oeddwn wrthi'n gwneud ymchwil ar gyfer un o'm cerddi cynnar. Roedd fy nhad, Gwilym Gam (peidiwch â gofyn) wedi cytuno â'm cais, sef dilyn fy mreuddwyd a threulio blwyddyn yn teithio o amgylch Cymru, yn ennill fy mywiolaeth drwy farddoni. Os na fyddai hynny'n llwyddiant byddwn yn dychwelyd i'w helpu i redeg ein hystâd eang ym Mro Gynin yng ngogledd Ceredigion.

Wrth gwrs, fel y gwyddoch, mae angen gwas ar bob uchelwr sy'n teithio, am fod y ffyrdd mor beryglus. Un funud rydych chi'n cerdded gyda'ch het Ffleminaidd ar ongl chwareus ar eich pen, yn chwibanu ryw *chanson de geste* neu'i gilydd. Y funud nesaf mae rhyw leidr wedi neidio allan o'r clawdd, a chyn i chi ddweud Madog Benfras ap Gruffudd ab Iorwerth Arglwydd Sonlli ab Einion Goch ab Ieuaf ap Llywarch ab Ieuaf ap Ninaw ap Cynfrig ap Rhiwllawn, mae'r broga wedi chwifio'i gyllell a thorri'r pwrs oddi ar eich gwregys, cyn rhedeg nerth ei draed am y goedwig agosaf gyda'ch arian.

Felly, pan glywais Wil yn adrodd straeon am ei anturiaethau yn saethwr gyda byddin Edward III ym mrwydr Saint-Omer y flwyddyn cynt, a hynny'n uchel, o gornel dywyllaf y dafarn, gwyddwn y byddai'n gyd-deithiwr delfrydol. Byddai'n siŵr o gadw ei feistr ifanc yn ddiogel wrth deithio o un llys i'r llall. Sut allwn i ddarbwyllo milwr mor anrhydeddus i fod yn was gostyngedig? Ond pan glosiais at y bwrdd lle'r oedd Wil yn brolio am ei ddoniau â'r bwa hir yn ystod yr ymgyrch yn Ffrainc, cododd fy nghalon. Roedd ei lygad dde'n pefrio wrth iddo gyfareddu'r hanner dwsin o daeogion oedd yn glwstwr o'i amgylch. Ond ble'r oedd ei lygad chwith? Roedd craith hir yn ymestyn o ochr dde ei dalcen i lawr at ei drwyn. Chwifiai ei freichiau wrth gyrraedd diweddglo'r stori gyffrous. Ond ble'r oedd ei law dde? Yn pydru ar faes y gad yng nghwmni ei lygad chwith, mwy na thebyg.

Daeth stori Wil i ben, o'r diwedd. Bachais ar y cyfle i'w dynnu i gornel arall y dafarn am sgwrs. Dywedodd ei fod wedi gorfod gadael y fyddin oherwydd ei anafiadau ym mrwydr ffyrnig Saint-Omer. Ychwanegodd ei fod yn cynnal ei hun drwy gynnig gwersi saethu bwa, ond roedd hi'n amlwg i mi nad oedd y fenter honno'n un llwyddiannus iawn. Syllais ar ei ddillad carpiog.

'Rwy'n tybio nad ydych chi'n saethwr llaw chwith sy'n anelu gyda'i lygad dde, William, nac ychwaith yn saethwr llaw dde sy'n anelu gyda'i ddannedd,' meddwn, gan wybod yr ateb cyn i Wil gadarnhau fy mod i wedi dyfalu'n gywir. Ychwanegodd mai Gwilym oedd ei enw, nid William.

'Pwy sydd am gyflogi cyn filwr gydag un llaw ac un llygad?' gofynnodd Wil, gan lowcio ei beint.

Y meistr ifanc. Dyna pwy, ddarllenydd amyneddgar.

Roedd Wil yn was da, ac yn bwysicach fyth, yn gwmni da i mi yn ystod fy siwrnai farddonol. Bu'r teithiau hir o un rhan o Gymru i'r llall yn rhai pleserus iawn, gyda Wil yn sôn am ei anturiaethau yn Ffrainc a Fflandrys, gan gynnwys gwarchae Tournai, a'i brofiadau carwriaethol gyda merched Ffrainc. Llwyddodd hefyd i ddysgu ychydig o Ffrangeg imi. *Parfait*.

Ond bu'n rhaid imi ei geryddu pan ddechreuodd gynnig cyngor i'r meistr ifanc ynghylch barddoni.

'Pam na wnewch chi hyn gyda'r gerdd hon ... pam na wnewch chi'r llall gyda'r cywydd hwn ... mae gan y Ffrancwyr ddulliau chwyldroadol o farddoni, er enghraifft ...' Byddai'n cynnig cynghorion fel hyn imi'n fynych ar ôl fy ymddangosiadau barddol yn nhai'r uchelwyr.

Bu'n rhaid imi roi terfyn ar yr arferiad hwn yn ddi-oed. Dywedais wrtho'n blwmp ac yn blaen mai ei feistr ifanc oedd yr arbenigwr barddonol, ac nad oeddwn i am glywed mwy am y mater. Dwi ddim yn deall pam ei fod e mor feirniadol, chwaith. Mae fy ngyrfa farddonol yn llwyddiant mawr. Bydd pawb yn eu dagrau'n chwerthin bob tro y bydda i'n canu fy ngherddi'n gyhoeddus, ac rwy'n derbyn gwahoddiadau di-rif i berfformio gyda rhai o feirdd pennaf y genedl.

A dyna pam yr oeddwn i, Wil, ac Ifan y palffrai wedi teithio i dde Ceredigion y diwrnod hwnnw. Ein bwriad oedd aros yn nhafarn y Ship yn Aberteifi'r noson honno yng nghwmni beirdd eraill, cyn teithio fel mintai i blas yr uchelwr a'r baledwr gwael Rhys Meigen yn Nanhyfer y noson ganlynol.

Cerddais i mewn i'r Ship a gweld bod dau o'm cyd-feirdd eisoes wedi cyrraedd.

'Henffych, Madog Benfras ap Gruffudd ab Iorwerth Arglwydd Sonlli ab Einion Goch ab Ieuaf ap Llywarch ab Ieuaf ap Ninaw ap Cynfrig ap Rhiwllawn,' cyfarchais y bardd a eisteddai gyda'i beint ger bwrdd yng nghefn y dafarn.

'Mi wnaiff Madog Benfras y tro, Dafydd,' meddai hwnnw'n sych, gan syllu arna i heibio i ffrwd o wallt du, hir ac aeliau tywyll, trwchus.

'Wel, mae'n dipyn o lond ceg,' atebais.

'Dyna beth mae'r merched i gyd yn ei ddweud, yntê Madog?' chwarddodd y bardd arall.

Llywelyn Goch oedd hwnnw. Bardd a gafodd ei enw nid am fod ganddo wallt a barf goch, ond am fod ganddo feddwl a cheg fochaidd. Rhythodd Llywelyn Goch ar fy esgidiau newydd ysblennydd am eiliad neu ddwy, cyn gwthio'i benelin i asennau Madog Benfras.

'Rwy'n gweld dy fod ti'n edmygu fy esgidiau newydd, Llywelyn o'r coch-frid. Yn ôl y crydd yn Llanbadarn Fawr, maen nhw'n *de rigueur*,' meddwn, gyda thinc o falchder yn fy llais cryf, soniarus, dwfn.

'*De rigueur* yn 1301 falle, gyfaill. Wn i ddim a wyt ti wedi sylwi, ond mae'n 1341,' atebodd Llywelyn yn wawdlyd yn ei lais, croch, tenau.

Cododd Madog Benfras ac yntau a dechrau cerdded tuag ataf, yn araf ac yn lletchwith gan fod y ddau'n gwisgo esgidiau tebyg i'r pâr oedd am fy nhraed i, ond bod pen pob esgid yn ymestyn o leiaf naw modfedd cyn cyrlio i fyny.

'Gad inni dy gyflwyno i'r *Crakow*. Rwy'n ofni dy fod ti ar ei hôl hi, Dafydd. Mae'r oes wedi newid. Nid oes y Gogynfeirdd mohoni bellach, ond oes aur yr uchelwyr,' meddai Madog yn ei lais tawel, merchetaidd.

Daliodd Madog sylw'r ferch oedd yn gweini, a gofyn iddi ddod â chwrw i'r tri ohonom. Rhoddodd honno sgrech fach wrth iddi gerdded heibio Wil i nôl y diodydd, ac yna eto wrth iddi ddod yn ôl gyda'r cwrw. Clywais Wil yn mwmian barddoniaeth yn ei chlust, geiriau oedd yn ddieithr i mi. Serch hynny, roedd yn gwpled heb ei ail:

'Yn y tŷ mau enaid teg, bwrw yn llwyr, liw haul dwyrain.'

'Cau dy geg, y diawl hyll,' oedd ymateb y forwyn aeldywyll cyn iddi ddianc i'r gegin gan chwerthin yn isel.

Roeddwn ar fin ceryddu Wil a'r forwyn am eu hymddygiad anweddus pan ofynnodd Llywelyn gwestiwn i mi.

'Oes gen ti unrhyw waith newydd ar gyfer nos yfory, Dafydd?' Am ryw reswm, gwthiodd ei benelin i asennau Madog Benfras unwaith eto wrth ofyn y cwestiwn.

'Oes. Y *Cadno*,' atebais yn falch. Griddfanodd Wil y tu ôl imi. Digon yw digon. Fe'i hanfonais ar unwaith i stablau'r dafarn i wneud yn siŵr bod Ifan wedi cael bwyd a dŵr gan yr ostler. Trodd ar ei sawdl a sibrwd yng nghlust y weinyddes eto cyn mynd allan trwy ddrws cefn y dafarn. Codais innau ar fy nhraed o flaen y ddau fardd a dechrau traethu.

'O Gadno. Rwyt ti mor goch â chadno. O Gadno. Rwyt ti mor gyfrwys â chadno. O Gadno. Rwyt ti mor ffyrnig â chadno ... tym ti tym ti tym ti tym tym ti tym ti tym ... gwaith anorffenedig, wrth gwrs ... angen tamed bach mwy o waith arno, ond fe ddaw,' meddwn.

'Yr un orau 'to, yntê Madog?' meddai Llywelyn Goch gan wenu. Cydiodd yn y darn o felwm oedd ar y bwrdd o'i flaen, a thynnu ffiol ac ysgrifbin o'i boced.

Synhwyrais dinc o ddirmyg yn ei lais. Y rheswm? Cenfigen, wrth gwrs. Erbyn hyn rydw i wedi hen gyfarwyddo ag agwedd eiddigeddus fy nghyd-feirdd. Wedi'r cyfan, rydw i'n i'n uchelwr cefnog. O ganlyniad, dwi ddim yn dibynnu, fel y maen nhw, ar nawdd yr Uchelwyr i gadw'r blaidd o'r drws.

'Mae'n rhaid imi roi honna ar gof a chadw ... sut oedd hi'n mynd eto?' gofynnodd Llywelyn, oedd erbyn hyn wedi troi yr un lliw â'm tiwnig. Fe ddylwn i esbonio fod Llywelyn bob amser yn cadw felwm ac inc gerllaw am fod ganddo gof fel ... wel ... rhywun â chof gwael. Diolch byth am hynny, ddywedaf i, ac fe gewch chi weld pam yn nes ymlaen yn y stori.

Yn sydyn, clywyd bloedd o ddrws y dafarn.

'Mae'r beirdd wedi cyrraedd!'

Eiliad yn ddiweddarach roedd dyn penfoel, tew yn sefyll o'n blaenau. Rhys Meigen oedd hwnnw, yr uchelwr a'r baledwr di-nod oedd wedi'n gwahodd i'w gartref yn Nanhyfer i gynnal ymryson a gwledda drannoeth.

'Henffych Madog Benfras ap Gruffudd ab Iorwerth Arglwydd Sonlli ab Einion Goch ab Ieuaf ap Llywarch ab Ieuaf ap Ninaw ap Cynfrig ap Rhiwllawn. Rwy'n edrych ymlaen yn fawr at nos yfory,' meddai Rhys Meigen.

Cododd Madog Benfras ar ei draed a moesymgrymu.

'Na rhyw drwsiad rhag brad braw, swydd ddirnad, y sydd arnaw.'

Amneidiodd Rhys Meigen â'i ben i ddangos ei fod wedi'i blesio.

'Da iawn, da iawn wir,' meddai, cyn troi at Llywelyn Goch. 'Henffych, Llywelyn Goch.'

Cododd hwnnw hefyd, gan foesymgrymu.

'Pererindawd ffawd ffyddlawn, perwyl mor annwyl mawr iawn, myned, mau adduned ddain, lles yw tua Rhys Meigen,' meddai, gan ddyfynnu cywydd gan Iolo Goch a newid y llinell olaf.

'Hyfryd. Hyfryd iawn.' Yna sylwodd Rhys Meigen arnaf i am y tro cyntaf a dechrau chwerthin. 'O! Helô, Dafydd. Rwyt *ti* 'ma. Rwy'n edrych ymlaen at glywed dy gerddi nos yfory. Maen nhw i gyd mor ... wel ... ddoniol,' meddai, yn ei ffordd nawddoglyd arferol.

Mae'n rhaid imi gyfaddef bod fy ngyrfa farddonol hyd yn hyn wedi peri dipyn o benbleth imi. Roeddwn yn fwy na hapus fod pobl yn chwerthin wrth imi adrodd fy ngherddi dychan, ond y broblem oedd bod y rheiny mor ddoniol fel bod pobl yn dal i chwerthin wedi imi symud ymlaen at fy ngherddi dwys a difrifol.

'A sut mae bardd y ganrif yn cadw?' ychwanegodd, gan wincio ar Madog a Llywelyn.

'Mmm. Iawn ... am wn i,' meddwn. Clywais Llywelyn Goch yn sibrwd yng nghlust Madog Benfras.

'O leia roedd honna bron yn gynghanedd.'

Anwybyddodd Rhys Meigen fi'n llwyr am yr hanner awr nesaf, gan falu awyr am farddoniaeth gyda Madog a Llywelyn. Ymhen hir a hwyr penderfynodd y bolgi diflas ein gadael.

'Tan nos yfory,' meddai, gan droi ataf. 'Rwy wedi bod yn potsian tamed bach fy hun, ac rwy'n bwriadu cyflwyno cerdd foliant i ti, Dafydd, nos yfory,' meddai, gan wincio unwaith eto ar Madog a Llywelyn.

'I'w lys ar ddyfrys ydd af, o'r deucant odidocaf, llys barwn, lle syberwyd, lle daw beirdd aml, lle da byd,' meddai Llywelyn Goch yn ei lais main wrth i Rhys Meigen adael y dafarn gan wneud sioe o'i wybodaeth o waith Iolo Goch unwaith eto.

Yn syth wedi i ddrws y dafarn gau tu ôl i'r uchelwr, tarodd Llywelyn Goch rech enfawr.

'Twll Din Taliesin! Roedd hwnna'n straen. Ferch! Mwy o gwrw!' gwaeddodd.

Roedd wedi'i chael hi'n anodd atal ei hun rhag rhegi yn ystod yr ymgom gyda Rhys Meigen, mae'n amlwg.

'Dim mwy i mi,' meddwn. Codais ar fy nhraed fel roedd y weinyddes yn cyrraedd y bwrdd, gan ddigwydd sylwi bod ei phenwisg yn gam ar ei phen, ei bod hi'n fyr ei gwynt a bod ei bochau'n fflamgoch.

Yn fy marn i, mae yfed gormod o'r ddiod feddwol yn amharu ar allu bardd ac yn golygu bod yr awen yn cadw draw. Yn ystod fy ngyrfa rwyf wedi sylwi ar nifer o feirdd sydd wedi colli'r awen am eu bod yn goryfed. Rhyngddyn nhw â'u potes, ddywedaf i. Does gen i ddim mwy i'w ddweud am y mater, heblaw fy mod wedi clwydo'n gynnar a chodi'n gynnar trwy gydol fy ngyrfa. A dyna beth wnes i'r noson honno. Cysgais gwsg y cyfiawn, er imi gael fy neffro am gyfnod byr ym mherfeddion y nos gan sŵn ci'n cyfarth a rhywun yn gweiddi a rhegi yr ochr arall i'r dafarn. Clywais fwy o leisiau'n gweiddi, ond roeddwn wedi blino cymaint ar ôl y daith hir o Lanbadarn Fawr i Aberteifi fel fy mod ynghwsg eto mewn amrantiad. Ni wyddwn bryd hynny mai'r diwrnod canlynol fyddai diwrnod pwysicaf fy mywyd.

II

Roeddwn newydd ddihuno pan glywais sŵn cyfarwydd traed Wil yn dod i fyny'r grisiau. Rwy'n un am arferion cyson. Mae Wil yn dod i'm dihuno bob bore toc wedi *prime* yn yr haf gan osod bowlen o ddŵr a chlwt gwlanen yn fy ymyl. Rwy'n codi ac yn ymolchi'n drwyadl. Yna mae Wil yn fy helpu i wisgo cyn imi ymgymryd â'm brecwast cynnil o ddarn o fara a gwydraid neu ddau o win.

Gwyddwn fod rhywbeth yn wahanol am Wil yr eiliad y camodd drwy'r drws y bore hwnnw, sef diwrnod olaf Mai, 1341. Collodd hanner y dŵr o'r bowlen wrth iddo straffaglu i'w chario ar draws yr ystafell. Pan roddodd y bowlen yn fy ymyl sylwais ei fod wedi anghofio'r clwt gwlanen. Ar ben hynny, gallwn arogli gwin ar ei wynt.

Fel rwyf wedi dweud eisoes, dwi ddim yn un sy'n ymwneud yn ormodol â'r ddiod feddwol –jwg o win i frecwast, peint neu ddau o gwrw amser cinio, dau neu dri pheint o gwrw dros swper, ac efallai jwg neu ddau o win cyn clwydo tuag amser *compline*. Llwyr ymwrthodwr, mwy neu lai. Serch hynny, ni fynnais erioed fod Wil yn llwyr ymwrthod hefyd, fel y byddai sawl meistr wedi gwneud, ac nid oedd fy macwy wedi fy siomi yn ystod y tri mis diwethaf. Ond y bore hwnnw roedd hi'n amlwg ei fod wedi ei gor-wneud hi'r noson cynt, ac wedi'i gor-wneud hi'n ... go arw.

Codais o'r gwely'n awdurdodol i wynebu Wil, a gerddai'n igam ogam tuag ata i gyda fy nillad isaf yn ei law.

'Wil! Rwyt ti'n feddw,' meddwn, wrth iddo straffaglu i geisio rhoi fy nillad isaf amdanaf, cyn estyn am fy sanau melyn llachar.

'Ydw, yn feddw fel uchelwr,' atebodd Wil yn ddigywilydd, gan wincio arnaf cyn estyn am fy nhiwnig fermiliwn ysblennydd.

'Mae hyn yn anfaddeuol!' Gwyddwn nad oedd dewis gen i ond cael gwared arno ar unwaith. Roeddwn ar fin codi fy mraich i'w anfon ymaith pan roddodd Wil y diwnig dros fy mhen a dweud,

'Canfod rhiain addfeindeg
Yn y tŷ, mau enaid teg.
Bwrw yn llwyr, liw haul dwyrain,
Fy mryd ar wyn fy myd main.'
cyn pecial yn uchel ac estyn am fy ngwregys lledr porffor trawiadol.

Roedd y peth yn anghredadwy. Roedd Wil, fy ngwas, oedd ag un llygad ac un llaw, yn gallu barddoni. Safais yn stond fel ... ta waeth, safais yn stond gan fethu ag yngan gair wrth iddo glymu fy ngwregys amdanaf.

'Gwneuthur, ni bu segur serch,
Amod dyfod at hoywferch,
Pan elai y minteioedd
I gysgu; bun aelddu oedd,' traethodd.

Aeliau du! Roedd hi'n amlwg ei fod wedi bod yn cadw cwmni â'r ferch oedd yn gweini yn y dafarn y noson cynt. Camodd Wil at waelod y gwely, codi fy esgidiau cyrliog gwych, gwgu arnynt, yna camu'n ôl a gosod un esgid am fy nhroed chwith.

'Wedi cysgu, tru tremyn,
O bawb eithr myfi a bun,
Profais yn hyfedr fedru
Ar wely'r ferch: alar fu,'
meddai, cyn gosod yr esgid arall am fy nhroed dde a chwydu dros y ddwy esgid.

Er gwaethaf fy nicter, roeddwn wedi fy nghyfareddu gan ei

gân. Roedd yr esgidiau ysblennydd, a oedd erbyn hyn yn rhai amryliw, yn ddibwys bellach. Roedd yn rhaid imi gofnodi hyn ... ond sut? Cofiais am felwm, inc ac ysgrifbin Llywelyn Goch.

'Aros yn y fan yna, Wil. Paid â symud modfedd,' bloeddiais. Doedd dim o'r cyfnod byr o amser hwnnw nad oedd gair wedi'i fathu amdano hyd yn hyn, i'w golli. Rhuthrais o un ystafell wely i'r llall nes imi ddod o hyd i'r un roedd Llywelyn Goch a Madog Benfras yn ei rhannu. Curais ar y drws yn sydyn a rhuthro i mewn. Gwridais pan welais fod y ddau'n hollol noeth. Roedd Madog wrthi yn chwilio am rywbeth ar y llawr ger traed Llywelyn.

'Llywelyn! Rwyf angen dy ysgrifbin,' bloeddiais gan sylwi fod y deunydd ysgrifennu ar waelod y gwely.

'Fe gei di fe ar ôl i Madog orffen gydag e,' meddai Llywelyn gan chwerthin. Ond doedd gen i ddim amser i ddadlau. Codais y felwm, yr inc a'r ysgrifbin a rhuthro yn ôl i fy ystafell wely.

Mae'n rhaid imi gyfaddef fod y meistr ifanc bron â rhegi pan welodd fod Wil yn chwyrnu'n braf ar ei wely. Taflais y dŵr o'r basn dros ei wyneb i'w ddihuno a gorchymyn iddo ddechrau ei stori o'r dechrau.

'O'r dechrau?'

'Ie. O'r dechrau,' atebais, gan glosio ato. Roeddwn wedi cael syniad. 'Ac adrodda'r stori fel mai fi yw'r arwr.'

'Chi?' gofynnodd Wil, gan hanner cau ei lygad am ennyd.

'Ie. Fi,' atebais, gan hanner gau fy llygaid innau.

Cododd ei ysgwyddau cyn dechrau adrodd ei hanes.

'Deuthum i ddinas dethol,

A'm hardd wreangyn i'm hôl,'

meddai, gan orwedd ar y gwely â'i lygad ar gau, wrth imi ysgrifennu'r geiriau ar y felwm. Codais fy mhen a syllu arno.

'Hardd wreangyn?'

'Ie. Gwreangyn. Gwas. Fi.'

'Na. Y gair "hardd" roeddwn i'n ei amau,' eglurais, gan syllu ar ei wyneb creithiog.

'Rhyddid bardd, syr. Rhyddid bardd,' atebodd Wil, cyn parhau â'i stori.

'Prynu rhost, nid er bostiaw
A gwin drud, mi a gwen draw,'
meddai, wrth imi ddal ati i ysgrifennu popeth a lefarai.

Wrth gwrs, mae'r rheiny ohonoch sydd wedi astudio fy ngwaith yn gwybod erbyn hyn mai'r gerdd oedd 'Trafferth Mewn Tafarn'. Ond i'r rhai llai diwylliedig a chwaethus yn eich plith, dyma'r stori'n fras.

Roedd Wil wedi gwario'i holl gyflog ar loddesta gyda'r ferch oedd yn gweini yn y dafarn y noson honno, ac wedi trefnu i gwrdd â hi ym mherfeddion y nos. Ond tra bod pawb ynghwsg, cwympodd y twpsyn dros fwrdd gan ddymchwel y trestlau a bwrw powlen i'r llawr. Dechreuodd cŵn y dafarn gyfarth. Mae'n amlwg mai dyna a'm dihunodd i am ysbaid. Ta beth, dihunwyd tri thincer Seisnig o'r enw Hicin, Siencin, a Siac. Dechreuon nhw weiddi bod rhyw Gymro, sef Wil, yn ceisio dwyn eu heiddo. Dihunodd yr ostler y gwesteion eraill, ond llwyddodd Wil rywfodd i ddychwelyd i'w wely heb gael ei ddal, gan ofyn maddeuant gan yr Arglwydd.

Roedd dawn dweud Wil, rhaid cyfaddef, yn wych ac yn arloesol – ac yn well fyth, roedd yn canu yn y person cyntaf, a olygai mai Wil ... neu fi ... oedd arwr y gerdd. Eisteddais yn ei ymyl ar y gwely wedi imi orffen rhoi'r gerdd ar gof a chadw.

'Un cwestiwn, Wil. O ble gest ti'r ddawn?'

Cododd Wil ei ysgwyddau eto cyn troi ataf.

'Duw a ŵyr. Fel ry'ch chi'n gwybod, syr, mae pawb yn cynganeddu yng Ngheredigion. Mae'r gaeafau'n hir a does dim llawer gennym ni daeogion i'w wneud i ddiddanu ein hunain yn ystod y nosweithiau diflas hynny. Y dewis yw chwarae â ni'n hunain neu chwarae â geiriau. Ac mae pob bardd gwerth ei halen yn tueddu i wneud y ddau ar yr un pryd. Dysgais y technegau eraill gan y trwbadwriaid oedd yn adrodd y *fabliaux* a mathau eraill o farddoniaeth pan oeddwn i yn Ffrainc. Cofiwch, rydw i wedi treulio'r tri mis diwethaf yn gwrando ar feirdd eraill yn eich cwmni chi, ac mae hynny wedi helpu. Ac i chi mae'r diolch am hynny, syr.'

Closiais ato.

'Mae gen ti dalent, Wil. Wrth gwrs, bydd yn rhaid imi dwtio'r gerdd fan hyn a fan draw. Mae 'na ychydig o or-ddweud yn y canol, rwy'n teimlo, a diffyg disgyblaeth tua'r diwedd. Ond paid â phoeni. Alla i ddefnyddio fy arbenigedd i roi sglein ar bethau,' meddwn. 'Gyda llaw, oes gen ti ragor o gerddi?' gofynnais, gan geisio osgoi ei lygad.

'Un … neu ddwy,' atebodd Wil yn dawel gan edrych i fyw fy llygaid i. 'Ond pwy sydd am glywed cerddi gan daeog o filwr o Geredigion?'

'Efallai dy fod ti'n iawn, Wil. Ond fe fydden nhw am eu clywed petai rhywun o'r iawn ryw yn eu perfformio,' atebais.

Felly, tarodd y ddau ohonom ar gynllun fyddai'n dod â ffortiwn i ni'n dau. Byddai Wil, oedd yn anllythrennog, yn adrodd y cerddi a minnau'n eu cofnodi a'u golygu, cyn eu traddodi yn nhai'r uchelwyr. Byddem yn dechrau'r noson honno yng nghartref Rhys Meigen yn Nanhyfer.

'Wrth gwrs, bydd yn rhaid i'r gwir, sef mai ti sy'n ysgrifennu'r cerddi … mae'n flin gen i … mai ti sy'n ysgrifennu drafft cyntaf y cerddi … fod yn gyfrinach rhyngddot ti a fi,' eglurais, gan aros yn eiddgar am ei ymateb.

Amneidiodd Wil â'i ben i gytuno.

'Ond fe fydd 'na delerau … Dafydd.'

Yn anffodus, 'dyw Wil ddim yn dwp, a gwyddai beth oedd gwerth ei dalent. Fe gytunon ni i rannu ein henillion, ond bod Wil yn parhau i ymddwyn fel fy ngwas, gan ddal ati i'm galw i'n 'syr'.

Dafydd, wir!

Serch hynny, bu'n rhaid imi gytuno i wisgo a dadwisgo fy hun o hynny ymlaen. Roedd y diawl bach hefyd am gael cyfnodau bant gyda thâl bob blwyddyn er mwyn gwneud yr hyn a alwai'n 'ymchwil' ar gyfer ei gerddi. Wrth gwrs, doedd dim dewis gennyf ond cytuno i'w delerau.

Aeth y drafodaeth am y cytundeb yn ei blaen nes i'r bedwaredd o wyth cloch y dydd ganu i ddynodi ei bod hi'n amser cinio. Codais oddi ar y gwely a cherdded at y drws. Clywais lais Wil y tu ôl imi.

'Mae gen i un amod arall, Dafydd ... syr. Er mai chi fydd yn cael y clod am y cerddi, rwy'n gofyn ichi addo i mi y byddwch chi'n cydnabod fy mod i o leiaf wedi cydysgrifennu'r cerddi, petai rywbeth yn digwydd i mi. Wedi'r cyfan, y peth pwysicaf i bob bardd yn y bôn yw anfarwoldeb.'

'Wrth gwrs, Wil. Wrth gwrs.'

Bwyteais bryd blasus o bysgodyn penllwyd yng nghwmni Madog Benfras a Llywelyn Goch, gan wrando ar eu hymdrechion pitw i droi digwyddiadau cynhyrfus y noson cynt yn farddoniaeth, a sylweddoli fy mod i a Wil wedi creu campwaith.

'Wyt ti'n mynd i adrodd y Cadno heno, Dafydd?' gofynnodd Llywelyn gyda gwên slei.

'Na ... rwy wedi bod yn gweithio ar gerddi eraill,' atebais.

Edrychais drwy'r ffenest a gweld Wil yn cusanu'r weinyddes aelddu yn frwd ger y stablau. Penderfynais na fyddwn i a Wil yn cyd-deithio â Madog Benfras a Llywelyn Goch i Nanhyfer y diwrnod hwnnw. Yn hytrach, byddwn yn manteisio ar y cyfle i gofnodi mwy o gerddi Wil i'w traddodi'r noson honno, gan gynnwys un y gallwn ei haddasu ar gyfer Rhys Meigen ei hun.

Ond wrth inni gerdded dros bont Aberteifi trodd Wil ataf.

'Rwy'n ofni bod yn rhaid imi fynnu eich bod chi'n gwneud un peth arall ... syr,' meddai, gan dynnu rhywbeth allan o'r cwdyn oedd yn gorwedd dros ystlys Ifan y palffrai.

'Na. Plis, Wil. Unrhyw beth ond hyn,' erfyniais.

Serch hynny, funud yn ddiweddarach roeddwn yn gwisgo'r esgidiau lledr synhwyrol roedd Wil wedi'u prynu yn siop y crydd yn Aberteifi'r bore hwnnw. Wrth inni fwyta'n cinio, gwyliodd y ddau ohonom fy hen esgidiau ysblennydd yn mynd efo'r dŵr i lawr afon Teifi ar eu taith i'r môr.

Treuliais weddill y siwrnai rhwng *Terce* a *Nones* yn dysgu dwy o gerddi Wil ar fy nghof.

Doeddwn i ddim yn disgwyl yr hyn ddigwyddodd y noson honno.

III

Nanhyfer.

Porth Penfro.

Roedd llys Rhys Meigen dan ei sang.

Roedd deugain o uchelwyr yr ardal yno'n gloddesta. Yna, byddem ni'r beirdd yn eu diddanu gyda'n henglynion a'n cywyddau.

Cefais y fraint o fod y bardd cyntaf i draethu (unwaith eto) ac roeddwn wedi cynhyrfu cymaint fel na allwn fwyta'r un tamaid o'r danteithion oedd o'm blaen. Roeddwn yn ysu i draddodi fy ngwaith newydd ... mae'n flin gen i ... *ein* gwaith newydd, yn enwedig am fod nifer o feirdd mwyaf blaenllaw y genedl wedi ymgynnull yn Nanhyfer y noson honno. Ar wahân i Madog Benfras a Llywelyn Goch, roedd Gruffudd ab Adda ap Dafydd, Iolo Goch, Iorwerth ab y Cyriog a hyd yn oed Aneirin neu Daliesin ein hoes ni, sef Gruffudd Gryg, yno.

Ie. Gruffudd Gryg.

Gadewch imi gymryd y cyfle hwn i gywiro'r camsyniad mai'r bardd cyntaf i godi ar ei draed i ddiddanu'r gynulleidfa mewn llys uchelwr yw'r un gwaethaf. Na, roedd hi'n hollol amlwg i mi, ar ôl saith ymddangosiad ar hugain mewn llysoedd gwahanol, o Fodedern i Fynachlog Ddu, mai fi oedd y dewis cyntaf bob tro am mai fi oedd yn gosod y safon. Roedd angen dechrau'r noson ar nodyn uchel. Yna, byddai'r gynulleidfa'n gwrando ar ymdrechion pitw gweddill y beirdd, cyn i fardd arall o'r safon uchaf, fel Gruffudd Gryg neu Iolo Goch, gloi'r ymryson.

Codais ar fy nhraed. Ond cyn imi ddechrau, safodd Rhys Meigen yntau, gan gyfarch y rhai oedd wedi ymgynnull yno.

'Cyn i Dafydd ddechrau ein diddanu (ychydig o chwerthin) a'n syfrdanu gyda'i ddawn unigryw (mwy o chwerthin), hoffwn gyflwyno'r englyn bach hwn iddo.

'Dafydd gau marwaidd gi mall,
　　　Tydi fab y tadau oll,
　　　Gwanais dy fam gam gymell,
　　　Uwch 'i thin och yn 'i thwll.'

Wrth gwrs, mae'n rhaid i fardd dderbyn y bydd yn gyff gwawd o bryd i'w gilydd yn rhinwedd ei swydd, ond roedd Rhys Meigen wedi mynd yn rhy bell drwy bardduo enw da fy mam, Ardudfyl. Sefais yno'n gwenu nes i'r chwerthin ddod i ben, gan benderfynu bod yn amyneddgar cyn dial ar y diawl boliog.

Roedd Rhys Meigen a nifer o'r uchelwyr yn dal i fwyta a siarad pan ddechreuais i draethu 'Mis Mai a Mis Tachwedd'. Rydw i'n hen gyfarwydd â phobl anghwrtais yn siarad tra bydda i'n traddodi. Yn aml, maen nhw'n parhau i wneud hynny trwy gydol fy mherfformiad. Ond nid y noson honno. Erbyn imi orffen adrodd

'Hawddmor, glwysgor glasgoed,
Fis Mai haf, canys mau hoed.
Cadarn farchog serchog sâl,
Cadwynwyrdd feistr coed anial,'

dim ond sŵn y pren yn llosgi yn y grât oedd i'w glywed yn yr ystafell.

Gorffennais lefaru ac edrych i lawr ar hyd y bwrdd hir. Roedd y beirdd eraill yn syllu arnaf yn gegagored. Pawb ond Llywelyn Goch a ddywedodd,

'Do'n i ddim yn disgwyl 'na. Mae e'n fwy mochaidd na fi!'

Roedd Rhys Meigen mor wyn â rhywbeth gwyn iawn, ond newidiodd lliw ei wyneb sawl tro wrth imi adrodd fy ngherdd nesaf, sef 'Dychan i Rys Meigen'. Wrth reswm, wna i ddim ei hailadrodd hi nawr. Mae pawb mor gyfarwydd â hi. Wedi'r cyfan, hon yw'r gerdd a ddaeth ag enwogrwydd imi fel *enfant terrible* barddoniaeth Cymru. Serch hynny, ro'n i o'r farn fod canu Wil yn y gerdd hon ychydig yn agos at yr asgwrn ac ar brydiau'n ddi-chwaeth iawn.

Wedi dweud hynny, dwi'n dal i gofio wyneb Rhys Meigen yn troi o wyn i goch pan ganais,

'Ci sietwn yw'r cas ytai ...'

a throi o goch i borffor wrth imi ganu

'Gwythen llygoden geudai,

Gwaethaf, llo bawaf, lle y bai ...'

cyn troi'n lliw nas gwelwyd dan y wybren o'r blaen pan ddeuthum at y diweddglo,

'Rhed, was ynfydferw chwerw chwyrn – afrifed

Rhed, gwedd yt yfed gwaddod tefyrn.'

Roedd llygaid Rhys Meigen yn pefrio erbyn hynny. Cododd ar ei draed gan fwriadu dweud rhywbeth. Ond chawn ni byth wybod beth roedd ar fin ei ddweud oherwydd cwympodd yn ôl i'w sedd a bu farw yn y fan a'r lle.

Dyna oedd diwedd yr ymryson, wrth gwrs, ac rwy'n cofio Madog Benfras yn troi at Llywelyn Goch a dweud,

'Difa a wnaeth ein Dafydd.'

IV

A! Yr hwyl a'r asbri!

Ond dyna'r dyddiau pan oeddwn yn fy mlodau.

Mae'r blodyn wedi hen wywo erbyn hyn a dim ond ambell stribedyn o wallt melynwyn sydd gen i ar fy mhen wrth imi eistedd o dan yr ywen heddiw yn Ystrad Fflur.

Mae gweddill y stori'n hysbys i bawb. Yr enwogrwydd, y clod, y cyfoeth. Ffrwyth dychymyg Wil oedd y cerddi oll, gan gynnwys 'Merched Llanbadarn', 'Yr Wylan' ac 'Y Don ar Afon Dyfi'. Do, enillais fy mri ar gefn talent 'fy hardd wreangyn'. Ond cafodd Wil fywyd braf yn bwyta, yfed, a mercheta faint fynnai.

Bu'n cynhyrchu cerddi'n rheolaidd ar ôl dychwelyd o'i deithiau 'ymchwil' costus, di-rif. Serch hynny, bûm yn ddigon craff i beidio ag ysgogi Wil i ddysgu ysgrifennu (gyda'i law chwith, wrth gwrs), er mwyn gwneud yn siŵr ei fod yn dal i ddibynnu arnaf i gadw'r cerddi ar gof a chadw.

Un cwestiwn mae pawb yn dal i'w ofyn imi yw pwy oedd Morfudd a Dyddgu. Rwyf wedi osgoi ateb y cwestiwn hwnnw, ac mae hynny wedi creu dirgelwch dros y blynyddoedd. Mae llawer o bobl yn meddwl mai ffrwyth fy nychymyg, neu fel y dylwn i ddweud, ffrwyth dychymyg Wil, oedd y campweithiau am y ferch benfelen: 'Morfudd fel yr Haul', 'Gwallt Morfudd' a 'Morfudd yn Hen'. Mae llawer hefyd yn meddwl ei bod yn wraig brydferth i ddyn cefngrwm o'r enw Bwa Bach.

Y gwir yw mai morwyn y Bwa Bach oedd Morfudd. Roedd y Bwa'n ŵr byr oedd yn gwneud a gwerthu bwâu nid nepell o'm cartref ym Mro Gynin. Fel cyn-saethwr ym myddin y Brenin roedd Wil yn mynd ato'n aml i'w gynghori ynghylch ansawdd y pren a'r tannau. Ond mewn gwirionedd, roedd gan Wil fwy o ddiddordeb yn y forwyn. Doeddwn i'n gweld dim yn y slebog dew, ddrewllyd, ond roedd hi at ddant Wil, mae'n amlwg. Newidiodd pethau, serch hynny, pan ddarganfu ei bod hi'n cael ei thrin gan rhyw ddwsin o ddynion eraill yn ardal Llanbadarn Fawr.

'Rwy'n credu bod pobl yn dechrau cael digon ar Forfudd,' meddai Wil wrth inni deithio i lys uchelwr ym Morfa Bychan un diwrnod, yn fuan wedi iddo ddarganfod maint ei hanffyddlondeb.

'Ond Wil, y cywyddau am Forfudd yw'r rhai mwyaf poblogaidd.'

'Rwy'n gallu gweld y gynulleidfa'n glir o'r gegin, ac mae mwy a mwy ohonyn nhw'n dylyfu gên pan rwyt ti'n adrodd y cerddi. Na. Mae'n rhaid imi greu cariad newydd. Rhywun sy'n hollol wahanol i Forfudd. Rhywun sy'n ennyn cydymdeimlad y gynulleidfa,' meddai Wil, cyn dechrau adrodd y gerdd 'Ddoe'.

Felly, 'nos da i'r ferch anerchglaer, a dydd da am nad oedd daer,' a helô i Ddyddgu.

Popeth da a ddaw i ben. Mae'n dal i beri cryn syndod imi mai cwta saith mlynedd y parodd fy mherthynas broffesiynol i a Wil.

V

Gwae 1348.

Roedd Wil newydd adael Bro Gynin ar un o'i deithiau 'ymchwil' i Sir Benfro pan ddaeth y newyddion fod y Pla wedi lledu i Gymru. Felly ni chroesais stepen y drws am wythnosau hir y gaeaf hwnnw. Doedd y meistr ddim mor ifanc erbyn hyn – roeddwn wedi bod yn ddigon ffodus i weld bron i ddeng haf ar hugain.

Yn gynnar un bore ar ddechrau gwanwyn 1349 daeth negesydd at y drws gyda llythyr yn ei law oddi wrth dafarnwr yn Hwlffordd. Ymddiheurodd am beidio ag anfon y neges yn gynt – ni fu modd i unrhyw un deithio i mewn nac allan o'r dref nes i'r Pla gilio.

Yn ôl y neges, roedd Wil ymhlith y rhai cyntaf i gael ei daro'n wael. Gwyddai ei fod ar ben arno ac mi glôdd ei hun yn ei ystafell yn y dafarn. Serch hynny, erfyniodd ar y tafarnwr i anfon neges ataf. Dim ond un gair oedd yn y neges, sef 'Anfarwoldeb'.

Cofiais ei ddymuniad imi gydnabod ei fod o leiaf wedi cydysgrifennu'r cerddi petai rhywbeth yn digwydd iddo. 'Y peth pwysicaf i unrhyw fardd yn y bôn yw anfarwoldeb,' oedd ei union eiriau. Penderfynais gadw at yr addewid hwnnw.

Wrth gwrs, bûm yn ddigon craff i gadw nifer o gerddi Wil wrth gefn dros y blynyddoedd, rhag ofn i rywbeth ddigwydd iddo. Felly, cyflwynais gerddi newydd o bryd i'w gilydd dros y degawd nesaf. Wedi imi ddefnyddio holl storfa Wil, cyhoeddais fod yr awen wedi cilio ac nad oeddwn am farddoni mwyach. Penderfynais dreulio gweddill fy nyddiau yn dawel gyda'r brodyr gwyn yn Ystrad Fflur.

Yno rwyf wedi bod wrthi'n cofnodi'r holl gerddi mewn un gyfrol.

Erbyn heddiw, mae'r gyfrol yn gyflawn ac rwyf wedi cadw at fy addewid trwy nodi ar y dudalen flaen bod y cerddi'n perthyn i Dafydd a Gwilym, sef enw llawn Wil. Heddwch i'w lwch. Byddaf yn nodi o dan y teitl fod y cerddi wedi'u creu ar y cyd ...

* * *

Cerddodd y ddau frawd Sistersaidd o'r clwysty at yr ywen yr eisteddai Dafydd oddi tani bob bore. Byddent yn gafael yn dyner ym mreichiau'r hen ŵr a'i hebrwng yn ôl i'r Abaty'n ddyddiol. Ond gwelodd y ddau ar unwaith na fyddai Dafydd yn cydgerdded â hwy rhagor. Roedd y bardd wedi huno gydag ysgrifbin yn ei law a llyfr yn ei gôl.

Caeodd un o'r brodyr lygaid Dafydd, a chododd y llall y llyfr.

'A lwyddodd e i orffen ei waith?' gofynnodd un, wrth i'r llall estyn am yr ysgrifbin.

'Do ... bron â bod,' meddai hwnnw, gan weld y geiriau 'Cerddi Dafydd a Gwilym' ar y dudalen flaen. Cymerodd yr ysgrifbin o law oer Dafydd ac ychwanegu'r llythyren *p* ar ôl yr *a* cyn cau'r llyfr yn glep.

> ... A faddeuo 'ngham dramwy,
> Amen, ac ni chanaf mwy.

William Morgan, 1587
Gwartheg William Morgan

I

Roedd Catherine Morgan wedi dechrau diflasu William wrth iddi ruthro o gwmpas y ficerdy. Dyma'r trydydd tro iddi wneud yn siŵr bod y chwe chrys, naw pâr o sanau a naw darn o ddillad isaf yn ffitio yn y sach ledr y byddai ei gŵr yn ei chario ar ei gefn ar ei daith dair wythnos o hyd o Lanrhaeadr-ym-Mochnant i Lundain.

Roedd hi'n ymddwyn yn waeth nag y gwnaeth ei fam pan oedd yn paratoi i adael Penmachno ar ei daith gyntaf i Goleg Caergrawnt dros ugain mlynedd ynghynt, meddyliodd William.

'Mae popeth gen i, fenyw. Mae'n rhaid imi fynd,' meddai, gan edrych drwy'r ffenest a gweld bod yr haul yn codi.

'Ymgroesa, Willie, ymgroesa,' meddai Catherine.

Griddfanodd William.

'Hisht, ddynes! Sawl gwaith ydw i wedi dweud wrthat ti? Tyden ni ddim yn dilyn yr hen arferion hynny bellach,' meddai.

Byddai Catherine yn croesi'i hun bob tro y byddai'n gweld dafad, wrth groesi trothwy pob cartref, a hyd yn oed pan fyddai'n rhoi'r burum yn y blawd i wneud bara, gan ddweud 'heb ras, heb les,' bob tro.

'Mae pawb arall yn ei wneud o, Willie.'

'Mae'n arferiad Pabyddol, Catherine. Mae'r dyddiau hynny ar ben am byth, gobeithio,' eglurodd William.

'Ydych chi'n siŵr fod popeth ganddoch chi, Willie,' gofynnodd Catherine.

'Ydw,' atebodd William, gan ddiolch i'r nefoedd na fyddai neb yn ei alw'n 'Willie' am flwyddyn gyfan. Trodd i ffarwelio â'i wraig a gweld bod honno'n dal ysgrepan ledr oedd wedi'i chlymu'n dynn.

'Ydych chi'n siŵr, Willie?' chwarddodd Catherine.

Griddfanodd Dr William Morgan eto cyn hanner gwenu a derbyn cusan ar ei foch gan ei wraig. Rhoddodd honno'r ysgrepan iddo a thynnu ar ei farf ddu'n chwareus.

'Diolch Catherine.'

Cododd William ei ysgrepan a'i thaflu dros ei ysgwydd. Byddai angen iddo gymryd gofal mawr ohoni ar ei daith i Lundain – cynhwysai ffrwyth ei lafur dros nifer fawr o flynyddoedd, sef yr unig gopi o'r Beibl Cymraeg cyntaf.

Rhoddodd ei law dde yn ddwfn ym mhoced ei gôt wrth iddo gerdded ymaith. Mwythodd y metel oer. Nid oedd wedi anghofio'r pistol.

* * *

Gadawodd William Morgan y ficerdy ac edrych i'r chwith. Syllodd ar y tŷ haf pren bychan a safai ar lechwedd uwchben Eglwys Llanrhaeadr-ym-Mochnant. Yn y fan honno y bu William wrthi am ddeng mlynedd yn darllen, astudio, a chyfieithu'r Beibl, gydag afon Mochnant yn byrlymu'n dawel oddi tano. Yno y cafodd y tawelwch llwyr yr oedd ei angen arno i gwblhau'r gwaith llafurus o gyfieithu'r Hen Destament a diwygio Testament Newydd William Salesbury. Yn y fan honno hefyd, dair blynedd ynghynt, y darllenodd y llythyr oddi wrth Archesgob Caergaint, yn dweud ei fod wedi'i gyhuddo o esgeuluso ei ymweliadau plwyfol, gan ei fod yn canolbwyntio'n ormodol ar y gwaith cyfieithu.

Roedd William eisoes wedi gorffen cyfieithu pum llyfr cyntaf y Beibl erbyn hynny, ond bu'n rhaid iddo adael ei lyfrau Groeg, Hebraeg a Lladin am gyfnod er mwyn teithio i Balas Lambeth yn Llundain i ymateb i'r cwynion gerbron yr Archesgob, John Whitgift. I ddadlau ei achos, dangosodd y Pentateuch i'r Archesgob, gan ddweud wrtho ei fod am ddod â'r Beibl i bob plwyf yng Nghymru. O ganlyniad, dadleuodd, Cymru gyfan oedd ei blwyf a holl drigolion Cymru oedd ei blwyfolion.

Gofynnodd yr Archesgob i'r ysgolhaig Beiblaidd o Ruthun, Gabriel Goodman, ddarllen gwaith William, ac yn sgil adroddiad cadarnhaol Goodman, cafodd William gefnogaeth Archesgob Caergaint i orffen y gwaith. A chefnogaeth ariannol hael ar ben hynny. Wrth gwrs, nid oedd hynny'n plesio'r plwyfolion pabyddol eu natur a gyflwynodd y gŵyn yn ei erbyn. O ganlyniad, bu mwy o wrthdaro rhwng William a'r Pabyddion yn ystod y blynyddoedd diweddar. Dyna pam yr oedd yn teithio gyda phistol a chyllell ym mhoced ei gôt.

Gafaelodd William yn dynn yn yr ysgrepan oedd yn dal ei broflenni, a cherdded tua'r dwyrain, i gyfeiriad haul y bore. Roedd yn rhaid iddo deithio i Lundain oherwydd yno roedd yr unig wasg ym Mhrydain oedd â'r hawl i gyhoeddi Beibl, sef Gwasg ei Mawrhydi, y Frenhines Elisabeth. Gwyddai William y byddai'n cymryd tua blwyddyn i oruchwylio'r argraffu. Roedd eisoes wedi derbyn gwahoddiad caredig Gabriel Goodman, oedd erbyn hyn wedi'i ddyrchafu'n ddeon San Steffan, i aros yn ei gartref ym Mhalas San Steffan yn ystod y cyfnod hwnnw.

Ond yn gyntaf byddai'n rhaid iddo gerdded y deng milltir o Lanrhaeadr i Groesoswallt, cyn dechrau ar y daith o dair wythnos i brifddinas Lloegr.

Roedd hi'n fore braf o Awst, a chymerai William seibiant o bryd i'w gilydd i fwynhau harddwch y bryniau a'i hamgylchynai. Y tro cyntaf iddo oedi i edmygu'r golygfeydd godidog, sylwodd fod rhywun yn cerdded ar hyd yr un llwybr, ryw hanner milltir y tu ôl iddo. Edrychodd yn ôl am yr eildro pan gyrhaeddodd bentref Llansilin. Roedd y cerddwr yn dal i fod ryw hanner milltir y tu ôl iddo. Dechreuodd William ofni fod rhywun yn ei ddilyn. Ychydig iawn o bobl a wyddai ei fod wedi cwblhau ei waith a'i fod yn mynd i Lundain. Serch hynny, gwyddai'r Pabyddion y byddai cyhoeddi'r Beibl yn ergyd drom i'r Eglwys Babyddol yng Nghymru. Teimlai William ychydig yn fwy hyderus gyda'r gyllell a'r pistol yn barod wrth law.

Byseddodd ei boced dde unwaith eto i wneud yn siŵr bod y pistol yno. Roedd ei gyllell yn gorwedd yn esmwyth yn ei esgid chwith a byddai'n fwy na pharod i'w defnyddio petai rhywun yn ceisio dwyn y Beibl oddi arno.

Ymhen hir a hwyr cyrhaeddodd William gyrion Croesoswallt. Arhosodd yno am ei gyd-deithwyr, a fyddai'n dod o gyfeiriad Wrecsam, lle buont yn aros y noson cynt. Teimlai'n hapusach o feddwl y byddai'n un o gannoedd fyddai'n cerdded i Lundain dros y tair wythnos nesaf, yn hytrach nag yn deithiwr unig.

Clywodd William nhw'n dod cyn iddo'u gweld, gan fod eu sŵn byddarol fel byddin yn taro'u cleddyfau yn erbyn eu tarianau. Ond nid byddin oedd yn nesáu, ond pedwar cant o wartheg, eu carnau wedi'u pedoli ar gyfer y daith i farchnadoedd Llundain.

Roedd William wedi penderfynu teithio gyda'r porthmyn a'r gwartheg am fod hynny'n fwy diogel o lawer na theithio ar gefn ceffyl ar ei ben ei hun. Roedd lladron pen ffordd yn frith ar hyd y ffyrdd, heb sôn am unrhyw Babyddion oedd am atal y Beibl rhag cyrraedd pen ei daith.

Cyflwynodd William ei hun i'r prif borthmon gan ddweud yn syml ei fod yn offeiriad oedd yn gorfod teithio i Lundain. Roedd y porthmon yn un o wyth oedd wedi gyrru'r gwartheg drwy ogledd Cymru, cyn parhau â'r daith trwy'r Eglwys Wen, Walsall, Coventry, Kenilworth, Kubbington, Offchurch a Southam. Ar ôl hynny, byddai'r fflyd yn gwasgaru er mwyn danfon y gwartheg i farchnadoedd Barnet, Uxbridge neu Smithfield yn Llundain.

Cymro oedd y prif borthmon, gŵr o'r enw Dafydd Jones. Gwisgai het â chantel lydan arni, a daflai gysgod dros ei wyneb garw, a gwgodd William pan welodd fod y porthmon yn gwisgo sbrigyn o gerddinen ar ei gôt hir, fudr, i'w ddiogelu rhag unrhyw anffawd ar y daith. Gwyddai fod porthmyn yn bobl ofergoelus – enghraifft arall o ddylanwad bondigrybwyll y Pabyddion, meddyliodd William.

Roedd croeso, yn ôl Dafydd Jones, i William ymuno â'r fflyd.

'Ond cadwch yn agos ata i neu'r porthmyn eraill, a chofiwch gadw y tu ôl i'r gwartheg,' meddai, gan bwyntio at y cŵn byrgoes oedd yn gyrru'r gwartheg yn eu blaenau. '... a chadwch allan o ffordd y corgwn. Does dim ots ganddyn nhw os mai carnau'r gwartheg neu'ch pigwrn chi maen nhw'n ei gnoi,' meddai, a'i aeliau trwchus du'n dawnsio uwchben ei lygaid.

'A'r cŵn a fwytânt Jesebel yn rhandir Jesreel,' meddai William, wrth i un o'r cŵn ysgyrnygu i'w gyfeiriad.

Syllodd Dafydd Jones arno.

'Mae hwnna'n swnio'n syndod o debyg i 'the dogs will eat Jezebel in the district of Jezreel,' meddai Dafydd. 'Dwi'n un mawr am y Beibl, wyddoch chi.'

Pesychodd William yn dawel.

'A dweud y gwir, rydw i wedi bod wrthi'n cyfieithu'r Beibl i'r Gymraeg,' dechreuodd, ond doedd y porthmon ddim yn gwrando. Roedd yn gwylio un o'r corgwn yn gyrru'r gwartheg i'r cyfeiriad anghywir.

Trodd William a gweld dyn ifanc blêr yr olwg yn nesáu. Adnabu ef yn syth o weld ei osgo. Dyma'r dyn fu'n ei ddilyn o bell drwy'r bore.

Cyflwynodd William ei hun iddo. Cyfreithiwr o'r enw Bartholomew Gosnold oedd y gŵr ifanc, dysgodd William, oedd yn teithio yn ôl i Lundain ar ôl cynghori cleient. Gallai'r cyfreithiwr fod yn gwmni da iddo yn ystod y daith hir, meddyliodd. Gallent gael sgyrsiau diddorol am grefydd a'r gyfraith. Serch hynny, roedd gwisg Gosnold yn awgrymu ei fod yn gyfreithiwr digon tila, ystyriodd William. Gwisgai hen siyrcin a chlos gwlanog oedd wedi treulio'n arw, ac roedd iaith y dyn ifanc hefyd yn awgrymu ei fod yn perthyn i ddosbarth llawer is na chyfreithiwr.

Croesawodd y porthmon Gosnold, a rhoi'r un cyfarwyddiadau iddo am y daith ag a roddodd i William.

'Gobeithio bod y daith i Gymru wedi bod yn un fuddiol,' meddai William wrth Gosnold. Oerodd drwyddo pan ddywedodd Gosnold yn Saesneg.

'Yn anffodus, mae fy nghleient wedi ei gyhuddo o bardduo enw mam tirfeddiannwr arall.'

Trodd stumog William. Cofiodd y blynyddoedd o ymgyfreitha a fu rhyngddo ef ac un o Babyddion pybyr yr ardal,

Ifan Maredudd. Asgwrn y gynnen oedd y cyhuddiad bod William wedi ymosod ar fam yng nghyfraith y Pabydd. Yn y diwedd bu'n rhaid i William gyfaddef ei fod wedi fflicio boch y fenyw, gan honni mai cellwair oedd y weithred. Ond gwadodd yn llwyr ei fod wedi honni bod gwraig Ifan Maredudd yn hoff o fynychu tafarnau. Roedd y cyhuddiadau'n ymdrech arall gan y Pabyddion i'w atal rhag gorffen ei gampwaith.

Penderfynodd William beidio ag ymwneud rhyw lawer â Bartholomew Gosnold o hynny ymlaen. Yn ffodus, roedd y cyfreithiwr yn ddigon bodlon ar ei gwmni ei hun, a cherddodd yn bwyllog y tu ôl i William drwy'r dydd y diwrnod hwnnw, drennydd a thradwy.

Dim ond nhw ill dau a deithiodd gyda'r porthmyn a'r gwartheg y diwrnod hwnnw, gan gyrraedd yr Eglwys Wen toc wedi wyth o'r gloch. Rhoddwyd y gwartheg i bori dros nos mewn caeau ger y dafarn lle byddai'r porthmyn, William Morgan, a'r cyfreithiwr yn aros y noson honno.

Wrth i'r fflyd gyrraedd cyrion yr Eglwys Wen, dechreuodd Dafydd y porthmon weiddi nerth esgyrn ei ben, i rybuddio trigolion y dref fod y fintai o wartheg ar fin teithio drwy'r strydoedd.

'Dwy dunnell o gachu ... 'ffeiriad ... a thwrnai ar y ffordd,' gwaeddodd. 'Dwy dunnell o gachu, 'ffeirad a thwrnai!'

Bu'n rhaid i William gael gair gyda'r porthmon am fod mor anwaraidd yn fuan wedi i bawb swpera yn y dafarn y noson honno.

'Tydw i ddim yn meddwl fod yr hyn a waeddoch chi wrth gyrraedd y dref yn hollol weddus,' meddai'n dawel wrth Dafydd. Meddyliodd y porthmon am ennyd cyn ateb.

'Rydach chi'n iawn. Mae'n ddrwg gen i. Wnaiff o ddim digwydd eto.'

Teimlai William yn flinedig ond yn fodlon ei fyd wrth iddynt gyrraedd cyrion tref Amwythig y noson ganlynol, yn dilyn taith ugain milltir arall. Ond cafodd ei siomi pan glywodd Dafydd yn gweiddi unwaith yn rhagor,

''Ffeiriad, twrnai a dwy dunnell o gachu ar y ffordd! 'Ffeiriad, twrnai a dwy dunnell o gachu!'

Cerddodd y porthmon at William a wincio arno.

'Be ydach chi'n feddwl? Ro'n i'n teimlo y byddai'n fwy gweddus o lawer eich enwi chi a'r twrne cyn y gwartheg, yn enwedig am mai chi yw ein harweinydd ysbrydol,' meddai. 'Dwi'n un mawr am y Beibl, wyddoch chi,' ychwanegodd.

'Yn wir ... "A mi a ddisgynnais i'w gwaredu hwy o law'r Eifftiaid, ac i'w dwyn o'r wlad honno i wlad dda a helaeth, i wlad yn llifeirio o laeth a mêl",' meddai William, gan droi at y Beibl am gymorth.

'Tydw i ddim wedi clywed hwnna o'r blaen ... mae'n debyg i'r darn yn y Beibl "... to a land flowing with milk and honey".'

Pesychodd William. 'Fyddech chi ddim wedi'i glywed yn y Gymraeg o'r blaen am mai fi yw'r dyn cyntaf i gyfieithu'r Hen Destament ...' dechreuodd. Ond unwaith eto, aethpwyd â sylw'r porthmon wrth i un o'r gwartheg wyro, nid oddi ar lwybr cyfiawnder, ond oddi ar y llwybr cywir i'r Amwythig.

Trodd William a gweld y cyfreithiwr, Bartholomew Gosnold, yn sefyll ryw bum llath i ffwrdd. Pan welodd Gosnold fod William yn syllu arno, camodd i ffwrdd heb yngan gair. Synhwyrodd William fod y twrnai wedi bod yn gwrando ar ei sgwrs gyda'r porthmon, a phenderfynodd y byddai'n well iddo beidio â sôn wrth neb am gyfieithu'r Beibl eto – yn enwedig am ei fod erbyn hyn yn amau'n fawr nad cyfreithiwr oedd Gosnold. Roedd y ddau wedi swpera gyda'i gilydd y noson cynt, a chafodd William ei syfrdanu gan ddiffyg moesau Gosnold, a ddefnyddiai ei ddwylo i fwyta.

Teimlai William yn fwy hyderus am ei ddiogelwch, ac yn bwysicach fyth, am ddiogelwch ei Feibl, pan ymunodd mwy o deithwyr i gydgerdded â'r fflyd i gyfeiliant sŵn byddarol y pedolau dros y diwrnodau canlynol. Teimlai mai ef oedd porthmon yr iaith Gymraeg, yn gyrru ei Feibl i Lundain i fwydo, cynnal a phorthi'i genedl yn oes oesoedd. Serch hynny, byddai'n cloi ei hun yn ei ystafell wely yn syth ar ôl swper bob nos, tra bod y teithwyr a'r porthmyn yn gloddesta ac yn yfed yn y dafarn islaw.

Treuliai'r nosweithiau hir hynny yn ei ystafell wely yn darllen y proflenni yr oedd eisoes wedi pori drostynt a'u cywiro dro ar ôl tro am ddegawd. Cysgai'n dda ar ôl cerdded rhyw ugain milltir bob dydd, ac ar ôl tair neu bedair awr o ddiwygio'i waith bob nos. Nid oedd hyd yn oed sŵn y porthmyn a'r teithwyr yn yfed tan oriau mân y bore oddi tano yn ei gadw ar ddihun.

Ond roedd y chweched noson, pan arhosodd gyda gweddill y fflyd mewn tafarn ar gyrion Kenilworth ger Warwick, yn wahanol. Roedd wedi aros yn effro'n hwyrach na'r arfer yn gwneud mân-newidiadau i'w gyfieithiad o lyfr y Barnwyr. Roedd pawb wedi hen glwydo pan glywodd William sŵn traed y tu allan i ddrws ei ystafell wely. Bu tawelwch am ennyd cyn i rywun geisio agor y drws yn dawel. Estynnodd William am y dryll, gan ei dynnu o'i guddfan o dan y gobennydd. Cododd glicied y pistol a'i anelu'n sigledig at y drws, ond pan sylweddolodd y sawl oedd yno fod y drws ar glo, camodd oddi yno'n dawel. Rhoddodd William ei ddryll yn ôl o dan y glustog a pharhau i ddarllen am Jael, gwraig Heber 'ac a gymerodd forthwyl yn ei llaw, ac a aeth i mewn ato ef yn ddistaw, ac a bwyodd yr hoedl yn ei arlais ef, ac a'i gwthiodd i'r ddaear canys yr oedd efe yn cysgu ac yn lluddedig, ac felly y bu efe farw.'

Ni chysgodd William o gwbl y noson honno.

Y bore canlynol, sef y Sabath, roedd William wedi llwyr ymlâdd. Diolchodd i'r Frenhines Elisabeth a'r Iôr ei bod yn gyfraith gwlad i bawb fynychu'r eglwys bob dydd Sul. O ganlyniad, bu'n rhaid i'r porthmyn adael i'r gwartheg bori am noson arall yn nhref Kenilworth.

Serch hynny, am hanner nos mynnodd y porthmyn eu bod yn ailddechrau ar eu taith, gan deithio drwy'r nos am eu bod wedi colli diwrnod.

Straffaglodd William i roi ei ysgrepan ar ei gefn yn y tywyllwch.

'Dewch ymlaen, Dr Morgan, "Canaan is forward" – neu fel y byddech chi'n ddeud, "Ymlaen mae Canaan" ... neu oes ganddoch chi well cyfieithiad?' meddai Dafydd y porthmon wrth iddynt ddechrau ar eu taith.

Bu gweddill y siwrnai'n ddidrafferth, ar wahân i'r ffaith i William gael ei gnoi ddwywaith gan un o gorgwn y porthmyn. Serch hynny, roedd wedi llwyr ymlâdd erbyn i'r fintai gyrraedd Llundain. Nid oedd wedi cysgu mwy nag awr neu ddwy bob nos ar ôl gadael Kenilworth, am ei fod yn ofni y byddai pwy bynnag a geisiodd ddod i mewn i'w ystafell yno yn rhoi cynnig arall arni. Felly, eisteddai ar ei wely am oriau hir bob nos yn syllu ar y drws, gyda'i ddryll a'i Feibl wrth ei ochr.

II

Cyrhaeddodd y fintai borth Newgate toc wedi naw y bore, dair wythnos yn union wedi i William adael pentref Llanrhaeadr-ym-Mochnant. Byddai'r porthmyn a'r gwartheg nawr yn mynd ymlaen i farchnad Smithfield drwy borth Cripplegate.

'Ac angel yr Arglwydd a ddaeth i fyny o Gilgal i Bochim, ac a ddywedodd, Dygais chwi i fyny o'r Aifft, ac arweiniais chwi i'r wlad am yr hon y tyngais wrth eich tadau; ac a ddywedais, Ni thorraf fy nghyfamod â chwi byth,' mwmialodd William dan ei wynt, cyn ychwanegu, 'Na wnewch chwithau gyfamod â thrigolion y wlad hon.'

Gwyddai y byddai'n rhaid iddo yntau wneud hynny. Ond beth fyddai'r telerau?

Ffarweliodd â Dafydd Jones y porthmon yn y fan honno, cyn dilyn y cyfarwyddiadau a dderbyniodd gan Archesgob Caergaint. Sylwodd gyda rhyddhad fod Bartholomew Gosnold wedi diflannu cyn iddo gael cyfle i ffarwelio â hwnnw.

Teimlai William yn ddigon hapus, felly, wrth iddo gerdded yr hanner milltir i Borth Ludgate, cyn dilyn Stryd y Fflyd am filltir nes iddo gyrraedd cyffiniau Mynwent Eglwys Sant Paul.

Yn y fan honno, ger adfeilion yr eglwys, safai adeilad argraffwr y Frenhines, Christopher Barker.

Gafaelodd William yn dynn yn ei ysgrepan ac edrych yn syth o'i flaen. Caeodd ei glustiau i floeddiadau ac iaith anweddus y masnachwyr, y meddwon a'r cardotwyr a lenwai'r strydoedd. Caeodd ei ffroenau i ddrewdod cyfoglyd olion carthion y ddinas. Cadwodd ei lygaid ar y llawr, gan osgoi edrych ar fronnau brechlyd y puteiniaid a safai ar gorneli'r strydoedd yn ei wahodd i gadw cwmni iddyn nhw.

Cerddodd yn ei flaen cyn edrych i fyny a gweld o'i flaen, o'r diwedd, olion meindwr Sant Paul, a holltwyd gan fellten ryw ugain mlynedd ynghynt. Safodd yn ei unfan yn syllu ar yr adeilad am ennyd.

Yn sydyn, clywodd arogl sur. Trodd mewn pryd i weld dyn byr yn estyn ei goes chwith allan, ond roedd yn rhy hwyr i osgoi'r gic. Ymhen eiliad, roedd William ar ei gefn ar y llawr. Cipiodd y dyn ei ysgrepan a rhedeg i gyfeiriad lôn gul gerllaw.

Ceisiodd William dynnu ei bistol o boced ei gôt a gweiddi am help ar yr un pryd. Cododd ei ben a gweld Bartholomew Gosnold yn rhedeg tuag ato gyda chyllell yn ei law. Rhoddodd ei ddwylo i fyny mewn ymdrech dila i geisio amddiffyn ei hun rhag y gyllell, ond er syndod i William, rhuthrodd Gosnold heibio iddo. Llwyddodd y gŵr ifanc i ddal y lleidr a'i fwrw i'r llawr yn hanner twyllwch y lôn gul.

Cododd William ar ei draed a rhedeg tuag at y ddau ddyn. Erbyn hyn roedd y ddau'n ymladd ar y llawr. Anelodd Gosnold ei gyllell a thrywanu'r lleidr yn ei wddf. Yna, cododd ar ei draed, tynnu'r ysgrepan o ddwylo'r lleidr, oedd erbyn hyn yn gelain, a rhoi'r gyllell yn ei boced ar ôl sychu'r gwaed oddi arni. Wrth i bobl ddechrau ymgasglu o amgylch y corff, tynnodd sêl o'i boced arall a'i dangos i bawb oedd yn sefyll yno: sêl a ddynodai ei fod yn gweithio i Lywodraeth ei Mawrhydi, y Frenhines Elisabeth.

'Ewch â'r corff i'r esgyrndy,' gorchmynnodd, gan roi darnau o arian yn nwylo dau o'r tlodion oedd wedi ymgynnull gerllaw.

Cododd y ddau y corff a'i gario ymaith. Yna, gafaelodd Gosnold yn ysgwydd William Morgan a'i dywys i un ochr, gan edrych dros ei ysgwydd.

'Rwy'n credu y byddai'n syniad da imi eich tywys at argraffwr y Frenhines,' meddai, cyn rhoi'r Beibl yn ôl i William. 'Chi sydd berchen hwn, syr.'

'Am nawr, ie. Diolch. Pwy oedd y lleidr?'

'Dim ond lleidr stryd oedd wedi sylwi eich bod chi'n dal eich ysgrepan yn rhy dynn. Roedd hi'n amlwg eich bod yn ofni y byddai rhywun yn dwyn y cynnwys.'

Dechreuodd Gosnold gerdded yn gyflym i gyfeiriad Eglwys Sant Paul.

'A phwy yn union ydych chi, Meistr Gosnold?'

'Alla i ddim dweud dim, heblaw fy mod i'n gweithio i Lywodraeth ei Mawrhydi. Fy ngwaith i oedd sicrhau eich bod chi a chynnwys yr ysgrepan yn cyrraedd yr argraffwyr yn ddiogel, Dr Morgan. Cefais gyfarwyddyd i deithio gyda chi a sicrhau eich bod yn ddiogel yn eich ystafell wely bob nos,' atebodd Gosnold. Wrth i'r ddau gyrraedd adeilad yr argraffwyr, ychwanegodd, 'Fe arhosa i amdanoch chi fan hyn. Ar ôl ichi orffen, byddaf yma i'ch tywys chi ar draws yr afon i Balas San Steffan, lle mae Deon Goodman yn aros amdanoch chi.' Gwenodd, cyn dweud, 'Rwy'n siŵr y bydd 007 yn esbonio popeth.'

'Pwy – neu beth – yw 007?'

'Fe ddaw hynny'n amlwg,' atebodd Gosnold, cyn agor drws yr adeilad argraffu a ffarwelio â Dr Morgan am y tro.

Roedd argraffwr ei Mawrhydi, Christopher Barker, wedi trosglwyddo awenau'r pum gwasg gyfreithiol ym Mhrydain i'w ddirprwyon, George Bishop a Ralph Newberry, yn ddiweddar. Treuliodd William yr awr nesaf gyda Bishop a Newberry, ac i gyfeiliant sŵn byddarol y gweisg, buont yn trafod amserlen yr argraffu dros y flwyddyn ganlynol. Byddai'r Beibl yn cael ei gyhoeddi ym mis Medi 1588.

O'r diwedd, daeth yn amser i William drosglwyddo'r

proflenni i George Bishop yn ei swyddfa. Roedd yn gyndyn iawn i wneud hynny – yn wir, aeth eiliadau hir heibio gyda Bishop yn dal yn dynn yn un ochr y proflenni cyn i William eu rhyddhau o'i ddwylo am y tro olaf. Trodd i adael, ond cafodd ei syfrdanu pan welodd ddyn yn camu allan o'r cysgodion yng nghornel bellaf yr ystafell.

'Aha! Dr Morgan. Rwyf wedi bod yn eich disgwyl chi,' meddai'r dyn.

'007?' ebychodd William, gan gofio geiriau Gosnold.

Chwarddodd y dyn yn uchel.

'Wrth gwrs. Myfi yw 007. Yr enw yw Dee ... John Dee.'

III

Closiodd Dee at William. Er ei fod yn ei chwedegau roedd yn ddyn cefnsyth, gyda barf bigfain, wen, a ryff o'r un lliw o amgylch ei wddf. Fel arall, roedd wedi'i wisgo mewn du o'i gorun i'w sawdl. Edrychodd ar y ddau argraffwr.

'Rydwi am gael gair gyda Dr Morgan. Rwy'n siŵr eich bod yn ddynion prysur iawn. Gadewch y Beibl ar y bwrdd,' gorchmynnodd.

'Wrth gwrs, Dr Dee, wrth gwrs,' meddai George Bishop, cyn camu am yn ôl allan o'r ystafell.

'Wrth gwrs, Dr Dee, wrth gwrs,' adleisiodd Ralph Newberry gan gamu allan yn yr un modd â Bishop.

Dyma John Dee felly. Mathemategydd, alcemydd, seryddwr, athronydd. Un o ddynion mwyaf blaenllaw y Dadeni ym Mhrydain. Ond yn bwysicach fyth, un o ffefrynnau'r Frenhines Elisabeth, meddyliodd William, gan godi o'i sedd. Ni wyddai a ddylai gyfarch Dee ynteu moesymgrymu o'i flaen.

'Eisteddwch, Morgan ... Dr Morgan,' meddai Dee, cyn eistedd yn sedd George Bishop yr ochr bellaf i fwrdd derw. 'Gyda llaw, sut oeddech chi'n gwybod eu bod nhw'n fy ngalw i'n 007?' gofynnodd.

'Y gŵr fu'n fy ngwarchod o Lanraeadr-ym-Mochnant i'r fan hon ddywedodd wrtha i ... yr un a achubodd fy Meibl yn Stryd y Fflyd.'

Cododd Dee ei law chwith i atal William rhag dweud mwy.

'Mae o newydd ddweud yr hanes wrtha i,' meddai. Chwarddodd cyn cau ei lygaid a'u hagor drachefn – llygaid gwyrdd fel cath filain ar fin neidio ar lygoden. 'Ac ynglŷn â'r enw 007. Dim ond jôc fach yw hynny rhyngdda i a Lilibet pan fydda i'n ysgrifennu ati. Mae'r "oo" yn cynrychioli'i llygaid hi, ac mae'r "7" yn rhif hudol, wrth gwrs. Fe fydda i bob amser yn gwneud yn siŵr bod y rhif 7 yn amgylchynu'r llygaid, i nodi bod yr wybodaeth ar gyfer llygaid Lilibet, a'i llygaid hi yn unig,' meddai Dee.

'Lilibet?'

'Mae'n flin gen i. Dwi wedi'i galw hi'n Lilibet ers pan oedd hi'n ferch ifanc. Fe fyddech chi, Dr William Morgan, yn ei hadnabod fel y Frenhines Eliabeth.' Syllodd John Dee ar William am ysbaid. 'A gaf i eich cyfarch fel William? Mae Dr Morgan mor ffurfiol.'

'Wrth gwrs ... wrth gwrs,' atebodd William, oedd newydd sylweddoli fod ei lais yn gryglyd a'i wefusau'n sych grimp.

'Gwych. William amdani 'te ... neu Willie, efallai ...'

'Na. Na. Nid Willie. Plis, nid Willie. Bydd William yn iawn, Dr Dee,' meddai William, gan sylwi nad oedd Dee wedi cynnig iddo ddefnyddio'i enw cyntaf yntau.

'Gadewch imi ofyn cwestiwn ichi, William,' meddai Dee, gan bwyso ymlaen yn ei gadair ac edrych i fyw llygaid William.

'Beth yn eich barn chi yw'r arf mwyaf sydd gan yr hyn rwy'n ei alw'n Ymerodraeth Brydeinig?'

'Ymerodraeth Brydeinig?'

Chwarddodd Dee yn isel.

'Efallai nad yw'r term wedi cyrraedd Llanrhaeadr-ym-Mochnant eto. Mae'n derm rwyf wedi'i fathu am ymlediad grym gwleidyddol ac economaidd ein gwlad,' meddai'n rhwysgfawr, gan chwifio'i fraich chwith yn yr awyr fel petai'n ceisio cael gwared ar wybedyn.

'Mae'n flin gen i, ond mae gen i frith gof nad chi, ond Humphrey Llwyd oedd y cyntaf i fathu'r term yn un o'i weithiau,' meddai William yn dawel ond yn bendant.

Gwenodd Dee yn sur ar William.

'Na. Mae pawb yn derbyn mai fi fathodd y term 'Ymerodraeth Brydeinig' yn fy llyfr *Title Royal* yn 1580.'

'Ond rwy'n siŵr mai yn 1568 ...' dechreuodd William, cyn i Dee dorri ar ei draws.

'Rwyf ar ddeall bod eich styfnigrwydd wedi achosi problemau ichi yn y gorffennol, William Morgan. Gobeithio na fydd yn faen tramgwydd ichi yn y dyfodol.'

Sylweddolodd William fod Dee yn gwybod am yr anghydfod a'r ymgyfreitha a fu rhyngddo ef ac Ifan Maredudd am wyth mlynedd. Gwyddai fod Dee yn ddyn pwerus iawn – byddai'n rhaid iddo droedio'n ofalus, felly.

'Mae'n siŵr fy mod wedi drysu, Dr Dee. Mae wedi bod yn daith hir,' meddai'n grynedig, gan geryddu ei hun am herio dyn mor bwerus. Addawodd iddo'i hun na fyddai'n gwneud hynny eto.

'Wfft a pwfft. Mae'n digwydd i'r gorau ohonom, Willie. Mae'n ddigon rhwydd cymysgu rhwng un Cymro a'r llall ... mae cyn lleied ohonom wedi llwyddo yma yn Llundain,' meddai Dee, gan anwesu'r Beibl o'i flaen â'i law chwith. 'Wrth gwrs, fel Cymro, fe fyddwch chi'n gwerthfawrogi fy mod i eisoes wedi profi mai Madog ab Owain Gwynedd oedd y cyntaf i ddarganfod yr Amerig. Mae hynny'n profi felly bod y tiroedd hynny yn awr yn berchen i'w Mawrhydi Elisabeth, ac nad oes gan yr un wlad arall, yn enwedig Sbaen, unrhyw hawl i'r tiroedd hynny, heblaw am yr Ymerodraeth Brydeinig, wrth gwrs,' ychwanegodd. Pwysodd yn ôl yn ei sedd ac edrych tua'r nenfwd. 'Ble oeddwn i? O, ie. Beth yn eich barn chi yw'r arf mwyaf sydd gan yr Ymerodraeth Brydeinig, William?'

'Wn i ddim ...' atebodd William yn ofalus, cyn ynganu'r geiriau nesaf yn bwyllog, gan chwilio am ymateb ar wyneb Dee, '... y cleddyf? ... y canon? ... y chwip?'

Gwgodd Dee.

'Rwy'n gobeithio nad ydych chi'n cyfieithu mewn modd mor llythrennol ag yr ydych chi'n meddwl, William Morgan. Na, yr arf mwyaf yw'r ddyfais ysblennydd fydd yn argraffu eich Beibl. Y wasg,' meddai.

'Wrth gwrs, y wasg,' meddai William, gan deimlo diferyn o chwys oer yn rhedeg i lawr ei asgwrn cefn.

'Dyna pam mai hwn yw'r unig le sydd â'r hawl i gynhyrchu Beiblau ym Mhrydain, William ... i sicrhau ein bod ni'n cadw rheolaeth ar y negeseuon sy'n cael eu lledaenu. Wrth gwrs, mae gan y Pabyddion a'r Piwritaniaid weisg anghyfreithlon. Ond ry'n ni'n dod o hyd iddynt ac yn eu dinistrio gam wrth gam. Mae rheoli'r wasg yn hollbwysig er mwyn rheoli a lledu ein negeseuon a'n syniadau ni. Mae'n rhaid i'r Ymerodraeth Brydeinig ddewis a dethol y syniadau cywir, ac atal y rhai sy'n ceisio lledu syniadau cyfeiliornus.'

'Fel y Pabyddion a'r Piwritaniaid?' awgrymodd William, gan deimlo ei fod ar dir diogel unwaith eto.

'Yn hollol,' cytunodd Dee, cyn gafael yn y proflenni oedd o'i flaen ar y bwrdd.

Bu tawelwch yn yr ystafell am funudau hir wrth i Dee bori dros waith William.

'Rydw i'n gobeithio wir y bydd y Beibl hwn yn goroesi,' meddai William o'r diwedd.

'Pam ydych chi'n dweud hynny?' gofynnodd Dee, heb godi'i ben.

'Y sïon ... am ddyfodiad Armada Philip o Sbaen.'

'Tish a ffiffl, William Morgan. Tish a ffiffl. Fe fyddan nhw'n dod ym mis Awst y flwyddyn nesaf. Rwy eisoes wedi darogan hynny ac wedi dweud wrth ei Mawrhydi. Rwy hefyd wedi darogan y bydd yr Armada yn cael ei dal mewn storm enfawr,' meddai Dee, gan barhau i bori drwy'r proflenni.

'Sut ydych chi mor sicr?' gofynnodd Morgan.

Cododd Dee ei ben ac edrych i lygaid William.

'Fe ddywedodd yr angylion wrtha i.'

'Yr angylion?'

'Ie. Yr angylion,' atebodd Dee. Dechreuodd sôn am ei berthynas â'r angylion. Esboniodd fod ganddo ddull arbennig o gysylltu â hwy, a'u bod yn cynnig gwybodaeth am y dyfodol iddo. 'Mae'r angylion hefyd wedi dweud wrtha i y bydd syniadau'n gallu teithio ar draws y byd yn gyflym iawn rhyw ddydd. Dyna pam mae hi mor bwysig cadw rheolaeth ar y wasg,' meddai Dee.

'Pa mor gyflym, Dr Dee? Llai nag eiliad?'

Edrychodd John Dee yn syn ar William.

'Ydych chi'n wallgof, ddyn? Sut all syniadau gael eu lledaenu mor gyflym â hynny? Na. Bydd syniadau'n gallu teithio ar draws y byd mewn llai na – chredwch chi byth – wythnos.'

'Wythnos?'

'Anodd credu hynny ... ond dyw'r angylion byth yn anghywir,' meddai Dee'n hunanfodlon. 'Maen nhw hefyd wedi dweud llawer mwy wrtha i am y dyfodol, gan gynnwys dyfodol y Gymraeg.'

'Yn wir? Oes 'na ddyfodol i'r Gymraeg?'

'Oes. A'ch Beibl chi fydd yn achub yr iaith. Ac fel Cymro da, sy'n ŵyr i Bedo Ddu o Billeth yn Sir Faesyfed, rwy'n falch iawn o ddatgelu newyddion da'r angylion i chi.'

'Mwy na newyddion da, Dr Dee. Newyddion gwych,' atebodd William yn llawen.

'Wrth gwrs, mae gwaed Cymreig yn llifo drwy wythiennau Lillibet, hefyd,' meddai Dee. 'Ac mae'r Frenhines yn awyddus i'r Gymraeg oroesi, a bod ei deiliaid yn y Dywysogaeth yn gallu addoli yn eu mamiaith. Ac rwyf i, fel Cymro, wedi bod yn gweithio y tu ôl i'r llenni i sicrhau y bydd hynny'n digwydd. Ddylwn i ddim dweud hyn, ond fi oedd yn bennaf gyfrifol am ddarbwyllo Lillibet i greu Deddf i gael y Beibl yn Gymraeg yn 1563. Wrth gwrs, byddai'n hyfryd petaech chi'n cyflwyno'r Beibl i Lilibet ... mae'n flin gen i ... ei Mawrhydi,' ychwanegodd Dee.

'Diolch yn fawr, Dr Dee. Bydd hynny'n fraint. Fy mhrif nod wrth gyfieithu'r Beibl, wrth gwrs, oedd lledaenu'r neges

Brotestannaidd, ond roeddwn hefyd am helpu i gadw'r iaith Gymraeg yn fyw.'

'Bydd y Gymraeg yn siŵr o oroesi, diolch i'ch gwaith chi, William Morgan ... yn wahanol i ymdrechion y brych 'na o Brifysgol Rhydychen. Beth yw ei enw eto?'

'William Salesbury.'

'Ie. Salesbury. Y cachgi a guddiodd i fyny simnai ei gartref yn Llansannan am bum mlynedd pan oedd hi, Mari Waedlyd, yn teyrnasu.'

Gwyddai William fod Salesbury wedi gwneud nifer o gamgymeriadau cyfansoddiadol wrth gyfieithu'r Testament Newydd. Ond roedd hefyd wedi gosod y seiliau a alluogodd William i gwblhau'r gwaith. Gwyddai hefyd, erbyn hyn, ei bod yn annoeth iawn iddo anghytuno â dyn mor bwerus â John Dee. Serch hynny, ni allai ddweud celwydd.

'Bu gwaith Salesbury'n help mawr imi. Roedd ei gyfieithiad o'r Testament Newydd yn gam mawr ...' dechreuodd.

'Ond roedd ei waith yn ddiffygiol ar y naw. Gyda llaw, beth ddigwyddodd iddo?' gofynnodd Dee.

Esboniodd William Morgan fod Salesbury wedi treulio tair blynedd yng nghartref Richard Davies, Esgob Tŷ Ddewi, yn Abergwili ar gyrion Caerfyrddin.

'Llwyddodd y ddau i gwblhau cyfieithiad o'r Testament Newydd ac roedden nhw newydd ddechrau ar y gwaith o drosi'r Hen Destament i'r Gymraeg pan aethant i ddadlau dros un gair,' eglurodd William.

'Beth oedd y gair hwnnw?'

'Does neb yn gwybod. Gadawodd Salesbury Abergwili y diwrnod hwnnw ac mae'n debyg iddo addunedu i beidio ag yngan gair arall o Gymraeg weddill ei oes.'

'Dyna'r drwg gyda dynion Rhydychen. Dim dyfalbarhad ... yn wahanol i chi, William. Fe wyddwn i mai dim ond cyn-fyfyriwr o Gaergrawnt allai gwblhau'r gwaith ... a dyn o Goleg Sant Ioan ar hynny ... fel fi,' meddai Dee'n llawn balchder.

'Oeddech chi'n fyfyriwr yng Ngholeg Sant Ioan hefyd?'

'Oeddwn. Ond ugain mlynedd cyn eich amser chi ... nawr 'te, esboniwch sut aethoch chi ati i gyfieithu'r Beibl 'ma.'

'Wel, fy mhryder mwyaf oedd tafodieithoedd yng Nghymru. Mae'r iaith yn amrywio cymaint o un ardal i'r llall o fewn y wlad. Fy nod felly oedd safoni'r iaith fel bod pawb yn ei deall. Ac fe wnes i hynny drwy droi at gystrawen beirdd yr uchelwyr ...' dechreuodd William esbonio.

'Diddorol. Diddorol iawn,' meddai Dee. Serch hynny, dechreuodd ei lygaid bylu ar ôl pum munud o wrando ar William. Ar ôl deng munud, methodd ag atal ei hun rhag dylyfu gên. Ar ôl chwarter awr, dywedodd fod yn ddrwg iawn ganddo ond roedd yn rhaid iddo fynychu cyfarfod pwysig arall. Ffarweliodd yn frysiog â William wrth adael.

Arhosodd William Morgan yn yr ystafell yn pori drwy'r proflenni unwaith eto ac yn synfyfyrio. Gwyddai y dylai orfoleddu bod yr Ymerodraeth Brydeinig am gefnogi ei Feibl a pharhad yr iaith Gymraeg. Ond teimlai ym mêr ei esgyrn fod rhywbeth o'i le. Ai Beibl i achub y Gymraeg neu i ddinistrio'r iaith fyddai hwn mewn gwirionedd? Amser a ddengys, meddyliodd.

'Yr Arglwydd yr hwn a'm hachubodd i o grafanc y llew, ac o balf yr arth, efe a'm hachub i o law'r Philistiad hwn,' meddai o dan ei wynt.

IV

Roedd John Dee yn dweud y gwir pan ddywedodd wrth William fod ganddo gyfarfod pwysig arall y bore hwnnw. Teithiodd dros yr afon mewn cwch bach a cherdded i blasty Syr Francis Walsingham, a safai o dan gysgod Tŵr Llundain ar Lôn Seething.

Walsingham oedd Prif Ysgrifennydd Llywodraeth Elisabeth, ac ef oedd yn gofalu am y wladwriaeth drwy reoli polisi cartref, tramor, a chrefyddol y wlad. Ond yn bwysicach na hynny, ef oedd pennaeth rhwydwaith ysbïo Llywodraeth Loegr, a llwyddodd i rwystro cynlluniau di-rif i ladd Elisabeth. Roedd eisoes wedi sicrhau fod Mari Brenhines yr Albanwyr yn cael ei dienyddio ym mis Chwefror y flwyddyn honno.

Erbyn hyn roedd yn ei bumdegau hwyr ac yn dioddef o'r cancr a fyddai'n ei ladd ymhen dwy flynedd. Edrychai fel corryn wrth iddo bwyso'n gefngrwm dros ei ddesg yn y plasty. Roedd y corryn hwnnw yng nghanol gwe o gant a hanner a mwy o ysbïwyr ar draws Prydain ac Ewrop, gan gynnwys John Dee a'i lu o angylion.

Cododd Walsingham ei ben am eiliad wrth i John Dee gael ei dywys i'r ystafell.

'Ydy'r Beibl Cymraeg wedi cyrraedd yn ddiogel?' gofynnodd, gan ddal ati i astudio'r papurau oedd o'i flaen.

'Mae popeth yn ei le,' atebodd Dee, gan sefyll o flaen ei feistr.

Cododd Walsingham ei ben am yr eildro a gwenu. Roedd yn Brotestant pybyr a hynny am reswm da. Pan oedd yn Llysgennad Lloegr yn Ffrainc bu'n dyst i gyflafan Sant Bartholomew yn 1572, pan lofruddiwyd hyd at 30,000 o'i gyd-Brotestaniaid Hiwgenotaidd gan Frenhiniaeth Babyddol Ffrainc.

'Da iawn, Dee. Da iawn,' meddai. 'Ydy Morgan yn gwybod y bydd Beibl Saesneg yn cael ei ddarparu ar gyfer bob plwyf hefyd?'

'Na.'

Roedd Llywodraeth Brotestannaidd Elisabeth yn poeni'n arw fod y Cymry'n rhy Babyddol, ac yn debygol o droi at yr hen grefydd petai'r Sbaenwyr yn glanio yng Nghymru. Roedd hi'n hanfodol felly bod y Llywodraeth yn lledaenu'r neges Brotestannaidd ymysg y Cymry drwy gyhoeddi Beibl Cymraeg a'i ddosbarthu i bob un o'r 800 o blwyfi o fewn y Dywysogaeth.

Serch hynny, teimlai'r Llywodraeth fod yr iaith Gymraeg yn rhwystr rhag creu Ymerodraeth Brydeinig, ac o ganlyniad, roedd am gael gwared ohoni. Roedd Uchelwyr Cymru eisoes wedi troi yn erbyn y Gymraeg, ond y nod oedd troi'r werin yn uniaith Saesneg yn ogystal.

'Da iawn, Dee,' meddai Walsingham. 'Bydd cael y ddau lyfr ochr yn ochr â'i gilydd yn golygu y gall pobl gymharu'r ddau fersiwn. Wrth i'r werin ddysgu iaith yr Ymerodraeth bydd y Gymraeg yn dirywio. Gobeithio'n wir y bydd y cynllun yn gweithio, 007.'

'Mae'r angylion wedi dweud wrthyf y bydd y cynllun yn gweithio, W. Bydd yr iaith Gymraeg yn farw ymhen dwy genhedlaeth ... hanner can mlynedd, fan bellaf,' addawodd Dee.

Gwenodd Walsingham.

'Gobeithio'n wir fod yr angylion ar ein hochr ni, Dee.'

'Peidiwch â phoeni, W. Mae'r angylion wastad ar ochr y cyfiawn,' meddai Dee'n ffyddiog.

Merched Beca, 1839
Cri'r Dylluan

I

Pwy sy'n cerdded yn y gwyll ar lethrau'r Preseli ar noson wlyb o Ebrill? Daw'r lleuad allan o'i chuddfan y tu ôl i'r cymylau o bryd i'w gilydd, gan daflu cysgod anferth dros y dyn wrth iddo adael ei dŷ unnos a chroesi'r nant, cyn anelu am ysgubor fferm Glyn Saithmaen.

Mae'r cerddwr yn edrych i fyny ar y lleuad fel petai'n ei cheryddu am beidio â'i guddio wrth iddo gyrraedd yr ysgubor ar lethrau'r mynydd. Ildia'r lleuad i ddymuniad y dyn a chuddio y tu ôl i'r cymylau sy'n gwibio ar draws yr wybren. Ond yn ei direidi mae'n penderfynu ymddangos am ennyd eto pan glywir cri'r dylluan, gan oleuo'r dyffryn ac wyneb Thomas Rees, neu Twm Carnabwth fel y'i gelwir gan bobl ardal Maenclochog yng ngogledd Sir Benfro.

Mae Twm yn gwenu am ei fod yn gweld cysgodion dwsinau o bobl yn heidio tuag at yr ysgubor o bob cyfeiriad.

Mae Twm yn gwenu hefyd am ei fod wedi cael syniad. Syniad da. Syniad heb ei ail.

Mae Twm Carnabwth yn gawr o ddyn gyda gwallt fflamgoch, sy'n gyflym gyda'i ddyrnau.

Ond mae hefyd yn ddyn crefyddol sy'n arwain y canu pwnc yng Nghapel Bethel, Maenclochog, bob Dydd Sul. Cafodd y syniad yr wythnos cynt wrth ddarllen Llyfr Genesis, pennod 24, adnod 60.

Ac a fendithiasant Rebbecah, ac a ddywedasant wrthi, "Ein chwaer wyt, bydd di fil fyrddiwn; ac etifedded dy had borth ei gaseion".

Mae Twm am weithredu yn erbyn y cwmnïau tyrpeg sy'n mynnu codi pris y tollau ar hyd priffyrdd Sir Benfro, Sir Aberteifi a Sir Gâr. Erbyn hyn, mae trachwant y Whitland Turnpike Trust wedi mynd yn rhemp. Mae gatiau newydd yn cael eu codi'n fisol yn y cyffiniau yn sgil cyfarwyddyd prif weithredwr y cwmni, Thomas Bullin.

O ganlyniad, mae'n rhaid i'r ffermwyr dalu crocbris i fynd drwy'r tollbyrth wrth yrru'r gwartheg o le i le, teithio'n ôl ac ymlaen i'r farchnad, ac wrth gludo calch o Eglwyslwyd i ysgafnhau'r pridd trwm. A nawr, mae Thomas Bullin, ar ran yr Ymddiriedolaeth, wedi adeiladu pedwar tollborth newydd a Thollty yn ardal Efail-wen.

Gŵyr Twm fod y werin ar fin gwrthryfela. A Twm yw'r dyn i arwain y bobl. Mae'n barod i gamu i'r adwy wrth iddo gyrraedd yr ysgubor.

* * *

Roedd dros gant o ffermwyr a gweision lleol wedi derbyn y neges i ymgynnull yn yr ysgubor ar fferm cefnder Twm Carnabwth y nos Sadwrn honno. Roedd Twm wedi paratoi'n drwyadl ar gyfer yr achlysur, gan dreulio'r prynhawn yn creu llwyfan o drol fechan, gyda chynfas yn crogi y tu ôl iddi.

Camodd Twm at y llwyfan cyn dechrau annerch y dorf.

Roedd yn areithiwr heb ei ail. Ymhen munudau o daranu yn erbyn anghyfiawnder Deddf y Tlodion, y degwm, ac yn enwedig y tollbyrth a thrachwant y tollfeistr, Thomas Bullin, a'i fath, roedd wedi cynnau tân ym moliau'r dynion i weithredu. Roedd y dorf yn ysu i afael mewn bwyell a thorri'r tollborth agosaf yn deilchion. Roedd pawb yn gytûn mai'r tollborth a'r tollty newydd yn Efail-wen gerllaw fyddai canolbwynt eu llid.

Serch hynny, roedd un neu ddau yn amheus ynghylch beth ddigwyddai i'w teuluoedd petaent yn cael eu hadnabod gan geidwad tollborth Efail-wen a chael eu carcharu, neu'n waeth, cael eu halltudio i Awstralia am weddill eu hoes.

'Peidiwch â phoeni. Dwi wedi meddwl am hynny,' gwaeddodd Twm, gan neidio oddi ar y drol a diflannu y tu ôl i'r gynfas.

Yno, safai dwy chwaer Twm, Siarlot a Neli. Roedd y ddwy wedi cuddio yno cyn i bawb arall gyrraedd, yn barod i helpu'u brawd i drawsnewid ei hun gyda siarcol, cwyr a sypyn o ddillad.

Ddwy funud yn ddiweddarach ymddangosodd Twm unwaith eto, gyda'i wyneb yn ddu ac yn gwisgo dillad menyw.

'Wele: Rebeca!' gwaeddodd, gan sefyll o flaen ei gymdogion yn ei holl ogoniant.

Pais! Siôl! Boned! Dillad merch! Oedd Twm wedi colli arni?

Bu tawelwch llwyr yn yr ysgubor am rai eiliadau, cyn i'r mwmian, y twtian, a'r ysgwyd pennau ddechrau.

Camodd Tomos Bryn-glas, ffermwr uchel ei barch, ymlaen at y llwyfan.

'Na. Twm. Wnaiff hyn mo'r tro,' meddai, wrth i bawb y tu ôl iddo fwmial eu cytundeb.

'Ond, Tomos, byddai gwisgo dillad merched yn golygu na fydd neb yn ein hadnabod. A dwi ddim wedi sôn am y cysylltiad Beiblaidd 'to. Nac ychwaith am y cysylltiad gyda thraddodiad y ceffyl pren.'

'Na,' meddai Tomos, yn fwy awdurdodol y tro hwn.

'Mae pethau'n wael iawn arnom, Twm. Ond bydde gwisgo fel menyw'n mynd gam yn rhy bell,' meddai Ben Ifans, Cwmbychan.

'Clywch, clywch,' gwaeddodd Huw Parri'r Gwernydd a nifer o fechgyn ifanc eraill yr ardal.

'Ta beth, mae pais menyw'n cosi fel y diawl,' meddai Sioni Sguborfawr heb feddwl. Trodd pawb i edrych yn syfrdan ar y cawr o ddyn ifanc. '... yn ôl beth mae fy chwaer, Shani'n ddweud, ta beth,' ychwanegodd Sioni, gan wrido rhywfaint. Gyda hynny, trodd ar ei sawdl a gadael yr ysgubor, gan symud yn gyflym ond ychydig yn lletchwith. Aeth pawb arall allan ar ei ôl, gan fwmial dan eu hanadl a siglo'u pennau'n drist. Roedd syniad Twm wedi mynd i'r gwellt.

Eisteddai Twm, Siarlot a Neli ar y drol bum munud yn ddiweddarach.

'Mae gen i weledigaeth ond rwy'n byw ymysg y dall,' meddai Twm yn dawel, gan dynnu ei bais a'i sanau a'u taflu ar y llawr.

'Twll eu tinau nhw, Twm,' meddai Neli, oedd wedi'i chythruddo gan beth ddywedodd ei gŵr, Ben Ifans. Dechreuodd ddynwared Ben. '...bydde gwisgo fel menyw'n mynd gam yn rhy bell! Y diawl llwfr,' ychwanegodd.

'Blydi dynion. Pwy sydd eu hangen nhw?' ysgyrnygodd Neli.

'Ond, Nel, beth allwn ni 'i wneud?' gofynnodd Siarlot.

Trodd Neli at ei brawd a'i chwaer.

'Peidiwch â digalonni. Mae gen i syniad.' meddai.

II

Roedd Emma Leyshon wedi diflasu'n llwyr wrth iddi eistedd ger y bwrdd swper ym Mhlas Preseli yng nghwmni'i thad, Syr Rhisiart Leyshon.

Roedd Rhisiart Leyshon yn un o dirfeddianwyr mwyaf cefnog ardal y Preseli. Ac roedd ganddo gysylltiadau pwerus a niferus hefyd, gan gynnwys ei frawd yng nghyfraith, sef John Jones, Ystrad, un o ddau Aelod Seneddol Sir Gâr.

Roedd hefyd yn un o ymddiriedolwyr y Whitland Turnpike Trust, a ddylai fod yn ffynhonnell ariannol wych iddo. Ond bu'r fenter yn un mor drychinebus fel bod yr Ymddiriedolaeth bron â mynd i'r wal, gan achosi problemau ariannol enbyd i Syr Rhisiart.

Yn waeth byth, roedd ei denantiaid wedi cael trafferth talu'u rhenti yn sgil sawl cynhaeaf llwm dros y blynyddoedd diwethaf. O ganlyniad, bu'n rhaid i Syr Rhisiart ystyried gwerthu Plas Preseli a'r ystad ar un adeg. Ond daeth haul ar fryn ar ffurf dyn oedd wedi gwneud ei arian yn prydlesu tollbyrth ar hyd a lled y wlad rhwng Llundain a Chaerfyrddin – y Sais o Lundain, Thomas Bullin. Talodd Bullin £800 i'r Ymddiriedolaeth am yr hawl i godi mwy o dollbyrth, a thollty yn ardal Efail-wen, y gwanwyn hwnnw.

Erbyn hyn roedd y gatiau a'r tollborth newydd wedi'u codi. Yn gloddesta yng nghwmni Syr Rhisiart ac Emma y noson honno i ddathlu'r achlysur roedd tri o ymddiriedolwyr eraill y Whitland Turnpike Trust, eu gwragedd, a Thomas Bullin ei hun, a eisteddai gyferbyn ag Emma wrth y bwrdd bwyd.

Serch hynny, nid oedd Syr Rhisiart yn fodlon ei fyd, am fod y byd hwnnw'n newid yn gyflym iawn. Gwyddai fod arian Bullin wedi achub ei groen, ond gwyddai hefyd y byddai'r ffermwyr lleol yn gorfod ysgwyddo baich ariannol codi'r gatiau newydd. Roedd Syr Rhisiart yn ymwybodol o'i gyfrifoldeb fel tirfeddiannwr ac ynad i'w denantiaid. Roedd y ddwy garfan yn dibynnu ar ei gilydd, ac roedd hi'n berthynas oedd yn ymestyn yn ôl am ganrifoedd. Ond roedd y byd yn newid, a dynion fel Thomas Bullin yn ymgorfforiad o'r gymdeithas ddiwydiannol newydd hon. Dynion oedd yn poeni am ddim heblaw elw.

Doedd Syr Rhisiart ddim yn hapus iawn chwaith am fod ei feddyg, yn ddiweddar, wedi ei orfodi i roi'r gorau i yfed gwin a phort er lles ei iechyd. O ganlyniad, ar gyngor y meddyg, roedd wedi dechrau cymryd 'cyffur diniwed' o'r enw lodnwm. A ffein iawn oedd yr hylif yr oedd yn ei sipian wrth iddo wrando ar Bullin yn brolio am ei gampau busnes.

Roedd Syr Rhisiart mewn cyfyng gyngor yn ogystal, am fod Thomas Bullin wedi cymryd ffansi at ei unig ferch, Emma, gan ddechrau awgrymu y byddai perthynas fwy sefydlog rhyngddo ef a Syr Rhisiart yn fuddiol i'r ddau ohonynt. Nid oedd Syr Rhisiart am aberthu Emma ar allor cyfalafiaeth – ond roedd hi'n ferch mor benstiff a gwyllt. Roedd hi eisoes yn bedair ar hugain oed, a doedd dim golwg y byddai'n priodi rhywun ariannog. Efallai mai Bullin fyddai ei obaith gorau o allu parhau i gynnal yr ystad a bywoliaeth y degau o ffermwyr a labrwyr oedd yn dibynnu arno, meddyliodd Syr Rhisiart, gan ddechrau teimlo'n gysurus a chysglyd wrth i'r cyffur ddechrau dangos ei effaith arno ar ôl swper.

'Mae'r gatiau wedi'u gosod yn ofalus ar y ffordd dyrpeg fel bod y rhai sy'n cludo'r calch o'r arfordir i'w ffermydd yn gorfod talu'r pris eithaf,' broliodd Bullin yn Saesneg, gan wenu ar Emma, a orfodwyd i eistedd gyferbyn â'r crachfonheddwr drwy'r nos.

'Ond beth os nad yw'r ffermwyr yn gallu fforddio eich tollau, Mr Bullin?' gofynnodd Emma, gan weld bod llygaid bach du'r tollfeistr ifanc wedi'u hoelio ar ei *décolletage*, fel y buon nhw drwy'r nos.

'Rhyngddyn nhw a'u cawl, Emma. Rhyngddyn nhw a'u cawl,' atebodd Bullin, gan roi ei law chwith ar ei dalcen a thynnu'i fysedd drwy ei wallt du, seimllyd.

'Emma, yn wir,' meddyliodd Emma. Roedd y diawl haerllug yn meddwl ei bod hi'n briod ag ef yn barod.

'Ydych chi wedi gweld faint o galch maen nhw'n ei gludo ar eu certi, Emma? Petaen nhw ddim yn cludo cymaint o galch, fydden nhw ddim yn achosi cymaint o ddifrod i'r ffyrdd, a byddai'r tollau'n llawer rhatach i bobl eraill.'

'Ond d'yn nhw ddim yn gallu ffermio heb y calch, Mister Bullin.'

'Ac allwn ninnau ddim cynnal y ffyrdd tyrpeg heb fod y ffermwyr yn talu'n iawn am y difrod maen nhw'n ei wneud. Dyna gylch cyfalaf … neu efallai galch cyfalaf,' meddai Bullin yn chwareus.

'Pwy ydych chi'n awgrymu ddylai fod yn geidwad ar y tollty yn Efail-wen?' gofynnodd Syr Rhisiart yn gysglyd.

Tynnodd Bullin ei lygaid oddi ar Emma a gwenu arno.

'Ei enw yw Benjamin.'

'A beth yw ei enw cyntaf?' gofynnodd Syr Rhisiart.

'Benjamin yw ei enw cyntaf.'

'Beth yw ei gyfenw, Bullin?' gofynnodd un o'r ymddiriedolwyr eraill.

'Yn hollol,' atebodd y tollfeistr.

'Mae'n flin gen i. Dwi ddim yn deall,' meddai'r ail ymddiriedolwr.

'Bullin yw ei gyfenw,' atebodd Bullin yn araf.

'Dyna gyd-ddigwyddiad fod ganddo'r un enw â chi,' meddai'r trydydd ymddiriedolwr, oedd erbyn hyn yn feddw dwll.

Trodd Bullin ei ben yn araf.

'Nid cyd-ddigwyddiad o gwbl. Fy mrawd yw Benjamin Bullin, neu Little Bull, fel ry'n ni'n ei alw yn y teulu.'

'Oes gennych chi deulu mawr, Bullin?' gofynnodd Syr Rhisiart, a'i lygaid wedi hanner cau erbyn hyn oherwydd effaith y cyffur.

'Mae fy mrawd Charles yn gyfrifol am dollborth Aberystwyth ar hyn o bryd. Mae fy nhad yn gyfrifol am dollborth Glyn-nedd ac mae gen i frodyr, cefndryd a ffrindiau eraill yn goruchwylio tollbyrth ar hyd a lled y wlad,' atebodd Bullin.

Yn wir, roedd gwe'r corryn hwn yn ymestyn o Lundain i Fryste, ac ar draws y rhan fwyaf o siroedd Morgannwg, Sir Fynwy, ac erbyn hyn Sir Gâr, Penfro a Cheredigion.

Trodd Bullin yn ôl at Emma.

'Rwy'n gredwr mawr mewn helpu teulu a ffrindiau,' meddai, gan syllu'n hir ar fronnau Emma, 'dim ond eu bod nhw'n fy helpu i drachefn.'

'Byddwch yn ofalus, 'Nhad, neu fe fydd Mister Bullin yn gofyn ichi fod yn un o'i geidwaid,' meddai Emma'n chwyrn.

'O'r hyn rwy newydd ei glywed, byddai'n rhaid imi fod yn perthyn iddo cyn i hynny ddigwydd,' chwarddodd Syr Rhisiart.

'Rwy'n siŵr y gellid trefnu hynny,' meddai Bullin o dan ei wynt, gan edrych i fyw llygaid Emma.

Gwridodd Emma gan sylweddoli bod y corryn o ddifrif ynglŷn â'i phriodi. Gwyddai fod ei thad yn ddigon gwan i adael i hynny ddigwydd, ond fyddai hi byth yn cytuno. Roedd hi mewn cariad â Hugh Llywelyn.

Roedd Syr Rhisiart, fel nifer o bwysigion Cymru, wedi dechrau pellhau o'i berthynas 'economaidd foesol' â'r werin. Yn hytrach, roedd wedi dechrau mabwysiadu agweddau cyfalafol newydd y chwyldro diwydiannol gan droi ei gefn, yn sgil hynny, ar iaith a diwylliant Cymru a chlosio at Eglwys a Llywodraeth Lloegr. Roedd tad Emma hyd yn oed wedi anfon ei ferch i Lundain y gaeaf cynt, i geisio'i gwaredu o'i Chymreictod a chreu Ledi Seisnig yn ei lle.

Roedd Emma wedi casáu gorfod ymweld â chwaer ei thad, Dafina, a'i gŵr, yr Aelod Seneddol John Jones, yn Llundain. Bu'n rhaid iddi dreulio'i hamser yn y ddinas yn mynychu *soirées* a dawnsfeydd di-rif, a daeth i sylweddoli yn fuan iawn bod y rhan fwyaf o'r merched yno'n galon-galed a hunanol. Roedd y dynion yr un mor ddiflas – naill ai'n *boobies* neu'n aelodau o'r *nouveau riche* fel Bullin.

Pawb heblaw am un: Cymro Cymraeg o Benfro oedd yn gweithio i'r Llywodraeth.

Roedd Hugh Llewelyn yn prysur wneud enw iddo'i hun fel diplomydd. Roedd eisoes yn uchel ei barch, ac fe'i hanfonwyd i'r Llysgenhadaeth Brydeinig ym Mharis bythefnos wedi i Emma ac yntau gwrdd yn nhŷ ei ewythr ym mis Mawrth, gan roi diwedd ar y berthynas cyn iddi gael cyfle i flaguro.

Dywedodd Hugh na fyddai modd i'r ddau gysylltu â'i gilydd am fod ei waith yn gyfrin iawn. Ni wyddai chwaith pryd y byddai'n dychwelyd i Brydain, ond ei eiriau olaf cyn gadael Emma oedd, 'all barau carchar hyd yn oed mo'n gwahanu ni pan fydda i'n dychwelyd atat ti.'

Ar ôl i Hugh adael am Ffrainc sylweddolodd Emma ei bod wedi syrthio mewn cariad â'r gŵr ifanc golygus hwn. Collodd yr awydd i fynychu unrhyw ddawnsfeydd a threuliodd ei dyddiau'n gorwedd ar y *chaise longue* yn meddwl am Hugh, heb ddweud gair wrth ei modryb amdano. Meddyliodd Dafina fod ei nith yn hiraethu am Gymru a bod angen awyr iach ei chartref arni. Felly dychwelodd Emma i Blas Preseli, gan boeni am waith cyfrin Hugh yn un o ddinasoedd mwyaf peryglus y byd.

Daeth Emma allan o'i llesmair pan glywodd pawb yn sôn am y posibilrwydd y byddai'r ffermwyr a'r taeogion yn gwrthryfela yn erbyn eu meistri, fel y digwyddodd yr wythnos cynt yn Llanidloes.

'Meddwon a *maniacs* yw'r Siartwyr, Syr Rhisiart. Meddwon a *maniacs*. Mae pobl y Preseli'n rhy ufudd a llwfr i wrthryfela,' meddai Bullin, gan orffen ei win mewn un llwnc a chodi'i wydryn er mwyn i un o'r gweision ei lenwi. 'Dydych chi ddim yn yfed llawer heno, Syr Rhisiart,' sylwodd.

Cododd Syr Rhisiart ei wydr bach o lodnwm gan esbonio pam ei fod yn cymryd y cyffur, oedd yn cynnwys opiwm.

'Mae lodnwm yn boblogaidd iawn yn Llundain. Rwy'n siŵr y galla i gael gafael arno am bris llawer mwy rhesymol na'r hyn ry'ch chi'n ei dalu i'ch meddyg,' meddai Bullin, gan weld cyfle arall i ddal Syr Rhisiart yn dynnach yn ei we.

Roedd Emma wedi cael digon. Esgusododd ei hun gan ffugio pen tost, ac anwybyddu sylw Bullin, sef ei fod yn gobeithio gweld mwy – llawer mwy – ohoni yn y dyfodol agos. Edrychodd allan o ffenest ei hystafell wely'n drwmgalon ddeng munud yn ddiweddarach gan wybod bod ei thad, erbyn hyn, o dan reolaeth Bullin yn gyfan gwbl.

Yna sylwodd Emma ar un o forwynion y Plas yn symud yn llechwraidd ar draws y lawnt at lety'r gweision. Ble roedd hi wedi bod mor hwyr ar noson wlyb o Ebrill, tybed, meddyliodd Emma, gan deimlo'n eiddigus fod gan forwyn fel Siarlot fywyd llawer mwy diddorol na hi.

III

Roedd tua ugain wedi ymgynnull yn ysgubor fferm Glyn Saithmaen bedair noson yn ddiweddarach. Safai Twm Carnabwth ar y llwyfan yng nghwmni Siarlot a Neli, gan deimlo'n llai hyderus na'r tro diwethaf iddo geisio ysgogi'r trigolion lleol i wrthryfela yn erbyn anghyfiawnder y drefn bresennol.

Y rheswm am ei swildod oedd bod pawb oedd yn bresennol yn fenywod.

Roedd Neli a Siarlot wedi lledaenu'r neges am y cyfarfod ymhlith merched yr ardaloedd cyfagos ym marchnad Caerfyrddin dridiau ynghynt, ac roedd y rheiny wedi lledaenu'r neges yng nghapeli'r ardal ar y Sul.

'Wel, Beca – dyma dy ferched. Bant â'r cart,' sibrydodd Neli wrth ei brawd.

'Fi'n ffaelu,' atebodd Twm o ochr chwith ei geg, yn crynu o'i gorun i'w sawdl.

'Pam?' sibrydodd Siarlot.

'Dwi erioed wedi annerch menywod o'r blaen,' atebodd Twm o ochr dde ei geg.

'Dynion!' ebychodd Neli.

Dechreuodd hi, felly, annerch y dorf o wragedd fferm a morynion, oedd wedi gadael eu rhieni, eu gwŷr a'u plant y noson honno dan yr esgus eu bod yn paratoi ar gyfer dathliadau'r Sulgwyn ymhen pythefnos.

Y gwir amdani oedd bod Neli'n areithio'n well na'i brawd, hyd yn oed. Taranodd yn erbyn anghyfiawnder y degwm, y tollbyrth ac yn enwedig Deddf y Tlodion, a fynnai mai'r fam oedd yn gwbl gyfrifol am achosi plentyn llwyn a pherth. Ceryddodd ddynion yr ardal am eu llwfrdra a dweud mai'r merched fyddai'n gorfod gweithredu unwaith eto, fel gyda therfysgoedd bwyd y ganrif cynt, a arweinwyd gan fenywod.

Cafodd Twm gymaint o ofn o weld ymateb y merched i anerchiad Neli fel nad oedd yn hollol sicr a oedd hi wedi'u darbwyllo i ddinistrio tollbyrth ynteu i fynd adref i ladd ei gwŷr y noson honno. Ond er rhyddhad iddo, penderfynodd pawb lynu at syniad gwreiddiol Twm i ddinistrio'r tollborth a'r tollty newydd yn Efail-wen y diwrnod ar ôl y Sulgwyn.

Ceisiodd Twm annerch y dorf, gan ddiolch iddynt am ddangos mwy o asgwrn cefn na'r dynion, a chytuno â Neli y dylai merched gael yr un hawliau â dynion.

Derbyniodd gymeradwyaeth y dorf nes i Shani Sguborfawr weiddi yn ei llais dwfn,

'Os felly, ble mae dy wraig di heno, Twm?'

'Ie. Ble mae Rachel, heno, Twm?' gwaeddodd un arall.

'Yn edrych ar ôl y plant,' atebodd Twm heb feddwl, gan ennyn nifer o ebychiadau gwawdlyd a sylwadau anweddus.

'Nag'w ddim!' gwaeddodd Rachel Rees o gefn yr ysgubor. 'Mae dy gefnder yn gwarchod y plant yn y ffermdy, a rwy 'ma i wneud yn siŵr na fyddi di'n mynd ar gyfeiliorn ynghanol yr holl ferched pert 'ma,' ychwanegodd, gan dderbyn bloedd o gymeradwyaeth.

'Ond sut allwn ni dorri'r gatiau? Dy'n ni ddim yn ddigon cryf i ddefnyddio bwyell ac amddiffyn ein hunain,' meddai Siarlot.

'Twt lol,' meddai Siani Sguborfawr. Nid bôn braich sy'n

bwysig, ond cyflymder y fraich. Mi alla i'ch dysgu chi. Mater o arfer yw hi. Mae'r cyfan yn dibynnu ar gyflymder yr arddwrn.

'Dylai Twm fod yn iawn. Dyw e ddim wedi dod yn agos ata i ers i'r trydydd gael ei eni,' meddai Rachel.

'Da iawn Rachel,' meddai Shani.

'Ond sut allwn ni adael yn y nos heb i'n gwŷr ni wybod i ble ry'n ni'n mynd?' gofynnodd Gwen Parcybedw.

'Cwestiwn da,' meddai Neli. 'Fe fydd yn rhaid imi feddwl am hynny.'

'A sut allwn ni gysylltu â'n gilydd?' gofynnodd Hannah Mary, Pant-yr-onnen.

'Mae gen i syniad sut i wneud hynny,' meddai Neli, gan droi at Siarlot. 'Mae Siarlot yn gallu gwneud synau adar. Roedd hi'n arfer diddanu Twm a fi pan o'n ni'n blant. Dangos inni, Siarlot,' meddai Neli. Griddfanodd Twm.

Camodd Siarlot ymlaen gan beswch.

'Pwy sy'n closio drwy'r coed gyda'i ben fflamgoch a'i big tenau ... ie ... dyna ni... y dryw eurben,' meddai, gan roi ei dwylo ar ei cheg a dechrau gwneud synau aderyn.

'Falle bydde aderyn arall yn fwy addas ar gyfer y nos,' awgrymodd Twm, ond anwybyddodd Siarlot ef.

'... a phwy yw'r pila bach bywiog gyda chynffon fach fforchiog sydd ar frig y goeden o'n blaenau? Edrychwch ar y darnau melyn ar yr adenydd a'r gynffon. Ie. Ein hen ffrind y pila gwyrdd,' meddai Siarlot gan godi ei dwy law at ei cheg a dynwared cân y pila gwyrdd.

'Falle bydde cri aderyn y nos, sef tylluan, yn fwy addas?' awgrymodd Twm eto.

'Pam na wedest ti hynny'n gynt,' meddai Siarlot yn swrth, cyn dynwared sŵn y dylluan fel petai un yn cuddio yn nenfwd yr ysgubor. 'Gallaf ddysgu cri'r dylluan i unrhyw un mewn llai nag awr,' ychwanegodd.

'Gwych,' meddai Neli. Gyda hynny clywyd sŵn y tu allan i'r ysgubor. Daliodd Neli ati i siarad, gan amneidio ar Twm a Shani Sguborfawr i symud at y drws. Roedd Twm yn rhegi o dan ei wynt am ei fod wedi anghofio trefnu bod rhywun yn cadw golwg y tu allan.

Symudodd y ddau'n llechwraidd at y drws, ei agor yn sydyn, a dal y sawl oedd yno cyn ei lusgo i ganol yr ysgubor gerfydd ei war.

'Ysbïwr,' gwaeddodd Twm, gan afael yn dynn yn y dihiryn oedd yn gwisgo cwcwll am ei ben, ac yn straffaglu'n wyllt i ryddhau ei hun.

'Nage. Gadewch imi fynd,' meddai perchennog y cwcwll. Llais merch.

'Ysbiwraig, 'te,' gwaeddodd Shani Sguborfawr gan daflu'r unigolyn i ganol yr ysgubor, '... ac un sy'n ogleuo fel un o hwrod Caerfyrddin 'fyd,' ychwanegodd.

''Wy ddim yn hwren,' gwaeddodd y ferch.

'Pwy y'ch chi, 'te?' gofynnodd Neli, gan daflu'r cwcwll yn ôl oddi ar wyneb y ferch.

'Dim o'ch busnes chi,' bloeddiodd y ferch.

'Miss Emma!' gwaeddodd Siarlot, gan redeg tuag ati. 'Feistres! Ydych chi'n iawn?'

'Meistres? Paid â dweud mai hon yw merch Rhisiart Leyshon,' chwarddodd Twm.

Ochneidiodd Neli, cyn camu ymlaen a helpu Siarlot i godi'r ferch.

'Faint glywsoch chi?' gofynnodd.

'Popeth,' atebodd Emma. 'Ond rwy'n credu y galla i'ch helpu chi,' ychwanegodd.

'Ond sut allwn ni ymddiried ynddoch chi, a'ch tad yn un o ymddiriedolwyr y Whitland Turnpike Trust,' gofynnodd Twm.

'Sut allwch chi'n helpu ni?' gofynnodd Neli, gan anwybyddu sylw'i brawd.

'Mae gen i syniad ar gyfer gwneud yn siŵr na fydd eich gwŷr yn gwybod eich bod wedi gadael eich cartrefi i weithredu,' meddai Emma, gan synhwyro o'r tawelwch fod pawb am wybod yr ateb.

'Sut?' gofynnodd Neli.

'Lodnwm,' meddai Emma.

Chwarddodd Neli a gweddill y merched.

'Allwn ni ddim fforddio lodnwm, Miledi. Moddion i'r boneddigion yw hwnnw. Allwn ni prin fwydo ni'n hunen bob wythnos,' meddai.

'Ta beth, sut allwch chi gael gafael ar ddigon ohono i roi o leiaf ugain o ddynion i gysgu?' gofynnodd Twm gan siglo'i ben.

'Dywedwch wrtha i faint o lodnwm sydd ei angen ac fe wna i'n siŵr y bydd digon yn mynd i ddysgl cawl pob dyn yn yr ardal i'w roi i gysgu am wythnos,' meddai Emma'n ffyddiog.

'Bydd tan y bore wedyn yn ddigon da,' meddai Neli. 'Ond rhowch un rheswm pam ddylen ni ymddiried ynoch chi i wneud hyn?'

Trodd Emma ati.

'Nid chi yn unig sydd am gael gwared ar Thomas Bullin o'r ardal,' meddai, cyn mynd ymlaen i esbonio ymhellach.

IV

Cafodd Emma gyfle i roi ei chynllun ar waith drannoeth pan ymwelodd Thomas Bullin â Syr Rhisiart Leyshon i drafod y syniad o godi tollbyrth yn ardal Sanclêr. Bachodd ar y cyfle i gael sgwrs â Bullin yn syth ar ôl y cyfarfod.

Roedd Bullin ar fin esgyn ar ei geffyl i ymweld â'i frawd, Benjamin, ceidwad Tollty Efail-wen, pan glywodd sŵn carnau y tu ôl iddo.

'Mae gennych chi geffyl da, Mister Bullin.'

Trodd Bullin a gweld Emma'n sefyll yno gyda cheffyl gwyn roedd hi newydd ei arwain o stablau'r plas. Gweryrodd y ceffyl gan ddangos ei ddannedd i'r tollfeistr.

'Dim ond yr ebolesau gorau imi, Emma. Falle ddylen ni farchogaeth gyda'n gilydd cyn bo hir,' meddai Bullin, gan weld fod Emma'n dal chwip yn ei llaw chwith ac yn taro'i llaw dde ag ef yn ysgafn.

'Falle'n wir,' atebodd Emma, gan glosio at Bullin.

'Sut oedd Dadi?' gofynnodd, gan weld fod llygaid Bullin wedi'u hoelio ar y chwip oedd yn ei llaw.

'Iach fel cneuen. Iach fel cneuen,' meddai Bullin.

Closiodd Emma'n nes fyth.

'Mae'r lodnwm yn gwneud lles iddo. Fe ddwedodd Dadi eich bod wedi cynnig cael gafael ar beth iddo o Lundain.'

Amneidiodd Bullin â'i ben i gadarnhau hynny.

'A dweud y gwir, 'wy ddim wedi bod yn cysgu'n dda'n ddiweddar,' ychwanegodd Emma.

'Mae'n flin gen i ...'

'Na. Rwy wedi bod yn troi a throsi bob nos yn fy ngwely anferth,' oedodd Emma am eiliad fel bod Bullin yn gallu dychmygu'r olygfa, '... ac ro'n i'n meddwl y gallech chi fy helpu i gysgu'n well.'

Camodd yn nes at Bullin.

'Oeddech chi, wir? Beth y'ch chi'n awgrymu?' meddai Bullin gan lyncu ei boer.

Pwysodd Emma ymlaen a sibrwd yn ei glust.

'Ro'n i'n meddwl y gallech chi gael cyflenwad o lodnwm imi hefyd.'

Llyncodd Bullin ei boer unwaith eto.

'Wrth gwrs ... faint y'ch chi moyn?' gofynnodd yn gryg wrth i Emma symud y chwip i fyny ac i lawr ei chlun.

'Digon ar gyfer fy nhad a finne am ryw ... chwe mis,' awgrymodd Emma. 'Wedi'r cyfan, fe fydd hi'n rhatach dod ag un cyflenwad mawr drwy eich holl dollau na thalu am ddod â nifer o gyflenwadau bach. Mae'n bwysig talu am effaith pwysau'r poteli lodnwm ar gyflwr y ffyrdd, Mister Bullin,' ychwanegodd gyda gwên ddireidus.

'Ond dim ond rhyw ddwsin o boteli mawr fydd eu hangen ...' eglurodd Bullin.

'Os felly, falle y byddai'n well imi archebu cyflenwad fydd yn para am flwyddyn. A dewch â'r cyflenwad ata i. Bydd yn rhoi cyfle inni gwrdd eto ... Mister Bullin,' meddai Emma.

Addawodd Bullin y byddai'r lodnwm yn cyrraedd ymhen llai

nag wythnos. Esgynnodd ar ei farch a dechrau ar ei daith i ymweld â'i frawd, gan feddwl am Emma'n troi a throsi yn ei gwely, a hynny am reswm arall heblaw am fethu cysgu. Clywodd dylluan yn galw yn y coed y tu ôl i'r Plas. Nid oedd erioed wedi clywed un yn ystod y dydd o'r blaen, meddyliodd, wrth iddo deithio yn ei flaen.

Ganllath y tu ôl iddo, safai Emma yng nghwmni Siarlot.

'Da iawn, Miss Emma,' meddai Siarlot, 'rwy'n credu bod angen symud y llaw chwith hanner modfedd yn bellach o'r geg ... ond mae'n dod ... mae'n dod.'

V

Gwyliodd Ben Ifans ei wraig yn torri coed o ffenest cegin eu fferm ar ystad Sir Rhisiart Leyshon. Bu'r ddau'n briod ers dros ddegawd. Hyd yn hyn roeddent wedi methu â chael plant. Bu hynny'n siom enfawr i Ben, yn bennaf oherwydd y byddai plant yn ysgwyddo'r baich o weithio'r tir ar y tyddyn.

Syllodd ar Neli'n torri'r coed yr un mor rhwydd ag unrhyw ddyn yn yr ardal. Yn wir, roedd gwaith caled ei wraig yn golygu bod y tyddyn wedi goroesi'n ariannol dros y degawd diwethaf. Roedd Neli'n fodlon gweithio ar y tir, ac felly nid oedd angen gwas fferm. Serch hynny, llwyddodd Ben i ddarbwyllo'i wraig i gyflogi morwyn i wneud y gwaith y byddai Neli wedi'i wneud pe na bai allan yn y caeau o fore gwyn tan nos.

Gwelodd Ben y forwyn yn dychwelyd o'r ffynnon gyda dau biser yn llawn dŵr. Llyfodd ei wefusau gan wylio Sali'n siglo'i chluniau wrth gerdded. Stopiodd Sali a rhoi'r ddau biser i lawr am ennyd. Wrth iddi bwyso ymlaen cafodd Ben gipolwg ar ei bronnau llawn. Y gwir oedd bod Ben yn ysu i gael ychydig o hwyl gyda Sali. Ond roedd e'n ddyn llwfr. Petai'n cael ei ddal, gwyddai y byddai dynion yr ardal yn dod i'r tŷ, yn ei osod ar y ceffyl pren a'i dywys at yr afon cyn rhoi cweir iddo am dorri rheolau moesol y gymdeithas glos.

Na. Parhau i freuddwydio am Sali fyddai ei dynged, meddyliodd Ben Ifans, ond methodd, serch hynny, â thynnu'i lygaid oddi ar gorff siapus y forwyn.

VI

Cadwodd Bullin at ei addewid. Cyrhaeddodd deuddeg potelaid o lodnwm Blas Preseli y dydd Gwener olaf cyn y Sulgwyn. Treuliodd Emma a Siarlot y diwrnod canlynol yn trosglwyddo'r cyffur i ugain ffiol fach.

Drannoeth, cododd Twm Carnabwth ar ei draed yn ystod gwasanaeth y Sulgwyn yng Nghapel Bethel y Bedyddwyr ym Mynachlog-ddu. Tra bod Twm yn canu pwnc yn groch, 'Ac a fendithiasant Rebbecah, ac a ddywedasant wrthi, ein chwaer wyt, bydd di fil fyrddiwn, ac etifedded dy had borth ei gaseion,' trosglwyddwyd nifer o'r ffiolau'n gyfrin i'r merched oedd wedi addo dilyn Beca.

Digwyddodd yr un peth yng nghapeli eraill yr ardal dros y Sulgwyn.

* * *

Cysgai Ben Ifans fel babi, gan freuddwydio am fronnau Sali'r forwyn, ar ôl gorffen dau fasn o gawl y noson honno. Cymerodd menyw â'i hwyneb wedi'i dduo wn hela o gefn y gegin a gadael y tŷ'n dawel.

Cysgai Sioni Sguborfawr yn drwm ar ôl yfed ei fasned o laeth enwyn, gan freuddwydio ei fod yn dawnsio'n rhydd drwy'r caeau, yn gwisgo dim ond pais ei chwaer, Shani. Cymerodd honno'r corn hela oddi ar y silff ben tân a chau clicied y tŷ unnos yn ofalus ar ei hôl.

Cysgai Syr Rhisiart Leyshon ar ôl swpera ar y cig eidion a'r grefi roedd Emma wedi mynnu'i goginio iddo, gan freuddwydio ei fod yn tywys ei ferch at yr allor i briodi Thomas Bullin.

Gadawodd Emma'r plas a cherdded i gyfeiriad y stablau, lle'r oedd Siarlot yn aros amdani. Neidiodd y ddwy ar gefn y ceffyl gwyn a charlamu tuag at y tir comin uwchben tollborth Efail-wen.

Cysgai gwŷr pob un o'r ugain o ferched a ymgasglodd ar y tir comin awr yn ddiweddarach. Ni chlywodd yr un ohonynt gri'r tylluanod yn atseinio dros y fro. Ac ar y blaen, ar geffyl gwyn, roedd Rebeca.

'... a byddai'n taro'r Midianiaid fel un gŵr ... neu wraig,' meddai Twm Carnabwth.

VII

Roedd Benjamin Bullin yn cysgu yng nghefn y tollty pan gafodd ei ddihuno gan sŵn yr ugain yn gweiddi ac yn chwythu eu cyrn hela wrth iddynt nesáu. Cododd a gwisgo'i ddillad yn gyflym, gan straffaglu am ei esgidiau yn y tywyllwch cyn rhedeg nerth ei draed at ddrws y tollty. Agorodd hanner uchaf y drws yn unig.

'Benjamin Bullin. Dewch allan. Dewch allan, Darw Bach,' gwaeddodd Beca o gefn ei cheffyl.

'Na!' gwaeddodd Bullin. Saethodd Neli'r gwn hela uwch ei phen a newidiodd Benjamin Bullin ei feddwl ar unwaith a dechrau cerdded tuag at y tyrpeg.

'Beth yw hwn, fy mhlant? Mae rhywbeth yn fy ffordd. Ni allaf deithio ymlaen. Rwy'n hen, ac ni allaf weld yn dda,' gwaeddodd Beca.

'Ni ddylai unrhyw beth eich rhwystro, fy mam Rebeca,' gwaeddodd y dorf ag unllais.

'Arhoswch! Mae rhywun wedi gosod clwyd ar draws y ffordd i rwystro eich hen fam, ac mae wedi'i chloi. Beth allwn ni ei wneud?' gwaeddodd Beca.

'Fe wnawn ni ei dymchwel, Mam. Ni chaiff unrhyw beth eich atal,' llefarodd y dorf.

'Difethwch y gât, fy mhlant. Difethwch y gât,' gwaeddodd Beca wrth i hanner dwsin o'r merched gamu ymlaen a dechrau chwalu'r glwyd gyda'u bwyeill.

'Na ... ry'ch chi'n torri'r gyfraith,' gwaeddodd Benjamin Bullin wrth i ddwsin o ferched eraill neidio dros y gât a dechrau rhedeg tuag ato. Syllodd ar yr wynebau du a'r barfau ffals dan y bonedi am eiliad, cyn troi a rhedeg nerth ei draed i lawr y ffordd dyrpeg i gyfeiriad Caerfyrddin.

Rhedodd Benjamin Bullin am bum munud nes ei fod allan o wynt yn llwyr. Edrychodd dros ei ysgwydd a gweld fflamau'n goleuo'r awyr yn y pellter. Gwyddai fod y terfysgwyr wedi dinistrio'r tollborth a'r tollty, a diolchodd i'r nef ei fod yn dal yn fyw.

VIII

Roedd Ben Ifans wedi treulio'r bore cyfan yn chwalu calch ar un o'r caeau uwchben ei dyddyn. Roedd wedi cysgu drwy'r nos wrth fwrdd y gegin. Nid oedd wedi cyrraedd y cae tan hanner awr wedi chwech ac roedd Neli eisoes wedi dechrau ar y gwaith.

Bu Neli'n dylyfu gên drwy'r bore ac roedd yn arafach na'r arfer wrth ei gwaith. Gadawodd er mwyn dychwelyd i'r tŷ i baratoi cinio toc cyn hanner dydd.

Hanner awr yn ddiweddarach clywodd Ben rywun yn gweiddi. Cododd ei ben a gweld Sali'r forwyn yn straffaglu i fyny'r cae gyda thoc o fara, darn o gaws a jwg o gwrw.

'Maen nhw wedi torri'r tollborth! Maen nhw wedi torri'r tollborth,' gwaeddodd Sali, yn fyr ei gwynt. Ni allai Ben ganolbwyntio ar y geiriau am ennyd, gan ei fod yn syllu ar fronnau Sali'n codi a disgyn wrth iddi geisio cael ei gwynt ati.

'Beth? Pa dollborth?' gofynnodd yn ddryslyd toc.

'Tollborth Efail-wen. Daeth Sioni Sguborfawr heibio 'da'r newyddion. Fe ddwedodd na ŵyr unrhyw un pwy wnaeth, ac yna fe aeth, am ei fod am ddweud wrth y tyddynwyr eraill,' meddai Sali. Cymerodd Ben ddarn o'r bara a dechrau ei gnoi'n awchus.

'Ble mae Neli?'

'Es i draw i ddweud wrthi, ond roedd hi'n cysgu'n drwm yn

y parlwr. 'Wy ddim wedi'i gweld hi wedi blino fel 'na erioed o'r blaen ... yn union fel roeddech chi neithiwr,' meddai Sali, gan glosio at Ben.

'Neithiwr? Beth am neithiwr?' gofynnodd Ben.

'Ro'n i wedi mynd i'r gwely am tua deg o'r gloch. Ond fe glywais i dylluan yn galw gerllaw. Es i at y ffenest i edrych amdani, a beth welais i ond Neli'n gadael y tŷ'n dawel,' meddai Sali, gan glosio'n agosach fyth at Ben. 'A'r peth mwyaf od oedd bod ei hwyneb hi'n edrych yn ddu bitsh ... ond efallai mai cysgod y nos oedd yn gyfrifol am hynny,' chwarddodd Sali. 'Feddylies i falle y byddech chi am gael ychydig o gwmni,' ychwanegodd, 'felly fe godais a dod lawr i'r gegin. Ond allwn i mo'ch dihuno chi o gwbl. Piti. Ro'n i'n edrych ymlaen at gael sgwrs fach. Neu oeddech chi'n esgus cysgu am nad oeddech chi am fy nghwmni?'

'Fe fyddwn i wedi mwynhau dy gwmni'n fawr iawn, Sali,' gwenodd Ben. Cofiodd fod y cawl yn blasu ychydig yn wahanol y noson cynt. Ond erbyn meddwl, ni allai gofio dim rhwng gorffen y cawl a dihuno'r bore hwnnw.

'Os aiff hi allan eto, falle alla i gadw cwmni i chi bryd hynny ... meistr,' awgrymodd Sali.

Cytunodd Ben y byddai hynny'n syniad da, gan siarsio'r forwyn i beidio â dweud gair am y trefniant, nac ychwaith am y ffaith fod y ddau ohonyn nhw'n gwybod bod Neli wedi gadael ei chartref yn hwyr y noson cynt.

A oedd ei wraig wedi penderfynu cymryd rhan yng nghynllun gwallgof ei brawd? Os felly, roedd hwn yn gyfle euraid iddo gael gwared arni. Petai Neli'n cael ei dal byddai'n cael ei halltudio i Botany Bay. Doedd dim dwywaith amdani. Byddai hynny'n gyfleus iawn i Ben. Roedd Sali'n bishyn bach handi – ac yn dwp fel sledj, oedd yn well fyth.

Gwyddai Ben y byddai'n rhaid iddo gamu'n ofalus yn ystod y dyddiau canlynol er mwyn profi bod Neli'n un o ferched Beca.

Edrychodd i lawr y dyffryn i gyfeiriad Plas Preseli. Byddai'n rhaid iddo fod yn denant cydwybodol a dweud y cyfan wrth ei landlord, Syr Rhisiart Leyshon, un o brif gyfranddalwyr y Whitland Turnpike Trust, meddyliodd.

IX

'Pedair mil? Ydych chi'n siŵr?' gofynnodd Syr Rhisiart Leyshon i Benjamin Bullin, oedd yn sefyll o flaen ymddiriedolwyr y Whitland Turnpike Trust fore drannoeth.

'Wel ... falle ddim pedair mil ... roedd hi'n dywyll ... ond yn sicr roedd 'na bedwar cant ohonyn nhw – a'r arweinydd oedd dyn o'r enw Rebeca,' meddai Benjamin, gan edrych i gyfeiriad ei frawd, Thomas.

Aeth Benjamin ymlaen i ddweud bod y dynion i gyd â wynebau du, a'u bod yn gwisgo dillad merched.

'Doedd dim dewis gen i ond rhedeg i ffwrdd neu fe fydden nhw wedi fy lladd,' meddai, gan edrych unwaith eto ar ei frawd. 'Wir i ti, Tom Tit ...' ychwanegodd, gan ddefnyddio llysenw'r teulu am Thomas Bullin.

Pwysodd hwnnw ymlaen yn ei sedd ac ysgyrnygu.

'Am y tro olaf, paid â ngalw i'n ... ta waeth ...' Trodd Thomas Bullin i wynebu'r ymddiriedolwyr. 'Mwy na thebyg bod dynion yr ardal wedi meddwi dros y Sulgwyn. 'Wy ddim yn credu y byddan nhw'n gweithredu eto.'

'Hmmm,' meddai Syr Rhisiart, gan grafu'i ên a sibrwd rhywbeth wrth yr ymddiriedolwyr. Ymhen hanner munud cododd ei ben ac annerch y brodyr Bullin. 'Serch hynny, bydd yn rhaid ailgodi'r tollborth a'r tollty yn yr Efail-wen, ac ry'n ni'n bwriadu gosod nifer o gwnstabliaid arbennig i warchod y tollborth am gyfnod ...'

'Doeth iawn, Syr Rhisiart. Doeth iawn,' meddai Thomas Bullin gan wenu. Ond diflannodd ei wên eiliad yn ddiweddarach pan ychwanegodd Syr Rhisiart,

'...ac am mai chi sy'n gyfrifol am y tollbyrth, chi fydd yn talu am y gwaith adnewyddu ac am y cwnstabliaid, Mister Bullin.'

X

'Sawl cwnstabl arbennig?' gofynnodd Twm Carnabwth, oedd yn eistedd ar das wair yn ysgubor fferm Glyn Saithmaen.

'Saith,' atebodd Emma Leyshon, oedd yn eistedd ar das arall gyda chwiorydd Twm, Siarlot a Neli. Roedd Shani Sguborfawr a Rachel, gwraig Twm, y tu allan i'r ysgubor yn chwarae gyda thri phlentyn Rachel ac yn gwneud yn siŵr nad oedd neb yn eu gwylio.

'Wel, dyna ni 'te. Well inni roi'r ffidil yn y to,' meddai Siarlot yn benisel. 'Fe fydd ganddyn nhw ynnau a bydd rhywun yn siŵr o gael ei ladd,' ychwanegodd.

'Ddim o reidrwydd,' meddai Neli.

'Pam?' gofynnodd Emma.

'Am ein bod ni'n gwybod y byddan nhw yno, yn aros amdanon ni. Fyddan nhw ddim i gyd yn gwarchod y tollborth yn yr un man ...' meddai Neli.

'Rwyt ti'n iawn, Neli,' cytunodd ei brawd. 'Allwn ni ymosod ar y cwnstabliaid o bob cyfeiriad fesul un.'

'Ond bydd angen mwy o ferched arnon ni – llawer mwy,' meddai Emma.

'Mae marchnad Caerfyrddin fory. Allwn ni ddechrau lledaenu'r neges yn y fan honno – a bod yn garcus iawn, wrth gwrs,' meddai Neli, gan droi at Emma. 'Faint o lodnwm sydd ganddoch chi?'

'Faint sydd ei angen?'

'Digon ar gyfer hyd at ddeugain o ferched?'

Gwenodd Emma, a dechrau siarad mewn llais ffug, merchetaidd.

'O, Mister Bullin! Mae Emma wedi bod yn ferch hurt. Mae Emma wedi torri'r poteli lodnwm yn ddamweiniol. Rydw i mor wan a diymadferth. Allwch chi ddod â mwy o lodnwm imi? Rwy'n addo bod yn ferch dda o hyn ymlaen,' meddai, gan wneud i bawb chwerthin. 'Ond fe gymerith hi o leiaf wythnos i'r lodnwm gyrraedd,' ychwanegodd yn ddifrifol.

'Does dim ots. Drefnwn ni ymosodiad arall ddechrau Mehefin felly,' meddai Twm.

Roedd Ben Ifans wedi bod yn gwylio'r ysgubor o'r bryn uwchben fferm Glyn Saithmaen ers awr. Roedd wedi dilyn ei wraig yn llechwraidd wedi iddi ddweud ei bod am fynd i weld ei brawd ar ôl swper y noson honno. Rhegodd o dan ei wynt pan welodd fod gwraig a phlant Twm, a Shani Sguborfawr, yn loetran ger yr ysgubor. Golygai hynny na allai glosio at yr adeilad i glustfeinio ar Twm a'i ddilynwyr benywaidd.

Erbyn hyn roedd hi'n dechrau nosi, ond hyd yn oed yn y gwyll, adnabu Ben chwaer arall Twm, sef Siarlot, wrth iddi adael yr ysgubor gyda merch arall oedd yn cuddio'i hwyneb dan gwcwll. Cerddai'r ddwy law yn llaw i gyfeiriad y plas, felly cymerodd Ben yn ganiataol mai un arall o forwynion y plas oedd yn cydgerdded â Siarlot.

Yna, gwelodd Ben ei wraig yn ffarwelio â Twm. Gadawodd y bryn a rhuthro adref cyn i Neli ddychwelyd.

XI

Bu Ben Ifans yn wyliadwrus iawn wrth fwyta'i swper dros y bythefnos ddilynol, a gwyddai'n syth pan flasodd y cawl maip chwerwfelys un nos Iau ar ddechrau Mehefin mai honno oedd y noson pan fyddai Merched Beca'n gweithredu eto. Roedd Neli wedi sefyll gyda'i chefn ato wrth iddi roi'r cawl yn y basn cyn ei roi o'i flaen. Ond roedd Ben yn barod am hynny, a bu'n esgus bwyta'r cawl am ychydig cyn gofyn i Neli mo'yn mwy o fara o'r pantri. Tra oedd hi yno, tywalltodd y cawl yn ofalus i lestr oedd ganddo ym mhoced ei gôt.

Yn fuan wedi hynny, cymerodd arno ei fod yn cysgu'n drwm. Unwaith iddo gau ei lygaid, clywai Neli'n symud o gwmpas y gegin, cyn iddi fynd allan trwy'r drws a'i gau'n dawel ar ei hôl.

Agorodd Ben ei lygaid ac aros am hanner munud cyn

dechrau dilyn ei wraig o bell. Gwelodd hi'n brasgamu ar hyd y llwybr a chlywodd gri tylluan yn y pellter.

Yna, cafodd syniad. Rhedodd yn ôl i'r tŷ a rhuthro i mewn i ystafell wely Sali'r forwyn, oedd wrthi'n paratoi i fynd i'r gwely am y nos.

'Mae Neli wedi gadael. Tynna dy ddillad bant,' bloeddiodd Ben. Gwenodd Sali gan ufuddhau'n syth.

'Ti yw'r meistr,' meddai gan dynnu ei phais, ei dillad uchaf, a'i boned cyn neidio i mewn i'r gwely. Estynnodd ei breichiau tuag at Ben ond roedd hwnnw eisoes wedi cipio'i dillad hi ac wedi rhuthro allan trwy'r drws.

Ddwy funud yn ddiweddarach roedd Ben yn rhedeg nerth ei draed ar ôl Neli, yn gwisgo dillad ei forwyn. Roedd hefyd wedi duo'i wyneb yn frysiog gyda chymysgedd o siarcol a chwyr i wneud yn siŵr na fyddai neb yn ei adnabod y noson honno.

Daeth yn amlwg yn ystod y deng munud nesaf fod Neli a'r gweddill yn anelu at dollborth Efail-wen unwaith eto, oherwydd gwelai Ben gysgodion nifer o bobl ar hyd y bryn uwchben y dyffryn, a chlywai gri'r dylluan yn eu denu at y tir comin uwchben y Tollborth.

Penderfynodd Ben beidio â'u dilyn, gan droi ar hyd llwybr arall a dringo i ben bryn lle gallai wylio'r ymosodiad o bell. Er ei bod hi'n ddeg o'r gloch doedd hi ddim wedi nosi'n llwyr, ac ar ôl deng munud o ddringo cyrhaeddodd guddfan gyfleus. Gwelodd Rebeca'n arwain tua hanner cant o ferched at y tollborth, lle safai dau gwnstabl yn dal gynnau ac yn gweiddi ar eu cyfoedion i ymuno â nhw.

Ond ni ddaeth neb. Parhaodd y ddau blismon i weiddi. Gwelodd Ben tua deg o Ferched Beca yn rhedeg ar ôl dau blismon y tu ôl i'r tollborth cyn dechrau eu bwrw â'u pastynau. Yna gwelodd dri phlismon arall yn ceisio dianc rhag deg o Ferched Beca i un ochr o'r tollborth, cyn iddynt hwythau gael eu dal a'u bwrw'n ddidrugaredd am gyfnod. Pan welodd y ddau blismon a safai wrth y tollborth beth oedd yn digwydd i'w cyfoedion, a gweld bod ugain arall o Ferched Beca – a Rebeca ei hun – bron â chyrraedd y tollborth, taflodd y ddau eu drylliau a rhedeg am eu bywydau, gyda cheidwad y tollborth yn dynn wrth eu sodlau.

Oerodd Ben drwyddo pan welodd un o'r plismyn yn cwympo a chael ei ddal gan un o Ferched Beca. Gwelodd hi'n codi'i phastwn a'i daro gyda'r un ystum â phan oedd hi'n torri coed. Gwyddai Ben ar unwaith mai ei wraig, Neli, oedd hi. Roedd wedi gweld digon, a throdd am adref gan feddwl sut y gallai ddod i wybod ble a phryd fyddai'r Merched yn taro nesaf.

XII

Safai Benjamin Bullin o flaen ymddiriedolwyr y Whitland Turnpike Trust ar ôl cinio drannoeth.

'Wel ... falle ddim wyth mil ... roedd hi'n tywyllu ... ond yn bendant roedd 'na bedwar cant ohonyn nhw – a'r un dyn oedd yn eu harwain nhw, o'r enw Rebeca,' meddai Benjamin, gan edrych i gyfeiriad ei frawd, Thomas, oedd yn eistedd wrth ei ochr. Aeth Benjamin ymlaen i ddisgrifio sut roedd y fintai wedi llwyddo i oresgyn y saith cwnstabl arbennig drwy ymosod yn annisgwyl arnyn nhw o bob ochr tra oedden nhw'n gwarchod y tollborth a'r tollty. 'Doedd dim dewis gen i ond rhedeg i ffwrdd neu fe fydden nhw wedi fy lladd i,' eglurodd, gan edrych unwaith eto ar ei frawd. 'Wir i ti, Tom Tit ...'

Pwysodd y tollfeistr ymlaen yn ei sedd ac ysgyrnygu.

'Am y tro olaf paid â ngalw i'n ... ta waeth ...' Trodd Thomas Bullin i wynebu'r ymddiriedolwyr. Roedd ailgodi'r tollborth a'r tollty wedi costio crocbris iddo ac nid oedd yn bwriadu gwneud yr un camgymeriad eto. 'Mae'n amlwg mai dynion ardal Efail-wen, Maenclochog a Mynachlog-ddu sy'n gyfrifol. Dy'n ni ddim wedi cael unrhyw ffwdan yng ngweddill y sir,' meddai. 'Rwy'n awgrymu y dylen ni golli'r frwydr hon i wneud yn siŵr ein bod ni'n ennill y rhyfel yn erbyn y taeogion. 'Wy ddim yn credu y byddan nhw'n gweithredu eto,' ychwanegodd.

'Hmmm,' meddai Syr Rhisiart, gan grafu'i ên a sibrwd rhywbeth ymysg yr ymddiriedolwyr. Ymhen hanner munud cododd ei ben ac annerch y brodyr Bullin. 'Ry'n ni'n cytuno gyda'ch damcaniaeth chi, Mister Bullin. Fyddwn ni ddim yn ailgodi tollborth Efail-wen, gan obeithio mai dyna'i diwedd hi.'

'Doeth iawn, Syr Rhisiart. Doeth iawn,' meddai Thomas Bullin gan wenu.

'A beth fydd yn digwydd i mi?' sibrydodd Benjamin wrth ei frawd wrth iddyn nhw adael yr ystafell.

'Fe gei di fynd i rywle tawel a di-nod, fydd yn gwbwl addas ar dy gyfer di,' meddai Thomas.

'Ble?'

'Tollty Llanboidy.'

XIII

'Tollty Llanboidy amdani te ... ar yr unfed ar bymtheg o'r mis hwn!' meddai Twm Carnabwth, oedd wedi treulio'r hanner awr ddiwethaf yn trafod yr ymosodiad nesaf gyda Neli a Siarlot tra bod Shani Sguborfawr yn cadw golwg y tu allan unwaith eto.

Nid oedd Emma gyda nhw'r noson honno am fod yn rhaid iddi fynd gyda'i thad i giniawa gydag Arglwydd Dinefwr, ond yn gynharach y diwrnod hwnnw roedd hi wedi datgelu i Siarlot y cyfan roedd ei thad wedi'i ddweud wrthi am gyfarfod ymddiriedolwyr y Whitland Turnpike Trust. Felly pan ofynnodd Twm i Siarlot, 'Pa newyddion o'r Plas?' dywedodd y forwyn fod Syr Rhisiart wedi dweud wrth Emma nad oedd y Whitland Turnpike Trust yn bwriadu ailgodi'r tollborth am fod Thomas Bullin wedi'u hargyhoeddi mai dim ond tollborth Efail-wen yr oedd Merched Beca am ei ddinistrio.

'Dwedodd Syr Rhisiart hefyd nad oedd yr ymddiriedolwyr yn bwriadu gosod cwnstabliaid i warchod unrhyw dollborth arall,' ychwanegodd Siarlot.

'Os felly, faint o'r merched sydd eu hangen i ddymchwel tollborth a thollty Llanboidy?' gofynnodd Neli.

'Dim ond rhyw ugain. Mae angen inni gadw golwg ar y cyflenwad o lodnwm,' meddai Twm. 'Mae angen cadw dipyn wrth gefn, rhag ofn.'

Cytunodd y tri i roi gwybod i'r merched roedd eu hangen ar y noson dan sylw, cyn gadael yr ysgubor bum munud yn ddiweddarach.

Arhosodd Ben Ifans yn ei guddfan dan das o wair yng nghefn tywyllaf yr ysgubor am funud neu ddwy wedi hynny, gan bendroni dros yr hyn roedd newydd ei glywed.

Roedd Neli wedi ffarwelio â Ben awr ynghynt, gan ddweud ei bod am fynd i weld John, ei brawd, am nad oedd ei blentyn ieuengaf wedi bod yn hwylus. Ond gwyddai Ben yn union ble'r oedd ei wraig yn mynd mewn gwirionedd. Hanner munud yn ddiweddarach gadawodd y ffermdy. Rhedodd nerth ei draed dros gaeau a thrwy goedlannau gan gyrraedd cefn ysgubor fferm Glyn Saithmaen ychydig funudau cyn iddo glywed lleisiau Twm a'r merched yn closio at yr ysgubor. Gwthiodd o dan un o baneli pydredig yr ysgubor a chuddio yn y das wair.

Sylweddolodd Ben fod Twm a'r merched yn gwybod popeth am gynlluniau Thomas Bullin a'r ymddiriedolwyr. Naill ai roedd Syr Rhisiart yn agor ei geg o flaen y gweision, neu roedd Siarlot yn clustfeinio ar sgyrsiau'r sgweier a'i ferch wrth fynd o gwmpas ei gwaith yn y Plas.

Cododd o'i guddfan yn y das wair a gadael yr ysgubor. Gwelodd Twm a'r merched yn diflannu o'i olwg a dechreuodd redeg nerth ei draed unwaith eto er mwyn cyrraedd adref o flaen Neli.

Wrth iddo redeg, meddyliodd Ben gyda phwy y dylai rannu'r wybodaeth am yr ymosodiad nesaf, er mwyn cael gwared ar ei wraig am byth. Ni allai ddweud wrth ei landlord, Syr Rhisiart, rhag ofn i hwnnw agor ei geg yn ei feddwdod un noson a dweud wrth bawb, gan gynnwys y gweision a'r morwynion, pwy oedd wedi bradychu Merched Beca. Hefyd, ni allai fynd i'r plas rhag ofn i Siarlot ei weld. Roedd Ben yn dal i fod mewn cyfyng gyngor pan gyrhaeddodd y tŷ. Llwyddodd i gael gwared â'r gwellt o'i wallt a'i ddillad ryw funud cyn i Neli gyrraedd.

Gwyddai Ben fod ganddo benderfyniad mawr i'w wneud.

XIV

Am tua deg o'r gloch ar nos Sadwrn yr unfed ar bymtheg o Fehefin 1839, clywodd Benjamin Bullin gri'r dylluan. Griddfanodd. Ddeng munud yn ddiweddarach, clywodd y cyrn hela'n agosáu at dollborth Llanboidy. Ochneidiodd. Funud wedi hynny clywodd garnau'r ceffylau y tu allan i'r tollborth. Cododd Benjamin ei ges dillad a chamu allan drwy ddrws y tollty fel yr oedd Rebeca'n dechrau llefaru.

'Beth yw hwn, fy mhlant? Mae rhywbeth yn fy ffordd ...'

Torrodd Benjamin ar ei thraws.

'Rwy'n gwybod, rwy'n gwybod ... "Ni allaf deithio ymlaen. Rwy'n hen ac ni allaf weld yn dda ..." Rwy wedi 'i glywed e ddwywaith o'r blaen ac mae dwywaith yn ddigon i mi. Bant â'r cart,' meddai, gan godi'i ges, troi ar ei sawdl a dechrau cerdded i gyfeiriad Caerfyrddin.

Chwarddodd Rebeca wrth i'r merched ddechrau chwalu'r tollborth gyda'u bwyeill. Yn y cyfamser, neidiodd Neli, Siarlot, Emma a Shani Sguborfawr dros y glwyd, gan redeg i mewn i'r tollty a dechrau ar y gwaith o'i ddinistrio.

Doedd dim un lamp yn goleuo'r tollty roedd Benjamin Bullin wedi'i adael, er ei bod hi'n dechrau nosi. Yn sydyn, clywsant y drws yn cau y tu ôl iddyn nhw a phum lamp yn cael eu cynnau ar yr un pryd ym mhum cornel y tollborth. O'u hamgylch roedd deg aelod o'r milisia'n anelu'u gynnau tuag atynt. Cafodd y pedair ei bwrw'n anymwybodol gyda bonion gynnau'r milwyr, cyn cael eu clymu a'u gosod yng nghefn y tollty. Yna, rhedodd y milwyr allan gan weiddi ar Rebeca a'r merched i ildio i filisia'r Frenhines Fictoria.

Pan welodd gweddill Merched Beca'r milwyr yn anelu eu gynnau tuag atynt fe ddechreuon nhw ffoi am eu bywydau. Syllodd Twm Carnabwth yn herfeiddiol ar y milwyr nes i un ohonynt saethu bwled dros ei ben. Dychrynodd ceffyl Twm a throdd i ddilyn y gweddill yn ôl i gyfeiriad Maenclochog. Doedd dim dewis gan Twm ond gafael yn dynn wrth i'w geffyl garlamu heibio i weddill Merched Beca, gan adael Neli, Siarlot, Emma a Shani Sguborfawr i'w ffawd.

XV

Awr a hanner cyn hynny bu Ben Ifans, unwaith yn rhagor, yn wyliadwrus wrth fwyta'i swper. Gwyddai ar unwaith pan flasodd y cawl maip chwerwfelys fod Merched Beca wedi cadw at eu cynllun a'u bod yn bwriadu ymosod ar ddollborth Llanboidy'r noson honno. Aeth trwy'r un ddefod â'r tro cynt, gan ofyn i Neli mo'yn mwy o fara o'r pantri a thaflu'r rhan fwyaf o'r cawl yn llechwraidd cyn i'w wraig ddychwelyd.

Yfodd ei dancard o gwrw gyda boddhad y noson honno, gan wybod na fyddai'n gweld Neli eto, un ffordd neu'r llall. Yn wir, roedd 'na achos i ddathlu, a gofynnodd i Neli am lond tancard arall o gwrw a'i orffen mewn un llwnc. Yn fuan wedi hynny, cymerodd arno ei fod yn cysgu'n drwm. Clywodd Neli'n symud o gwmpas fel y tro cynt, cyn iddi fynd allan trwy ddrws y tŷ a'i gau'n dawel ar ei hôl.

Ni fyddai'n dilyn ei wraig heno. O na. Oherwydd roedd Ben wedi bachu ar y cyfle i deithio i'r farchnad yng Nghaerfyrddin ddeuddydd ynghynt, gan sleifio i bencadlys Thomas Bullin yn Stryd y Dŵr, a mynnu gweld y tollfeistr. Gwrandawodd Bullin yn astud ar dystiolaeth Ben, gan ddweud wrtho y byddai'n cael ei dalu'n dda am ei wybodaeth am yr ymosodiad ar ddollborth Llanboidy. Arwyddodd Bullin addewid ar bapur y byddai Ben yn derbyn deg punt petai rhywun yn cael ei arestio'r noson honno.

Agorodd Ben ei lygaid a gwenu iddo'i hun wedi i Neli adael. Cododd o'i gadair. Ond ni redodd i ystafell wely Sali'r forwyn y tro hwn. Yn hytrach, camodd yno'n bwyllog gan fwriadu mwynhau pob eiliad o'r profiad o feddiannu'r forwyn am y tro cyntaf.

Agorodd ddrws yr ystafell wcly.

'Mae Neli wedi gadael. Tynna dy ddillad bant,' bloeddiodd. Gwenodd Sali, gan ufuddhau ar unwaith.

'Ti yw'r meistr,' meddai, gan dynnu ei phais, ei dillad uchaf a'i boned, cyn neidio i mewn i'r gwely. Estynnodd ei breichiau tuag at Ben, ond yn ofer unwaith eto.

Roedd Ben Ifans eisoes yn chwyrnu'n braf ar y gwely, oherwydd roedd Neli wedi rhoi lodnwm yn ei gwrw y tro hwn er mwyn gwneud yn hollol siŵr na fyddai ei gŵr yn dihuno tan yn hwyr y bore canlynol.

XVI

Daeth Neli, Siarlot, Emma a Shani Sguborfawr atynt eu hunain wrth iddynt gael eu cludo i garchar Caerfyrddin yng nghert y milisia yn ystod oriau mân y bore.

Wedi iddyn nhw gyrraedd y carchar cawsant eu rhyddhau o'r rhaffau oedd yn clymu'u dwylo a'u traed ac fe'u gwthiwyd yn bendramwnwgl trwy fynedfa'r carchar gan y deg aelod o'r milisia oedd wedi teithio gyda nhw i Gaerfyrddin.

'Dyma ni. Pedwar aelod blaenllaw o Ferched Beca,' meddai cadfridog y milisia'n llawn balchder wrth brif geidwad y carchar. Clapiodd ei ddwylo a chyflwyno'r carcharorion. 'Roedd hi'n frwydr a hanner ond fe lwyddon ni i'w goresgyn nhw yn y diwedd. 'Wy ddim wedi gweld pedwar dyn mor ffyrnig erioed,' meddai. Roedd yn rhaffu celwyddau yn y gobaith y byddai, ynghyd â gweddill y milwyr, yn cael eu gwobrwyo'n ariannol gan y Whitland Turnpike Trust am eu dewrder. 'Cafodd un neu ddau o'r bois gweir ganddyn nhw, a chael a chael oedd hi ar un adeg. Ond mae gen i ddynion da. Mae'r rhain yn ddihirod dieflig iawn. Botany Bay yw'r lle gorau iddyn nhw,' meddai'r Cadfridog yn ffroenuchel.

Amneidiodd Prif Geidwad y carchar atynt. 'Ydych chi wedi'u harchwilio nhw rhag ofn bod ganddyn nhw gyllyll neu ynnau yn eu meddiant?' gofynnodd.

'Ddim eto,' atebodd y Cadfridog. Gwnaeth y Ceidwad ystum gyda'i fraich i nodi y dylai'r Cadfridog wneud hynny. 'Wrth gwrs. Wrth gwrs,' meddai'r Cadfridog, gan droi at y carcharor cyntaf, sef Shani Sguborfawr.

Edrychodd Shani i fyw llygaid y Cadfridog wrth iddo archwilio'i chorff. Crychodd hwnnw'i dalcen y tro cyntaf iddo redeg ei ddwylo i lawr o'i hysgwyddau i'w sodlau. Gwnaeth hynny am yr eildro, gan stopio pan gyrhaeddodd fronnau mawreddog Shani. Winciodd honno arno wrth iddo swmpo'i bronnau, a hynny am ddeg eiliad o leiaf.

Trodd y Cadfridog at y Prif Geidwad.

'Rwy'n credu mai menyw yw hon,' sibrydodd yn ei glust.

'Na. Menyw a hanner yw hon,' meddai Shani Sguborfawr gan godi'i sgert i ddangos nad oedd hi'n gwisgo pais.

'Dim pais, Shani?' ebychodd Neli.

'Na. Mae rhywun wastad yn eu dwyn nhw o'r lein ddillad,' atebodd Shani, wrth i'r Cadfridog a'r Ceidwad rythu'n gegagored ar ei noethni.

'Ydyn nhw i gyd yn fenywod, sgwn i?' gofynnodd y Ceidwad wrth i'r Cadfridog gamu tuag at y carcharor nesaf.

'Ydw. Rwy'n fenyw. Ond peidiwch â meddwl cyffwrdd ynddo i,' rhybuddiodd Emma Leyshon.

'Wel, mae rhaid inni wneud yn siŵr,' meddai'r Ceidwad, oedd erbyn hyn wedi gwthio'r Cadfridog o'r neilltu.

'Os cyffyrddwch chi yndda i, fe fydda i'n dweud wrth fy nhad ... Syr Rhisiart Leyshon.'

'O, ie. Mae degau o blant siawns Dick Leyshon ffor' hyn ... pa un y'ch chi?' gofynnodd y Ceidwad, gan estyn ei ddwylo tuag at fronnau Emma. Ond stopiodd yn sydyn pan glywodd gwestiwn Emma.

'Ydych chi'n cofio Syr Rhisiart yn ymweld â'r carchar 'ma naw mis yn ôl, a beth ddwedodd e wrthoch chi, Dai Edwards?'

'Wrth gwrs,' atebodd y Ceidwad. 'Fe ddwedodd e "da iawn Mister Edwards ..." ' dechreuodd y Ceidwad cyn i Emma dorri ar ei draws.

'... Mister Edwards, mae'r lle 'ma'n uffern ar y ddaear – ac mae'n rhaid cael diawl i redeg pob uffern.'

Pwysodd y Ceidwad yn agosach at yr wyneb du.

'Miss Emma? Miss Emma Leyshon? Na. O na!' meddai, gan gamu'n ôl yn sydyn.

'Rwy am gael darn o bapur ac ysgrifbin. Nawr,' gorchmynnodd Emma.

'Wrth gwrs, Miss Emma,' meddai'r Ceidwad.

'Ac rwy am ichi anfon neges at fy ewythr, yr Aelod Seneddol John Jones ... ond dim gair am hyn wrth unrhyw un nes iddo ymateb ... ac os wnewch chi hynny, falle caiff y ddau ohonoch chi gadw'ch swyddi,' meddai Emma. Safai Neli, Siarlot a Shani yn fud wrth ei hochr. 'Yn y cyfamser, mae'r pedair ohonon ni angen ymolchi ac ry'n ni bron â llwgu,' ychwanegodd Emma, gan weld bod y Cadfridog a'r Ceidwad wedi gwelwi.

'Wrth gwrs ... ond does dim lle yma, heblaw am y ...' dechreuodd y Ceidwad.

'Bydd un o'r celloedd yn ddigon derbyniol am y tro,' meddai Emma, a thywyswyd y merched yn ddi-oed i un o gelloedd y carchar.

XVII

Gadawai'r goets bost dref Caerfyrddin bob bore am chwech o'r gloch gan gyrraedd Llundain deuddeg awr yn ddiweddarach.

Derbyniodd ewythr Emma Leyshon y llythyr am naw o'r gloch y noson honno. Erbyn deg o'r gloch roedd yr Aelod Seneddol wedi rhoi'r llythyr yn nwylo'r Gweinidog Cartref,

John Russell. Awr yn ddiweddarach, roedd John Russell yn aros i weld y Prif Weinidog, sef yr Arglwydd Melbourne, yn 10 Stryd Downing.

'Gobeithio bod hyn yn bwysig, Russell, meddai'r Prif Weinidog wrth iddo gamu mewn i'r ystafell gyda'i Ysgrifennydd Preifat, George Anson, '... a gobeithio nad oes gan hyn unrhyw beth i'w wneud â menywod. Rwy wedi cael digon o drafferth gyda menywod i bara oes,' ychwanegodd yr Arglwydd Melbourne wrth iddo eistedd gyferbyn â Russell.

Roedd Melbourne wedi ymddiswyddo fel Prif Weinidog fis ynghynt, ond bu'n rhaid iddo ddychwelyd i'w swydd yn dilyn argyfwng y Siambr Wely. Roedd y Frenhines Fictoria wedi gwrthod ildio i ddymuniad y Prif Weinidog Torïaidd newydd, Robert Peel, i gael gwared â'r menywod o'r wrthblaid oedd yn rhan o'i gosgordd. O ganlyniad, gwrthododd Peel greu llywodraeth newydd a throsglwyddodd yr awenau yn ôl i Melbourne.

Roedd Fictoria'n achosi problemau'n ddyddiol i Melbourne ers i'r ferch benstiff ugain oed ddod yn frenhines ddwy flynedd ynghynt. Bu'n rhaid iddo hefyd ddygymod â sgandal carwriaeth ei wraig, yr Arglwyddes Caroline Lamb, gyda'r bardd Byron rai blynyddoedd cyn hynny. O ganlyniad, roedd Melbourne yn wraig-gaswr o fri.

Pesychodd Russell cyn esbonio ei bod hi'n edrych yn debygol mai menywod a fu'n gyfrifol am ymosod ar dollbyrth yng ngorllewin Cymru'n ddiweddar. Edrychodd Melbourne yn ddwys arno.

'Estraddodwch nhw i Botany Bay 'te,' meddai.

Roedd yr Ysgrifennydd Preifat, George Anson, yn sefyll y tu ôl i'r Prif Weinidog. Cymerodd hwnnw gam ymlaen a siarad yn dawel yng nghlust y Prif Weinidog.

'Heb achos llys? Heb *habeas corpus*? Beth os bydd eu teuluoedd yn cwyno ... a'r wasg ... mae'r papurau dyddiol yn ein herbyn ar hyn o bryd, syr. Rwy'n clywed bod *The Times* am anfon gohebydd i'r ardal i ddysgu mwy am y terfysgoedd.'

'Mae George yn llygad ei le. Ond mae'r sefyllfa'n fwy cymhleth fyth,' eglurodd yr Ysgrifennydd Cartref. Griddfanodd Melbourne. 'Mae un ohonyn nhw'n un ohonon ni.' Griddfanodd Melbourne am yr eildro. 'Un o'r terfysgwyr a gafodd eu dal yw Emma Leyshon, merch Syr Rhisiart Leyshon a nith John Jones ...'

Griddfanodd Melbourne am y trydydd tro.

'Ond mae John Jones yn un o'n haelodau seneddol ni on'dyw e?' gofynnodd Melbourne. Cadarnhaodd Russell hynny'n dawel. 'Mae angen datrys hyn yn gyflym. Dwi ddim am i unrhyw sôn am hyn fynd ar led ... rhag ofn iddo *encourager les autres*,' meddai Melbourne, '... a dwi ddim am i un o dy ddiplomyddion llawdrwm di fynd i Gaerfyrddin,' ychwanegodd, cyn edrych dros ei ysgwydd ar Anson. 'Oes ganddon ni Gymro allai ddelio â'r mater? Un sy'n gwybod sut mae'r bobl hyn yn meddwl?'

'Fe alla i feddwl am un, syr,' atebodd Anson. 'Mae e newydd ddychwelyd o Ewrop.'

'Anfona fe 'te. Defnyddia un o 'nghoetsys i os oes raid. Rydw i am iddo gyrraedd Caerfyrddin fory ... ac rydw i am glywed fod y mater wedi'i ddatrys drannoeth. A does dim ots am y gost chwaith,' oedd gair olaf y Prif Weinidog ar y mater.

XVIII

Geiriau olaf y diplomydd ifanc Hugh Llewelyn wrth Emma Leyshon cyn iddo adael am Ffrainc dri mis ynghynt oedd, 'All hyd yn oed barau carchar mo'n gwahanu ni pan fydda i'n dychwelyd atat.' Ond ni feddyliodd y ddau ar y pryd mai dyna beth fyddai'n eu gwahanu wrth i Hugh ac Emma syllu ar ei gilydd yng ngharchar Caerfyrddin y bore canlynol.

Roedd Hugh newydd ddychwelyd o Ffrainc y diwrnod cynt ac roedd wrthi'n ysgrifennu adroddiad am ei waith ym Mharis. Cafodd ei syfrdanu felly pan gafodd ei anfon ar daith o ddau gan milltir i orllewin Cymru yng nghoets y Prif Weinidog yn hwyr y noson honno. Ond cafodd ei syfrdanu ymhellach fyth pan ddarllenodd y nodiadau brys roedd George Anson wedi'u hysgrifennu ar ei gyfer am derfysgoedd Merched Beca. Ni allai gredu bod y fenyw roedd wedi syrthio mewn cariad â hi yn aelod o'r fintai derfysgol.

Dyna oedd yn mynd trwy'i feddwl unwaith eto wrth i Emma ac yntau sefyll ar eu pennau'u hunain yn swyddfa Prif Geidwad y carchar. Unwaith i'r drws gau arnyn nhw, aeth Emma draw ato.

'Rwy mor falch o dy weld di, Hugh,' meddai, gan geisio'i gofleidio. Ond cymerodd hwnnw gam yn ôl.

'Na. *Badly done*, Emma. Dyw hyn ddim yn iawn,' meddai, gan esbonio ei fod yn ei chyfweld yn rhinwedd ei swydd fel un o weision y Llywodraeth.

Syllodd y ddau ar ei gilydd am ennyd. Roedd pethau wedi newid ers iddyn nhw syrthio mewn cariad yn Llundain bedwar mis ynghynt.

'Rwy wedi cael cyfarwyddyd i dy ryddhau heb unrhyw gosb, ond dy fod ti'n addo peidio â dweud dim am dy ... gamgymeriad.'

Caeodd Emma ei llygaid am ennyd.

'Camgymeriad? Camgymeriad! Oes gen ti unrhyw syniad faint mae'r bobl gyffredin wedi gorfod dioddef oherwydd Deddf Tlodion dy Lywodraeth di a'r tollbyrth dieflig hyn?'

Daliodd Emma ati i daranu am sbel heb roi cyfle i Hugh ymateb. Syllodd Hugh arni. Roedd ei llygaid hi'n pefrio, ei bochau'n fflamgoch, ac roedd angerdd dros gyfiawnder ym mhob gair a lefarai.

'Cau dy geg, fenyw!' gwaeddodd Hugh o'r diwedd, cyn cymryd cam tuag ati a'i chusanu'n frwd. Gwyddai nad oedd ganddo unrhyw ateb diplomyddol allai ei atal rhag caru'r ferch anhygoel hon.

Gwahanodd y ddau ar ôl eiliadau hir.

'Felly rwyt ti'n derbyn nad ydw i wedi gwneud camgymeriad,' meddai Emma, gan chwerthin.

Amneidiodd Hugh â'i ben i gytuno.

'Ond mae'n rhaid iti addo peidio â gweithredu eto.'

'Mae'n flin gen i, Hugh. Ond na yw'r ateb.'

'Hyd yn oed os alla i achub Neli, Siarlot a Shani rhag cael eu hanfon i Awstralia?' gofynnodd Hugh, gan wisgo'i het ddiplomyddol unwaith eto. Gwelwodd Emma. '...oherwydd yr unig ffordd o'u hachub nhw yw rhoi'r gorau i weithredu. Rwy wedi cael cyfarwyddyd i ddod â hyn i ben ... gan achub croen dy ffrindiau hefyd.'

'Bydd yn rhaid imi drafod hyn gyda'r merched eraill. Ond os byddan nhw'n cytuno, rwy am iti addo gwneud rhywbeth i mi,' meddai Emma.

'Beth?'

'Cael swper gyda mi heno.'

'Sut allwn ni beidio â chytuno,' atebodd Hugh, gan gofleidio Emma unwaith eto.

XIX

Cafodd Emma, Neli, Siarlot a Shani Sguborfawr eu rhyddhau'r bore hwnnw. Dechreuodd Hugh ar y broses o lwgrwobrwyo pawb oedd yn gwybod bod y pedair wedi'u harestio. Cafodd Prif Geidwad y carchar, y Cadfridog a'r deg aelod arall o'r milisia eu talu'n hael i gadw'n dawel, a chafodd Hugh wared ar y dystiolaeth ysgrifenedig. Yna, teithiodd gydag Emma, Neli, Siarlot a Shani yng nghoets y Prif Weinidog i Blas Preseli. Aeth Siarlot yn ôl i'w gwaith yno ac aeth Neli a Shani ymlaen i'w cartrefi. Yn hwyrach y prynhawn hwnnw, gofynnodd Hugh i Syr Rhisiart Leyshon am law Emma, a chafodd sêl ei fendith pan sylweddolodd Syr Rhisiart fod Hugh yn fab i dirfeddiannwr cefnog yn ne Sir Benfro.

'Bydd Sioni'n cael sioc wrth fy ngweld,' meddai Shani gan chwerthin, wrth i Neli a hithau nesáu at eu cartrefi.

'Paid byth â dweud wrtho beth ddigwyddodd,' siarsiodd Neli.

'Pris bach i'w dalu am ein rhyddid,' atebodd Shani wrth iddyn nhw gyrraedd clos y fferm. Doedd dim golwg o ŵr Neli.

Ond gwyddai Neli a Shani fod Ben yn y tŷ cyn gynted ag y cerddon nhw trwy'r drws. Cripiodd y ddwy'n llechwraidd at yr ystafell wely ac agor y drws yn araf. Yno, yn y gwely, roedd Ben, gyda Sali'r forwyn.

'Sut yn y byd? Ddwedon nhw y byddet ti'n cael dy ddal ... ble oedd y milisia addawodd Bullin ...?' meddai Ben yn ddryslyd.

Sylweddolodd Neli ar unwaith mai Ben oedd wedi bradychu Merched Beca.

'Methu ag aros nes imi gyrraedd Botany Bay, Ben?' gofynnodd, gan afael yn Ben a'i lusgo o'r gwely gerfydd ei wegil.

'Cer o'ma ... ac fe gei di fynd gydag e,' ychwanegodd, gan droi at Sali.

'Fi yw'r meistr fan hyn. Alli di ddim rhedeg y fferm ar ben dy hun,' gwaeddodd Ben.

Ond gwyddai Neli y gallai Emma ddarbwyllo'i thad i roi cyfle iddi wneud hynny.

'Ta beth. Pwy sy'n mynd i 'ngorfodi i i fynd,' ychwanegodd Ben, cyn sylwi am y tro cyntaf ar Shani Sguborfawr yn sefyll y tu ôl i Neli.

'Beth sydd orau gen ti, Ben? Y ceffyl pren neu gweir?' gofynnodd Shani gan rolio'i llewys i fyny.

Ddeng munud yn ddiweddarach safai Neli a Shani o flaen y tŷ, yn gwylio Ben yn hercian i ffwrdd o'r fferm gyda Sali'r gynforwyn yn gafael yn ei fraich. Trodd yn ôl ac edrych ar ei gartref am y tro olaf trwy ddwy lygad ddu.

Y noson honno, rhoddodd Neli'r deg gini a gafodd gan Hugh Llewelyn y bore hwnnw y tu ôl i garreg uwchben y lle tân. Ond gwyddai yn ei chalon nad oedd yr awdurdodau wedi clywed y diwethaf am Rebeca a'i merched.

Roedd hi'n llygad ei lle, wrth gwrs.

Ond stori arall yw honno.

Arwyr 2028
Wythnos yng Nghymru Rydd

I

Dydd Iau 21 Medi 2028, 10yh

Nid oedd modrwy ar yr un o fysedd Angharad ap Hywel. Serch hynny, roedd hi'n briod. Nid i unrhyw ddyn neu fenyw, ond i'r genedl gyfan.

Eisteddai Prif Weinidog Cymru ymhlith oddeutu deugain o'i chyd-wleidyddion a'i chefnogwyr, ac eto ar wahân iddynt, yn swyddfa'r Blaid yn Abertawe. Tra bod pawb arall yn sefyll o gwmpas yng nghanol yr ystafell yn sgwrsio ac yn yfed siampên fflat, eisteddai'r fenyw lygatwerdd, oedd â ffrwd o wallt coch, ar ei phen ei hun yng nghornel yr ystafell yn dal ei ffôn symudol o dan y bwrdd.

Roedd Angharad ap Hywel yn hen gyfarwydd â theipio'n gyfrin ar ei ffôn, rhag ofn bod camera cudd yn ceisio gweld y negeseuon roedd hi'n eu hanfon. Ond heno, roedd hi'n ysgrifennu neges iddi hi'i hun. Gwyddai'r Prif Weinidog mai dyma fyddai ei chyfle olaf i ddiweddaru ei dyddiadur y diwrnod hwnnw – roedd ganddi noson brysur o'i blaen.

Ddyddiadur annwyl. Pan fyddwn ni'n cwrdd eto byddaf naill ai'n Brif Weinidog ar Gymru rydd neu wedi methu â chyflawni'r hyn rwyf i a miloedd o'm cydwladwyr wedi brwydro mor ddygn drosto am filenia a mwy. Amser a ddengys a fydd fy mhenderfyniad i alw am refferendwm ar annibyniaeth Cymru'n un doeth neu annoeth. Amser a ddengys a fydd fy mhenderfyniad i ganolbwyntio'r rhan fwyaf o'n hadnoddau ar ymgyrch drwy'r cyfryngau cymdeithasol wedi gweithio ai peidio. Amser a ddengys a fydd gwaith caled fy nghannoedd o gefnogwyr, a fu'n canfasio o ddrws i ddrws, a'r miloedd a ledodd y neges o i-ffôn i i-ffôn, yn arwain at lwyddiant.

Amser a ddengys a fyddwn yn gwireddu breuddwyd arwyr ein cenedl, a frwydrodd am ein rhyddid a'n heinioes.

Ffarweliodd Angharad ap Hywel â'r dyddiadur ffyddlon oedd

wedi bod yn gwmni iddi ers i'w mam farw pan oedd hi'n dair ar ddeg oed. Diffoddodd y ffôn symudol, ei osod ar y bwrdd o'i blaen a chymryd llwnc o'i choffi cryf. Bu'n rhaid iddi ddefnyddio'i holl egni i atal y llaw oedd yn dal y cwpan rhag crynu.

'Dere 'mla'n, Angharad. Paid â dangos unrhyw arwydd o wendid nawr. Ti gafodd y cyfle i ddod â rhyddid i dy genedl. Ond beth os wnei di fethu, fel pawb arall? Na. Paid â meddwl am fethiant,' meddai wrthi'i hun yn chwyrn.

Camodd pennaeth ei swyddfa gyfathrebu, Dafydd Rogan, draw ati, a phwyso dros ei hysgwydd.

'Mae'n amser,' meddai, gan wasgu teclyn rheoli o bell y teledu anferth oedd o'u blaenau. Llanwyd y sgrin ddeugain modfedd ag wyneb y cyflwynydd Llewelyn Llwyd. Gwenodd hwnnw'n llydan, gan ddallu'r gwylwyr â'i dalcen sgleiniog a'i dei, crys a gwallt oren llachar.

'Croeso i'r rhaglen, gyfeillion. Arhoswch efo ni dros yr oriau nesaf i weld beth fydd ffawd ein cenedl. Diolch o galon ichi am ymuno â Refferendwm Annibyniaeth Cymru 2028,' meddai Llewelyn yn ddramatig. Llanwyd y sgrin â graffeg rhwysgfawr a cherddoriaeth fawreddog i ddynodi pwysigrwydd y rhaglen. Hanner munud yn ddiweddarach, dychwelwyd at wyneb rhwysgfawr a thei mawreddog Llewelyn Llwyd. 'Mae'r gorsafoedd pleidleisio wedi cau erbyn hyn a gallaf ddatgelu pôl piniwn SkyBBC ar ganlyniad y refferendwm,' meddai.

Yn ôl yr hyn a ddywedai Llewelyn, a'r graffeg oedd i'w weld ar y sgrin, roedd y pôl piniwn yn darogan bod pobl Cymru wedi penderfynu yn erbyn cynnig Llywodraeth Angharad ap Hywel i ddiddymu Deddf Uno Cymru a Lloegr 1536, a chreu annibyniaeth i'r wlad o dair miliwn o bobl – a hynny o 52.5% i 47.5%

'Dyna ni. Cefais gyfle. Methais,' meddai Angharad wrthi'i hun. Ond ni ddywedodd air nag ymateb mewn unrhyw ffordd i'r datganiad.

Trodd Llewelyn Llwyd at ei ddau gyd-gyflwynydd.

'... ac yn cadw cwmni i mi, ac i chithau wrth gwrs,' meddai, gyda gwên ffug ar gyfer y camera, '... er mwyn dadansoddi'r bleidlais dros yr oriau nesaf mae ein cyfeillion, yr Athro Peredur Hurt o Brifysgol Caerdydd, a'n Golygydd Materion Cymreig ni, Gwilym ap Dafydd.'

'Dy'n ni ddim am roi'r cert o flaen y ceffyl, wrth gwrs, ond Peredur, newyddion gwael i Lywodraeth Cymru ac yn enwedig y Prif Weinidog, Angharad ap Hywel?' awgrymodd Llewelyn.

'Yn hollol, Llewelyn. Wrth gwrs, rwyf wedi rhag-weld y canlyniad hwn ers i Brif Weinidog Lloegr, Dee John, ganiatáu'r refferendwm chwe mis yn ôl,' meddai'r Athro Peredur Hurt, gan wenu'n wybodus. 'Does dim dwywaith fod Angharad ap Hywel wedi syrthio i fagl Dee John, gan alw am y refferendwm yn llawer rhy gynnar ar ôl i Blaid Cymru ennill grym yng Nghymru ddwy flynedd yn ôl. Synnwn i daten nad ydy hi wrthi'n ysgrifennu ei haraith ymddiswyddo y funud hon.'

Cymerodd Angharad lymaid arall o'i choffi a gwylio'r 'arbenigwyr' gwleidyddol yn mwydro. Dyw Cymru'n golygu dim i'r diawled hyn. Gêm yw eu gwleidyddiaeth nhw, meddyliodd, wrth i Llewelyn Llwyd droi ei wên broffesiynol i gyfeiriad Gwilym ap Dafydd.

'Dim Allwalia na Wegsit i Gymru, mae'n debyg, Gwilym? Y goblygiadau?'

'Yn hollol. Cytuno'n llwyr â Peredur. Synnwn i daten chwaith na fydd Angharad ap Hywel yn ymddiswyddo yn y bore,' meddai Gwilym ap Dafydd yn ddiddychymyg, gan lynu at yr un ymadrodd ffug-werinol â'i gydymaith '... ac os na fydd hi'n ymddiswyddo does dim dwywaith y bydd hoelion wyth y blaid yn mynnu ei bod hi'n mynd. Angharadexit amdani,' ychwanegodd.

'Diolch o galon i'r ddau ohonoch chi, ac rwy'n siŵr y bydd llawer mwy gennych chi i'w ddweud trwy gydol y nos,' meddai Llewelyn, gan wenu unwaith eto ar gyfer y camera.

Roedd sibrwd isel yn ystafell fechan swyddfa'r blaid yn Abertawe, oedd hefyd yn bencadlys ymgyrch Allwalia. Roedd rhai o aelodau blaenllaw'r blaid wrthi'n dadansoddi sylwadau'r arbenigwyr ar ffaeleddau Angharad ap Hywel fel arweinydd y genedl, a'i dyfodol ansicr. Taflodd ambell un ohonynt gipolwg slei i'w chyfeiriad.

'Ie, dyna ni, edrychwch chi ar y bwch dihangol, gyfeillion,' meddai Angharad dan ei gwynt. 'Bydd eich swyddi chi'n ddiogel bore fory. Mi fydda i'n ymddiswyddo ac yn cael swydd gyfforddus ym Mhrifysgol Heidelberg neu Yale. Ond bydd y cyfle i newid bywydau'r bobl wedi mynd am genhedlaeth neu ddwy arall. A fy mai yw y cyfan.'

Unig nod Angharad ap Hywel mewn bywyd ers ei harddegau oedd ceisio gwireddu breuddwyd ei thad o gael rhyddid i Gymru. Bu Hywel Goody yn gweithio yn gydlynydd i'r Blaid yn y gorllewin hyd at ei farwolaeth – bu farw pan oedd Angharad newydd ddechrau astudio'r gyfraith ym Mhrifysgol Caergrawnt. Penderfynodd hithau bryd hynny na fyddai unrhyw beth yn rhwystro'r gwaith o sicrhau Cymru rydd. Ond nawr, chwarter canrif yn ddiweddarach, sylweddolodd ei bod ar fin boddi ger y lan. Rhoddodd ei bywyd personol o'r neilltu, er mwyn canolbwyntio'n llwyr ar ei chynllun.

Cafodd radd dosbarth cyntaf cyn dechrau ar yrfa ddisglair yn gyfreithwraig a bar-gyfreithwraig, gan ddringo trwy rengoedd y Blaid ar yr un pryd. Enillodd sedd Gorllewin Sir Gâr a De Penfro yn etholiad y Cynulliad yn 2021 a symud i fyw i'r cartref teuluol yn Hendy-gwyn ar Daf. Ddwy flynedd yn ddiweddarach, cipiodd arweinyddiaeth y Blaid a'i harwain i fuddugoliaeth annisgwyl yn etholiad y Cynulliad yn 2026, yn bennaf oherwydd y gyflafan economaidd yng Nghymru a Lloegr yn y cyfnod ar ôl Brexit.

Dechreuodd Angharad a'i chyd-Weinidogion ar y gwaith o ddarbwyllo Llywodraeth Lloegr i ganiatáu refferendwm ar annibyniaeth i Gymru, fel yr un llwyddiannus yn yr Alban bum mlynedd ynghynt. Cytunodd Llywodraeth Lloegr i'r cais, yn bennaf am fod yr arolygon barn yn dangos bod mwyafrif helaeth y boblogaeth yn erbyn annibyniaeth. Ond gweithiodd Angharad yn ddiflino yn ystod yr ymgyrch, gan weithredu ar gyngor Pennaeth Adran Cysylltiadau Cyhoeddus y Blaid, Dafydd Rogan, y dylai ganolbwyntio'n bennaf ar ddefnyddio'r cyfryngau cymdeithasol. Ond edrychai'n debygol mai ymgyrch ofer a fu hi wedi'r cwbwl.

Erbyn hyn roedd Dafydd Rogan yn eistedd yn ymyl Angharad. Pwysodd tuag ati a sibrwd yn ei chlust.

'Mae ein harolygon barn ni'n dangos ei bod hi'n agos iawn, Angharad. Paid â cholli ffydd eto. Paid â gwrando ar Gwilym ap Dafydd.'

Amneidiodd Angharad ei dealltwriaeth cyn troi at Dafydd a sibrwd yn ei glust yntau.

'Oeddet ti'n gwybod fy mod i ym Mhrifysgol Caergrawnt yr un pryd â Gwilym?' gofynnodd.

'Wrth gwrs. Fy ngwaith i yw gwybod popeth, Angharad,' atebodd Rogan, gan gymryd llwnc o'i goffi.

'Roedd pawb ar y cwrs PPE yn ei alw'n Y Bioden am ei fod yn benthyg a chopïo traethodau a nodiadau pobl eraill,' ymhelaethodd Angharad, gan wenu wrth wylio'r newyddiadurwr pen moel ar y sgrin. Roedd gan y Gwilym ifanc wallt hir melyn cyrliog, oedd wastad wedi'i guddio o dan *beret* am fod Gwilym bryd hynny'n meddwl ei fod yn dipyn o fardd chwyldroadol.

Chwarddodd Dafydd Rogan yn dawel.

'Os felly, mae Gwilym yn gwneud y swydd ddelfrydol ar gyfer pioden – mae pob newyddiadurwr yn byw ar yr hyn mae wedi'i ddwyn o nythod adar eraill,' meddai.

'Wel ... ti ddylai wybod.'

Chwarddodd Dafydd Rogan yn dawel unwaith eto. Roedd wedi dechrau ar ei yrfa yn newyddiadurwr cyn penderfynu sefydlu cwmni cysylltiadau cyhoeddus ar ei liwt ei hun ar ddechrau'r degawd. Bu cwmni Swyn yn llwyddiannus iawn yn helpu corfforaethau enfawr trwy ddarogan barn pobl am y ffordd roedd y cwmnïau'n gweithredu, gan sicrhau bod ganddynt ddelwedd gyhoeddus ffafriol.

Roedd Dafydd Rogan hefyd wedi ymwneud ag ochr fwy

tywyll y We, gan geisio dylanwadu ar bobl drwy ddefnyddio carfan fechan o'i weithlu fel brigâd creu blogiau, intrabotiau ac algorythmau i ddwyn perswâd ar ddefnyddwyr y We i gefnogi syniadau ei gwsmeriaid. Bu cwmni Swyn yn llwyddiant ysgubol yn y maes. Serch hynny, dechreuodd Dafydd flino ar y gwaith, a chwilio am her newydd. A pha her well na cheisio sicrhau annibyniaeth i'w wlad? Bachodd y Blaid – a'i harweinydd, Angharad ap Hywel – ar gynnig Dafydd i reoli ymgyrch lwyddiannus i ennill grym yn etholiadau'r Cynulliad ddwy flynedd ynghynt.

Defnyddiodd Dafydd adnoddau sylweddol ei gwmni i hybu polisïau'r Blaid ar bob platfform digidol, gan lwyddo i ddarbwyllo'r etholwyr mai'r Blaid oedd y dewis gorau ar gyfer creu Cymru newydd. Ni fu'n anodd darbwyllo Dafydd i aros yn ei swydd ar ôl i'r Blaid ennill grym, er mwyn llywio ymgyrch Allwalia ochr yn ochr ag Angharad ap Hywel dros y deunaw mis canlynol.

Erbyn hyn, ar y sgrin fawr, roedd Llewelyn Llwyd wedi trosglwyddo'r awenau i'r newyddiadurwr profiadol Lenny Meredith, oedd ym mhencadlys y garfan wrth-annibyniaeth ym Mae Caerdydd. Trodd Lenny at fenyw a dau ddyn a safai'n anghyfforddus yn ymyl ei gilydd. Safai arweinyddion y Blaid Geidwadol a'r Blaid Lafur yng Nghymru, Lesley Vaughan a Vaughan Leslie, ychydig yn agosach at ei gilydd nag at y dyn arall, serch hynny. Justin Bellows oedd hwnnw, sef arweinydd Plaid Arweiniad Newydd i Gymru a Lloegr (AnGaLl).

'Mae'n edrych yn debyg fod pobl Cymru wedi dilyn eich pleidiau chi a gwrthod annibyniaeth, er bod chwyddiant a diweithdra'n uchel iawn yn yr hyn sy'n weddill o'r hen Deyrnas Unedig. Pam hynny, dybiwch chi?' gofynnodd Meredith.

'Mae'n wir fod economi Prydain wedi symud o un argyfwng i'r llall wrth i'r Llywodraeth Dorïaidd symud yn bellach i'r dde yn ystod y blynyddoedd diwethaf, gan achosi tlodi a diweithdra ar draws Cymru a Lloegr,' meddai Vaughan Leslie cyn i Lesley Vaughan dorri ar ei draws.

'... yn anffodus i chi, Vaughan, a phawb arall yng Nghymru,

roedd y tlodi a'r diweithdra'n waeth yng Nghymru yn sgil eich polisïau chi a'r Blaid Lafur. Eich bai chi, a chi'n unig, yw'r ffaith fod etholwyr Cymru wedi troi eu cefnau ar y pleidiau traddodiadol, gan droi at AnGaLl yn y de ddwyrain a rhoi cyfle i Blaid Cymru lywodraethu. Dyna roddodd y cyfle i Lywodraeth Angharad ap Hywel i alw am y refferendwm annibyniaeth ffôl hwn,' ysgyrnygodd yn ddig.

'O leia ry'n ni'n ddiolchgar fod pobl Cymru, yn ôl pob tebyg, wedi derbyn ein dadl nad oes gan Gymru'r un adnoddau craidd â'r Alban i'w chynnal ei hun yn ddiwydiannol, ac maen nhw wedi defnyddio'r refferendwm i ddweud yn blwmp ac yn blaen wrth Angharad ap Hywel fod ei hamser hi ar ben,' meddai Vaughan Leslie.

'Cytuno'n llwyr, Vaughan,' meddai Lesley. 'Dyna pam rydyn ni'n dau'n galw ar y Prif Weinidog i gynnal etholiad Cynulliad cyn gynted â phosib yn dilyn ein buddugoliaeth heno.'

'Oes gennych chi unrhyw sylwadau, Mr Bellows?' gofynnodd Lenny Meredith, gan droi o'r diwedd at y dyn penfoel, tenau, yn ei ddeugeinau cynnar.

'Y gwir yw na fyddai'r bleidlais "Na" wedi ennill y dydd heno heblaw am aelodau gweithgar plaid AnGaLl. Ni ysgogodd trigolion yr hen ardaloedd diwydiannol i fynd allan i bleidleisio. Ni achubodd y dydd. Ni achubodd y wlad – fel y gwnes i ac aelodau ffyddlon eraill UKIP ddeuddeg mlynedd yn ôl, cyn i'r blaid honno ddod i ben ... gwaetha'r modd. Pobl fel fi a achubodd y Deyrnas Unedig bryd hynny, a phobl fel fi sydd wedi achub Cymru heno, Lenny. Hon yw ein hawr fawr,' meddai Justin Bellows yn rhwysgfawr.

Gyda hynny, trosglwyddodd Lenny Meredith yr awenau yn ôl i Llewelyn Llwyd yn y stiwdio.

Ddyddiadur annwyl. Mae pethau'n edrych yn ddu iawn ar Gymru heno. Cafodd y bobl gyfle i greu gwlad newydd, gwlad lle byddai pawb yn cael tegwch a chyfiawnder. Ond wrth wylio'r gwleidyddion a'n gwrthwynebodd yn clochdar ar y sgrin heno,

rwy'n sylweddoli ein bod yn dal i ddilyn yr un hen drefn o sgorio
pwyntiau gwleidyddol arwynebol, yn hytrach na rhoi lles y bobl
yn gyntaf.

Dydd Gwener 22 Medi, 5yb

Wrth i ganlyniadau'r refferendwm gael eu cyhoeddi dros yr oriau canlynol, daeth yn amlwg y byddai'r canlyniad terfynol yn un agos iawn.

Erbyn pump o'r gloch y bore roedd cyfanswm pleidleisiau chwech allan o'r saith awdurdod lleol yng Nghymru wedi'u cyhoeddi, ac roedd y bleidlais 'Na' lai nag 20,000 o bleidleisiau ar y blaen.

'Mae'n bosib y bydd hanes yn ailadrodd ei hun, fel petai, gyfeillion,' meddai Llewelyn Llwyd gan droi at yr Athro Peredur Hurt a Gwilym ap Dafydd, a eisteddai'n gefnsyth yn eu cadeiriau. 'Peredur ... Gwilym ... mae'n bosib bod y ddau ohonoch chi wedi bod yn anghywir am unwaith,' ychwanegodd, '... yn hollol anghywir, a dweud y gwir.'

Gwgodd yr Athro Hurt ar Llewelyn.

'Na ... rwy wedi dweud bod yna bosibilrwydd y gallai'r Allwalwyr ... y Wegsiteers ... ennill y dydd, mewn sawl erthygl dros y misoedd diwethaf ...' meddai.

'Ac fel newyddiadurwr, rwy'n hollol ddiduedd, felly trafod y posibiliadau yw fy swyddogaeth i,' meddai Gwilym ap Dafydd yn amddiffynnol, heb roi cyfle i'r academydd orffen ei frawddeg.

'Beth bynnag, ry'n ni ar fin cael y canlyniad ... tyngedfennol, fel petai ...' meddai Llewelyn Llwyd, 'ac felly draw â ni i Gaerfyrddin ar gyfer cyfrif ola'r nos ...'

Dydd Gwener 22 Medi, 7yb

Safai Angharad ap Hywel gerbron cannoedd o bobl o flaen Neuadd y Sir yng Nghaerfyrddin, ddwy awr ar ôl i bobl Sir Gâr sicrhau bod Cymru'n dod yn wlad annibynnol, a hynny o drwch blewyn (6,721 o bleidleisiau). Roedd tân gwyllt yn ariannu'r awyr, a'r dyrfa'n canu i ddathlu'r ffaith fod Cymru wedi dod yn rhydd. Y tu ôl iddi roedd prif aelodau cabinet Llywodraeth Annibynnol Gyntaf Cymru: Wil Morgan (y Gweinidog Tramor newydd), Cynan McClare (Canghellor y Trysorlys), a Beca Booth (y Gweinidog Cartref).

Roedd Beca allan o wynt am ei bod wedi gorfod rhuthro o'i hetholaeth yng ngogledd Sir Benfro yn oriau mân y bore hwnnw, a gyrru'n wyllt o Abergwaun i Abertawe yn ei Land Rover. Edrychodd ar ei watsh. Roedd hi'n tynnu at saith o'r gloch y bore, a byddai ei gŵr eisoes wrthi'n godro'r ddau gant o fuchod ar eu fferm ym mynyddoedd y Preseli.

Gwnaeth Beca enw iddi'i hun yn ystod etholiad y Cynulliad yn 2021, pan heriodd yr archfarchnadoedd amlwladol am beidio â chefnogi ffermwyr Cymru. Roeddent yn mewnforio cig o Seland Newydd ac Wrwgwai yn sgil cytundebau masnachol Prydain â'r gwledydd hynny yn dilyn Brexit. Cerddodd Beca i mewn i'w harchfarchnad leol yn Abergwaun, llenwi'i throli siopa â chig, yna rhedeg drwy'r rhwystrau gyda'r troli gan eu torri'n deilchion, gan efelychu gweithredoedd ei hen, hen, hen, hen nain, Neli, yn ardal Efail-wen yn 1839.

'Bu'n rhaid imi fynd trwy dri golau coch i gyrraedd 'ma, ond fe fydd hi'n werth talu'r dirwyon y tro hyn,' sibrydodd Beca wrth Wil Morgan, a safai yn ei hymyl.

'... A ddywedodd a'u pechodau a'u drwgweithredoedd, ni chofiaf mohonynt byth mwy,' sibrydodd Wil, gan edrych gydag edmygedd ar y fenyw fach nobl oedd wedi gwneud cymaint i ddenu ffermwyr i bleidleisio i'r Blaid dros y pum mlynedd diwethaf drwy frwydro'n ddiflino dros y diwydiant amaeth yng Nghymru.

Yr ochr arall i Wil safai Cynan McClare.

'Wyt ti'n gwybod a oes 'na barti dathlu?' gofynnodd Cynan, oedd newydd gyrraedd y neuadd ar ôl teithio o'i gartref yng Nglyn-nedd. ''Wy ddim wedi cael diod iawn ers tair wythnos ... rwy'n credu ein bod ni'n haeddu gwydraid neu ddau heno, Wil.'

'Nid gweddus i frenhinoedd yfed gwin, ac nid gweddus i reolwyr flysio diod gadarn,' atebodd Wil trwy ochr ei geg.

'Unwaith yn weinidog, wastad yn blydi gweinidog,' meddai Cynan.

Gwenodd Wil yn wylaidd ar Ganghellor cyntaf y Gymru rydd.

'Ac mi fydda i'n Weinidog Tramor o hyn ymlaen ... y byd cyfan fydd fy mhlwyf, Cynan.'

'Dy Dduw a'th helpo di,' meddai Cynan.

Yn sefyll yn y cysgodion ger y llwyfan roedd y gŵr a lywiodd ymgyrch lwyddiannus Angharad ap Hywel, sef Dafydd Rogan. Roedd wedi paratoi dwy araith ar ei chyfer heno. Erbyn hyn, roedd yr araith ymddiswyddo wedi'i thaflu o'r neilltu'n ddiseremoni. Roedd Dafydd Rogan yn awyddus i glywed Angharad yn traddodi ei eiriau am frwydr y genedl dros y canrifoedd – roedd yr araith yn cyfeirio at arwyr fel y Gododdin, Hywel Dda, Llywelyn ein Llyw Olaf, Dafydd ap Gwilym, yr Esgob William Morgan a Merched Beca ymysg eraill, rhai oedd wedi gwarchod a chynnal y Cymry a'u hiaith dros y canrifoedd.

Camodd Angharad ymlaen at y meicroffon. Lledaenodd distawrwydd llethol ar draws y neuadd.

'Mae hon yn awr fawr yn hanes ein cenedl. Mae'n dywyll y tu allan ar hyn o bryd, ond mae'r wawr ar fin torri yng Nghymru.' Yna, yn araf ac yn dawel, dechreuodd Angharad ap Hywel ganu: 'Mae hen wlad fy nhadau yn annwyl i mi, gwlad beirdd a chantorion, enwogion o fri ...'

Dechreuodd aelodau eraill y cabinet ganu gyda hi, cyn i weddill y dorf ymuno yn yr anthem Genedlaethol.

'Gwlad ... gwlad ... pleidiol wyf i'm gwlad ... tra môr yn fur i'r bur hoff bau, o bydded i'r hen iaith barhau,' canodd Angharad, cyn cymryd cam yn ôl. 'Diolch. Does dim angen dweud mwy ar hyn o bryd,' meddai, dan deimlad, cyn cerdded draw at Dafydd Rogan. 'Dere, mae ganddon ni waith i'w wneud,' meddai'n benderfynol.

Ddeng munud ynghynt roedd wedi derbyn galwad ffôn gan

Brif Weinidog Lloegr, Dee John, yn ei llongyfarch yn swta, cyn cyhoeddi y byddai Lloegr yn dechrau'r broses o ddiddymu Deddf Uno 1536 y diwrnod hwnnw.

Nos Wener 22 Medi, 9yh

Dechreuodd pethau'n wael i lywodraeth annibynnol gyntaf Cymru ar y diwrnod cyntaf hwnnw o ryddid. Yn ystod y bore, cysylltodd prif weithredwyr cangen Brydeinig nifer o gwmnïau amlwladol ag Angharad ap Hywel yn uniongyrchol i'w llongyfarch yn wresog. Yna, aethant ymlaen i led-awgrymu bod y cwmnïau'n ystyried symud eu gweithleoedd yng Nghymru i Loegr neu wledydd eraill os na fyddai Llywodraeth Cymru'n cynnig consesiynau ariannol hael iddynt i aros yng Ngwalia.

Gwyddai Angharad ap Hywel fod Cymru'n or-ddibynnol ar fuddsoddiad o'r tu allan i'r wlad. Roedd y megagorfforaethau'n defnyddio blacmel i odro'r wlad a sicrhau bod rhaglen sosialaidd y Llywodraeth newydd yn mynd ar gyfeiliorn. Gwyddent nad oedd gan Gymru – yn wahanol i'r Alban gyda'i meysydd olew – yr un ffynonellau ariannol i sefydlogi economi'r wlad yn ystod y dyddiau cynnar hyn o ryddid.

Hefyd, cynhaliwyd protestiadau militaraidd eu naws yn ninasoedd Caerdydd a Chasnewydd gan Arweiniad Newydd i Gymru a Lloegr (AnGaLl) yn ystod y dydd. Er bod nifer y rhai a orymdeithiodd yn gymharol fach y diwrnod hwnnw, addawodd arweinydd y blaid, Justin Bellows, y byddai mwy o brotestiadau'n cael eu cynnal yn ne Cymru dros y dyddiau nesaf.

Y noson honno, darlledwyd cyfweliad a recordiwyd awr ynghynt rhwng Justin Bellows a Golygydd Materion Gwleidyddol SkyBBC, Gwilym ap Dafydd. Bu'n rhaid i Gwilym drefnu'r cyfweliad ar fyr rybudd ar ôl i Angharad ap Hywel wrthod gwneud cyfweliad gydag ef tan ar ôl y penwythnos.

'Mae'n flin gen i Gwilym,' ymddiheurodd Angharad, 'ond mae gen i a'm Gweinidogion drafodaethau dwys i'w cynnal gyda llywodraethau Lloegr ac Ewrop. Ond rydw i'n fwy na pharod i gynnal cyfweliad gyda'r sianel yn dilyn y trafodaethau, ddechrau'r wythnos nesaf,' meddai wrth Gwilym.

'Uffern dân, Angharad! Mae pobl am glywed beth yw dy amcanion ar gyfer y dyfodol,' protestiodd Gwilym. 'Bydd pobl yn meddwl dy fod ti'n ymddwyn fel unben yn hytrach na Phrif Weinidog ... a beth am y protestiadau yn ne Cymru heddiw?'

Gwyddai Gwilym, serch hynny, na fyddai Angharad yn newid ei meddwl. Roedd yn hen gyfarwydd â'i hystyfnigrwydd ers eu dyddiau coleg yng Nghaergrawnt. Bryd hynny cafodd Angharad y llysenw 'y Lleian Werdd' – ni adawai i'r un dyn ddod yn agos ati am ei bod yn aberthu'i hun dros yr hyn a gredai, sef annibyniaeth i'w gwlad.

'Byddwn ni'n amlinellu ein hamcanion ddydd Llun,' oedd gair olaf Angharad ar y mater.

'O'r gore,' meddai Gwilym yn anfoddog.

Serch hynny, derbyniodd Gwilym alwad ffôn yn fuan wedyn gan un o'i ffynonellau toreithog. Roedd y briwsonyn o wybodaeth a gafodd yn ddiddorol ar y naw.

Awr yn ddiweddarach, yn dilyn eu cyfarfod, gwyliodd Angharad ap Hywel a gweddill y cabinet mewnol gyfweliad Gwilym ap Dafydd gyda Justin Bellows ar *Newyddion Naw*.

Mynnodd Justin Bellows fod Llywodraeth Cymru'n ffurfio cytundeb 'Wegsit meddal' gyda Llywodraeth Lloegr. Byddai hynny'n sicrhau na fyddai Cymru'n ymuno â'r Undeb Ewropeaidd ond yn parhau i fod ynghlwm â'r cytundebau masnachol roedd Lloegr wedi'u ffurfio â gwledydd eraill y byd yn ystod y ddegawd ers Brexit. Ychwanegodd nad oedd pobl y de-ddwyrain wedi pleidleisio am annibyniaeth.

'... ond wnaeth y rhan fwyaf ohonyn nhw ddim pleidleisio o gwbl, Mr Bellows. Onid y gwir yw fod y bleidlais "Na" wedi colli'r dydd am fod llai na deugain y cant o boblogaeth awdurdodau lleol Caerdydd, Casnewydd, Bro Morgannwg a Mynwy wedi pleidleisio yn y refferendwm ... sy'n golygu eu bod wedi troi eu cefnau arnoch chi yn ogystal â'r garfan oedd am gael annibyniaeth,' awgrymodd Gwilym ap Dafydd.

Gwenodd Justin Bellows cyn ateb.

'Nid nifer y bobl sy'n bwysig, Gwilym, ond eu hangerdd. Rwy'n ffyddiog y bydd mwy o bobl yn dod allan i'r strydoedd i ddangos eu cefnogaeth i'n hachos dros y dyddiau nesaf, pan ddaw hi'n amlwg bod swyddi yn y fantol,' meddai. 'Mae pobl de-ddwyrain Cymru'n credu bod y Llywodraeth hon am eu diystyru'n gyfan gwbl. Er enghraifft, mae nifer o swyddfeydd y Cynulliad eisoes wedi'u symud o Gaerdydd i Gaerfyrddin a Chaernarfon – a hynny ar gost aruthrol – ac mae rhai pobl o'r farn bod ap Hywel am gael gwared â Chaerdydd fel prifddinas hyd yn oed. Ond fydd AnGaLl ddim yn gadael i hynny ddigwydd,' ychwanegodd.

Gyda hynny, llanwyd y sgrin ag wyneb Llewelyn Llwyd.

'Justin Bellows yn siarad gyda'r Golygydd Materion Cymreig, Gwilym ap Dafydd, yn gynharach heno ... ac mae Gwilym gyda fi nawr,' meddai, gan droi at Gwilym ap Dafydd. 'A beth yw'r newyddion diweddaraf felly, Gwilym?'

'Wel, Llewelyn, mae SkyBBC ar ddeall bod nifer o gwmnïau amlwladol yn ystyried rhoi'r gorau i fuddsoddi yn y Gymru newydd, a'u bod wedi cysylltu'n uniongyrchol gyda'r Prif Weinidog y bore 'ma i drafod y sefyllfa,' meddai Gwilym. 'Os felly, mae'n bur debyg y bydd gan y Prif Weinidog a'i Chabinet dalcen caled wrth ddechrau ar y trafodaethau Wegsit dros y penwythnos, Llewelyn. Amser a ddengys a fydd y Llywodraeth yn gallu goroesi o dan y fath bwysau economaidd.'

Diffoddodd Dafydd Rogan y teledu ac edrych o gwmpas yr ystafell aros foethus ym maes awyr Caerdydd lle eisteddai'r cabinet mewnol, Wil Morgan, Cynan McClare, Beca Booth ac Angharad ap Hywel, yn aros i hedfan i Lundain a Berlin.

'Sut yn y byd ddigwyddodd hyn?' taranodd.

'Sut ddigwyddodd beth, gyfaill?' gofynnodd Wil Morgan, oedd wedi ymlâdd ar ôl bod ar ei draed am ddiwrnod a hanner.

'Pwy yn ein plith sydd â thafod llac, gyfaill?' atebodd Dafydd yn wawdlyd.

'Does gen i ddim syniad am beth rwyt ti'n sôn, Dafydd,' meddai'r canghellor newydd, Cynan McClare. Roedd hwnnw wedi treulio'r deng munud cynt yn ceisio gwneud synnwyr o ddyled Cymru, a hynny ar y gyfrifiannell a ddefnyddiodd i gael gradd C yn ei arholiad TGAU Mathemateg yn 1988.

'Dim ond bod yr wybodaeth am y cwmnïau amlwladol wedi'i ddatgelu i brif newyddiadurwr y sianel Gymraeg, gan danseilio hygrededd Llywodraeth Cymru,' meddai Dafydd.

'Paid ag edrych arna i, Dafydd. Dwi ddim wedi cael cyfle i siarad gyda 'ngŵr, heb sôn am unrhyw un arall,' sgyrnygodd Beca Booth.

'Beth sydd gan hyn i'w wneud â ni?' gofynnodd Wil Morgan.

'Am mai dim ond ni'n pump sy'n gwybod am fygythiad y cwmnïau amlwladol ... ac o ganlyniad, dim ond un ohonon ni allai fod wedi rhoi'r wybodaeth i Gwilym ap Dafydd,' meddai Angharad ap Hywel yn dawel.

'Mae'n amlwg na fyddai'r Prif Weinidog na finnau'n gwneud rhywbeth mor hurt,' meddai Dafydd Rogan. 'Felly pa un ohonoch chi sydd wedi bod yn siarad?'

'Dwi ddim wedi siarad gydag unrhyw un,' meddai Wil Morgan, 'a gobeithio dy fod ti'n fodlon cymryd fy ngair i fel Cristion,' ychwanegodd.

Roedd Wil wedi rhoi'r gorau i'w alwedigaeth fel pregethwr ddwy flynedd ynghynt, pan gipiodd un o seddi rhanbarthol y gogledd-ddwyrain ar ran y blaid. Fel cenedlaetholwr a Christion, teimlai ei fod yn ddyletswydd arno i wasanaethu Cymru, cyd-ddyn a Christ fel y gwnaeth un o'i gyndeidiau, yr Esgob William Morgan, bedair canrif a hanner ynghynt.

'Na fi,' meddai Beca Booth cyn iddi hi a Wil droi i syllu ar Cynan, oedd yn dal i chwarae gyda'i gyfrifiannell.

'Oeddech chi'n gwybod bod 5,318,008,918 yn sillafu *Big Boobies* ar gyfrifiannell os trowch chi'r sgrin wyneb i waered?' gofynnodd hwnnw.

Syllodd Dafydd Rogan arno'n gegagored.

'Wyt ti wedi dechrau yfed eto?' gofynnodd, ond anwybyddodd Cynan ef.

'Angharad! Oes raid inni ddygymod â sylwadau sy'n sarhau ein rhyw o hyd?' meddai Beca Booth.

'Ma' Beca ar gefn ei cheffyl eto,' meddai Cynan dan ei wynt.

Cododd Angharad ei llaw chwith i atal Beca rhag cwyno ynghylch parch at fenywod yn y gweithle.

'Dere 'mla'n, Cynan. Rwyt ti eisoes wedi cael dy ddiarddel dros dro o'r blaid ddwywaith am dy sylwadau dilornus am fenywod. Wnest ti addo na fyddai'n digwydd eto.'

'Dim ond nodi ffaith oeddwn i ...' dechreuodd Cynan, cyn i Dafydd dorri ar ei draws.

'... fel y nodaist ti'r "ffaith" lai na diwrnod cyn yr etholiad diwethaf y byddai chwyddiant o dan ein llywodraeth ni'n ugain y cant yn hytrach na dau y cant.'

'Cau dy geg,' meddai Cynan yn dawel.

'Gyfeillion, gyfeillion. Rydym i gyd o'r un anian. Pwy bynnag ohonom sy'n ddibechod gadewch i hwnnw fod y cyntaf i daflu carreg ...' dechreuodd Wil bregethu, cyn i Dafydd dorri ar ei draws.

'Wyt *ti*'n fodlon cyfaddef dy bechod, Wil? Am y tro olaf, ai ti sydd wedi bod yn siarad â'r wasg?' taranodd Dafydd.

'O chwi o ychydig ffydd,' meddai Wil, cyn i Cynan fynnu sylw'r Cabinet eto.

'Y rhif hwn hefyd, gyda llaw, sef £5,318,008,918, yw'r cyllid sydd ei angen arnom i sefydlogi sefyllfa ariannol y wlad cyn inni allu creu banc cenedlaethol. Rwy'n ofni bod ganddon ni broblemau llawer mwy dyrys i'w datrys na phwy sy'n dweud beth wrth bwy yn ystod y dyddiau nesaf,' meddai.

Roedd Cynan yn gyn-aelod o'r grŵp gwerin adnabyddus Yr Helwyr, a bu'n rhedeg cwmni lawrlwytho cerddoriaeth llwyddiannus (Cwmni Clywch! Clywch!) dros y degawd cynt, cyn penderfynu y byddai'r byd gwleidyddol yng Nghymru'n elwa o'i brofiad fel *entrepreneur*. Cipiodd sedd rhanbarth

Canolbarth a Gorllewin Cymru i'r Blaid yn y tirlithiad o etholiad ddwy flynedd ynghynt.

'Felly, ti oedd e,' awgrymodd Dafydd.

'Na Dafydd, nid y fi oedd e, a dwi dal ar y wagen,' meddai Cynan ag ochenaid hir.

Penderfynodd Angharad ap Hywel ei bod hi'n bryd iddi ymyrryd.

'Mae'n bosib, os nad yn debygol, mai rhywun o blith y cwmnïau eu hunain a gysylltodd â Gwilym ap Dafydd i geisio tanseilio ffydd y genedl ynom ni. Rwy'n cytuno â Cynan – mae digon o broblemau 'da ni heb inni ddechrau cyhuddo'n gilydd, Dafydd,' meddai. Yna gwenodd, oherwydd roedd hi eisoes wedi cael syniad ar gyfer datrys yr argyfwng economaidd a thawelu protestiadau AnGaLl dros y penwythnos.

'Beth am inni gael gweddi fach i gloi'r cyfarfod?' awgrymodd Wil Morgan. Gwyddai Angharad ap Hywel y byddai'n rhaid iddi hi weddïo'n GALED IAWN i sicrhau bod ei chynlluniau'n llwyddo.

Mae gennyf benderfyniadau mawr i'w gwneud, ddyddiadur annwyl. Rwy wedi penderfynu rhoi blaenoriaeth i'r trafodaethau gyda'r Undeb Ewropeaidd dros y penwythnos. Ond pwy ddylai gynrychioli Cymru yn y trafodaethau cychwynnol gyda Llywodraeth Lloegr? Mae'r Prif Weinidog, Dee John, yn gyfrwys iawn. A yw Wil Morgan yn ddigon cryf i'w wrthsefyll? Does dim dwywaith mai Wil yw calon foesol y Blaid. Mae'n un o'r gwleidyddion prin hynny sy'n gweithredu'n uniongyrchol. Mae wedi treulio'i amser rhydd yn helpu pobl yn ei etholaeth ar lefel ymarferol drwy ddosbarthu dillad a bwyd i'r digartref, a threfnu digwyddiadau di-rif ar gyfer elusennau. Ond a yw ei allu i uniaethu â phobl gyffredin yn wendid gwleidyddol mewn gwirionedd? Byddai'n braf, serch hynny, ddyddiadur annwyl, meddwl am Brif Weinidog Lloegr yn dioddef yr artaith o wrando ar Wil yn dyfynnu o'r Beibl yn dragywydd.

Mae Cynan McClare wedi llwyddo'n rhyfeddol i

weithredu'n polisi ni o hybu busnesau bach a chreu cwmnïau
cydweithredol o fewn cymunedau yng Nghymru yn ystod y ddwy
flynedd ddiwethaf. Ond mae ganddo wendid o ran cael manylion
economaidd yn gwbl gywir. Rwy'n poeni hefyd y gallai fynd yn
ôl at ei hen duedd o droi at y botel petai dan ormod o bwysau.

Mae Beca Booth yn berchen ar nifer o rinweddau sy'n
apelio at bleidleiswyr, gan gynnwys gonestrwydd di-flewyn-ar-
dafod a dycnwch. Ond mae'n tueddu i golli'i thymer yn hawdd
ac ymateb yn afresymol.

Fel rwyt ti'n gwybod, fy hen ffrind, mae'n arfer gen i i nodi
dyddiau'r Seintiau. Fel mae'n digwydd, yfory yw Diwrnod Sant
Adomnan, a greodd gyfraith yn y seithfed ganrif yn esgusodi
menywod rhag rhyfela. Ond rwy'n ofni y bydd yn rhaid i
Angharad ap Hywel frwydro'n GALED IAWN! dros ei gwlad y
penwythnos hwn.

Beth wna i, ddyddiadur annwyl? Alla i ddim mentro anfon
Beca, rhag ofn iddi fod yn fyrbwyll a cherdded allan o'r
trafodaethau gyda Llywodraeth Lloegr. Bydd yn rhaid imi fentro
anfon Wil a Cynan i Loegr tra bod Dafydd a minnau'n teithio i
Ferlin a Brwsel. Bydd yn rhaid i Beca gymryd yr awenau yng
Nghymru rhag ofn i argyfwng godi dros y penwythnos.

II

Dydd Sadwrn 23 Medi, 11yb
Eisteddai Wil Morgan gyferbyn â Dee John mewn ystafell yng
nghartref gwledig Prif Weinidog Lloegr, Chequers. Dyma'r tro
cyntaf i Weinidog Tramor Cymru gwrdd ag arweinydd y blaid
oedd wedi colli rheolaeth o'r Alban a Chymru mewn llai na
degawd.

Gwyddai Wil fod dyfodol Dee John yn y fantol yn dilyn
pleidlais y refferendwm y bore cynt. Gwyddai hefyd y byddai
hi'n awyddus i ffurfio cytundeb gyda Chymru a fyddai'n
adennill ei henw da ac yn ansefydlogi Llywodraeth Cymru. Ei

gobaith yn y bôn oedd sicrhau na fyddai Cymru'n gallu parhau yn wlad annibynnol.

Cofiodd Wil yr hyn a ddywedodd Angharad ap Hywel wrtho pan oeddent yn aros am eu hawyrennau preifat ym Maes Awyr Caerdydd yn gynharach y bore hwnnw.

'Aeth Wil Morgan arall i Lundain dros bedwar can mlynedd yn ôl i geisio achub yr iaith Gymraeg. Ond bydd yn rhaid i'r Wil Morgan hwn geisio achub Cymru gyfan, o afon Menai i afon Taf. Pob lwc, Wil,' meddai.

Yna, roedd Angharad wedi troi at Cynan McClare, a fyddai'n cyd-arwain y trafodaethau â Llywodraeth Lloegr. Oherwydd bod Llywodraeth Angharad ap Hywel yn un sosialaidd, weriniaethol, roedd y ddau wedi'u dynodi'n ddirprwyon oedd â hawliau llawn i arwyddo cytundeb ar ran Llywodraeth Cymru, yn yr un modd ag arweinyddion Gweriniaeth Iwerddon pan enillodd y wlad honno annibyniaeth oddi wrth Lloegr yn 1921.

'Mae d'ymennydd yn arf miniog, Cynan. Gwna'n siŵr na fydd unrhyw beth yn ei bylu na'i wneud yn frau. Bydd digon o gyfle i ddathlu yn dilyn y trafodaethau os aiff popeth yn dda. Y peth pwysicaf yw bod Lloegr yn gwneud ymrwymiad ariannol gan roi'r gallu inni sefydlogi ein heconomi,' meddai, cyn iddi hi a Dafydd Rogan gychwyn eu siwrnai i ddinas Berlin.

Teimlai Wil yn nerfus yn eistedd gyferbyn â Dee John yn Chequers y bore hwnnw. Roedd Prif Weinidog Lloegr wedi gofyn iddo ymuno â hi tra bod Cynan McClare yn cynnal sgwrs agoriadol anffurfiol gyda Changhellor Lloegr, Liam Fox, mewn ystafell gyfagos.

Er ei bod hi erbyn hyn yn ei chwedegau cynnar, roedd Aelod Seneddol Hastings a Rye yn dal i fod yn fenyw olygus, dal, gyda gwallt gwyn wedi'i siapio mewn steil cyfoes. Roedd yn gwisgo du o'i chorun i'w sawdl.

Dechreuodd Dee John drwy longyfarch Llywodraeth Cymru ar ennill y refferendwm a mynegi ei siom nad oedd Angharad ap Hywel ei hun wedi dewis arwain y trafodaethau cychwynnol dros y penwythnos. Gwyddai'r ddau ohonynt fod penderfyniad

Angharad ap Hywel yn dangos nad plesio Llywodraeth Lloegr oedd blaenoriaeth y Gymru newydd.

'Mae'r Prif Weinidog yn anfon ei hymddiheuriadau, ond mae'n ymddiried yn llwyr ynof i, y Gweinidog Tramor, a'r Canghellor i ddechrau'r trafodaethau. Mi fydd hi ar gael i sefyll ysgwydd wrth ysgwydd â chi fore Llun i gyhoeddi camau cyntaf y broses o wahanu,' eglurodd Wil. Gwyddai pa mor bwysig oedd ffurfio cytundeb yn gyflym er mwyn dechrau mapio'r broses o wahanu'r ddwy wlad.

'Wrth gwrs, mae'r bleidlais wedi peri cryn dristwch personol imi, oherwydd gallaf olrhain fy llinach yn ôl i deulu Dr John Dee ym Maesyfed,' meddai Dee John. 'Gŵr oedd yn cefnogi Cymru i'r carn ...'

'Ond yn fwy o gefnogwr o Loegr ... a Phrydain Fawr,' meddai Wil Morgan.

Gwenodd Dee John a chau ei llygaid am ennyd a'u hagor drachefn – llygaid gwyrdd fel rhai cath filain ar fin neidio ar lygoden.

'Rwy'n credu y dylai'r trafodaethau dros y penwythnos gynnwys amlinelliad o'r broses o ddiddymu Deddf Uno 1536.'

'Cytuno'n llwyr,' meddai Wil.

Gwyddai Wil fod Dee John yn fenyw bwerus iawn, ond roedd hi dan bwysau i sicrhau cytundeb buddiol iawn i Loegr er mwyn cadw ei swydd fel Prif Weinidog. Byddai'n rhaid iddo gamu'n ofalus.

'Rydw i ar ddeall fod gennych chi ddaliadau crefyddol cryf, Mr Morgan. Daliadau'r Testament Newydd ar ben hynny,' meddai Dee John.

Amneidiodd Wil â'i ben i gytuno.

'Mae'r Bregeth ar y Mynydd yn agos iawn at fy nghalon ... fel pob sosialydd Cristnogol,' meddai.

'Gwyn eich byd chi, Mr Morgan. Mae gen i ddaliadau crefyddol cryf hefyd, ond mae fy nghrefydd i'n deillio o'r Hen Destament. Duw eiddigeddus yw fy Nuw i: "dinistriwch eu hallorau, drylliwch eu colofnau, a thorrwch i lawr eu pyst" ...'

meddai, gan bwyso'n nes at Wil. 'A dyna beth allwn ni wneud i'r *Principality*. Gall Lloegr, gyda chymorth y mega-gorfforaethau, ddinistrio'ch Llywodraeth annibynnol chi'n ddigon hawdd. Mae'ch economi chi'n un fregus iawn, Mr Morgan. Dydych chi ddim am weld degau ar ddegau o filoedd yn colli eu swyddi, ydych chi, Mr Morgan? Dydych chi ddim am weld pobl yn marw mewn gwelyau dros dro yn eich ysbytai oherwydd diffyg cyllid, ydych chi, Mr Morgan? A sut fyddwch chi'n ariannu'r Wladwriaeth Les yn eich Iwtopia Sosialaidd, Mr Morgan?'

Gwyddai Wil fod Prif Weinidog Lloegr yn ceisio torri ei ewyllys, ond gwrthododd ildio, gan gofio geiriau Angharad ap Hywel y noson cynt. Roedd yn rhaid iddo warchod Cymru, o afon Menai i afon Taf. Wrth iddo fwmial y Bregeth ar y Mynydd o dan ei wynt tra oedd Dee John yn pregethu, cafodd syniad.

Dydd Sul 24 Medi, 7yh

Roedd Angharad ap Hywel wedi hedfan mewn awyren breifat i Berlin yng nghwmni Dafydd Rogan. Treuliodd y ddau y rhan fwyaf o'r penwythnos yn trafod yr amserlen ar gyfer ymuno â'r Undeb Ewropeaidd, gan ganolbwyntio ar sicrhau benthyciad ariannol o'r Banc Ewropeaidd i sefydlogi'r economi yng Nghymru.

Hedfanodd y ddau i Loegr yn hwyr y prynhawn Sul hwnnw, gan ymuno â Wil Morgan a Cynan McClare yn Chequers i swpera gyda Dee John, Liam Fox a phrif drafodwyr y ddwy wlad, yn dilyn y trafodaethau cychwynnol ynghylch ysgariad Cymru a Lloegr. Ond cyn swper, penderfynodd y pedwar aelod o Lywodraeth Cymru gydgerdded yng ngerddi ysblennydd Chequers, i drafod canlyniadau'r trafodaethau yn Llocgr ac Ewrop. Cerddodd y pedwar mewn tawelwch am ganllath cyn dod at ymyl llyn bychan.

'Rwy'n gobeithio nad yw'r lle 'ma wedi'i fygio gan wasanaethau cudd Lloegr,' meddai Dafydd Rogan cyn troi at Wil a Cynan. 'Reit – beth oedd ar y fwydlen gan Dee John?' gofynnodd.

'Wel, fe ddechreuon ni gyda lleden chwithig a photel hyfryd o Chablis '86 ... on'do, Wil?' meddai Cynan.

Gwgodd Dafydd ar Wil.

'Wnest ti adael i hwn yfed dros y penwythnos, Wil?'

'Doedd dim byd allwn i ei wneud ... gawson ni'n gwahanu ... ac fe ddechreuodd ar y sheri yn ystod ei gyfarfod gyda Liam Fox bore ddoe,' atebodd Wil yn nerfus, gan wybod bod gwaeth i ddod.

Griddfanodd Dafydd.

'Ry'n ni am wybod beth oedd cynigion Dee John ar gyfer y broses annibyniaeth, Cynan,' meddai Angharad yn bendant.

Camodd Wil at Angharad.

'Fe wnaethon ni ddilyn dy gyfarwyddiadau yn llythrennol, a gwneud yn siŵr ein bod ni'n gwarchod Cymru gyfan, o afon Menai i afon Taf,' sibrydodd wrthi.

'Be ti'n feddwl, "yn llythrennol"?' gofynnodd Dafydd yn amheus.

'Ein swyddogaeth ni oedd ceisio cael y cytundeb gorau i Gymru,' meddai Cynan. 'Fe fyddwn ni'n colli £14bn y flwyddyn mewn grantiau o Loegr dan fformiwla Barnett pan fyddwn ni'n gwahanu oddi wrth Lloegr. Felly, pan gynigodd Dee John a Liam Fox dalu swm o £100bn i Gymru, roedden ni'n teimlo ei fod yn gynnig rhy dda i'w anwybyddu,' meddai Cynan, gan edrych ar Wil.

'Do'n i ddim yn siŵr i ddechrau, ond pan gofiais i dy eiriau olaf di cyn imi fynd ar yr awyren bore ddoe, Angharad, penderfynais y dylen ni fachu ar y cyfle,' meddai Wil.

'Ac ro'n i'n cytuno'n llwyr gyda Wil fod dy syniad di'n un gwych,' meddai Cynan.

'Oedd hyn cyn neu ar ôl yr ail botelaid o Chablis neu Chateauneuf du Pape?' gofynnodd Dafydd yn wawdlyd.

'Beth oedd y cynnig, Wil?' gofynnodd Angharad yn bryderus.

'Roedd Dee John ... ym ... am inni, wel, ildio ychydig o dir i Loegr ... yn bennaf, ym ... y rhannau oedd dim wedi pleidleisio dros annibyniaeth,' meddai Wil, gan lyncu ei boer a cheisio osgoi dal llygaid Angharad. 'A phan ... wel, pan gofiais i beth ddwedaist ti, sef y dylwn i warchod Cymru o afon Menai i afon Taf, ro'n i'n gwybod bod y ddwy ohonoch chi wedi cael yr un syniad. Ac yna mi gofiais i eiriau'r Salmydd, "Bydded i'r dyfroedd guro dwylo, bydded i'r mynyddoedd ganu'n llawen gyda'i gilydd...", ac mi wyddwn i ym mêr fy esgyrn ei fod yn beth da.'

'Ond ... dim ond ffordd o siarad am warchod Cymru gyfan oedd hynny, Wil,' meddai Angharad yn anghrediniol.

'Pa dir yn union ydyn ni'n sôn amdano?' gofynnodd Dafydd.

'Dim ond ... ym, beth oedd e nawr? Wel, Blaenau Gwent, Torfaen, Mynwy, Casnewydd, Caerdydd a Bro Morgannwg ... mae'r cyfan i'r dwyrain o afon Taf,' atebodd Wil, cyn i Cynan roi ei big i mewn.

'... Fe gynigiodd e drosglwyddo'r tir i'r gorllewin o afon Menai hefyd.'

'Yn union fel yr awgrymaist ti, Angharad. Ond doedd dim llawer o ddiddordeb gan Dee John yn Ynys Môn, am ryw reswm,' meddai Wil.

Bu tawelwch llethol am ennyd, cyn i Dafydd ddechrau chwerthin yn uchel.

'Da iawn. Ffraeth ar y naw. Nawr, beth oedd cynnig go iawn Dee John?'

Ond yn raddol, sylweddolodd Angharad a Dafydd, o weld ymateb Wil a Cynan, nad tynnu coes yr oedden nhw.

'Diolch byth mai dim ond ar lafar y gwnaethoch chi gytuno i hyn,' meddai Dafydd, ar ôl dal ei ben yn ei ddwylo am eiliadau hir.

'Wel, roedden nhw'n awyddus iawn inni arwyddo ... ac fe arwyddon ni gytundeb ewyllys da yn ystod y cwrs caws, bisgedi a phort,' meddai Cynan.

'Beth?'

'Roedden nhw'n bygwth cydweithio â'r megagorfforaethau i danseilio'n rhyddid,' meddai Wil, gyda dagrau'n cronni yn ei lygaid. 'Doedd ganddon ni ddim dewis.'

'Mae gen ti wastad ddewis, y ffŵl. Mae'r Saeson wedi

defnyddio'r un tric ag y gwnaethon nhw gyda Gweriniaeth Iwerddon ganrif yn ôl ... ry'n ni wedi colli chwe sir!' taranodd Dafydd Rogan.

'Ond Cynan ... Wil ... fydd pleidleiswyr Cymru ddim yn derbyn hyn,' meddai Angharad yn dawel, gan geisio rheoli'i thymer.

'Reit. I ddechrau, bydd yn rhaid i'r meddwyn yma ymddiswyddo ar unwaith,' gwaeddodd Dafydd, gan bwyntio at Cynan. 'Os bydd Llywodraeth Lloegr yn rhyddhau gwybodaeth am y cytundeb hwn i'r wasg, fe allwn ni honni ei fod wedi cael ryw fath o *breakdown* o ganlyniad i bwysau'r ymgyrchu yn ystod y refferendwm,' ychwanegodd yn chwyrn. Trodd i wynebu Cynan '... ac fe alli di ail-dyfu dy farf, hwpo bys lan dy din ac ail-ffurfio'r Halwyr ...'

'Yr Helwyr oedd enw'r grŵp,' mynnodd Cynan.

'Ro'n i'n iawn y tro cyntaf,' atebodd Dafydd cyn troi at Wil, oedd yn sefyll a'i ben yn ei blu.

'Os felly, bydd yn rhaid imi ymddiswyddo am fy mod i wedi arwyddo'r cytundeb hefyd,' meddai hwnnw'n dawel.

Edrychodd Dafydd yn wyllt ar Wil.

'Llongyfarchiadau, Willie – fe fyddi di'n ôl yn pregethu o flaen dau bensiynwr a thun o sbageti yn dy gapel yn Aber-twll-tin yr amser yma wythnos nesaf,' meddai.

'Paid â 'ngalw fi'n Willie ..' dechreuodd Wil, ond roedd Dafydd eisoes wedi troi at Angharad.

'Ddwedes i wrthot ti mai camgymeriad oedd gwneud rhywun sydd erioed wedi gadael ei bulpud, heb sôn am Gymru, yn Weinidog Tramor,' ysgyrnygodd.

'Mae hynna'n annheg. Dwi'n mynd i Oberammergau efo'r capel bob deng mlynedd,' meddai Wil.

'Ewch yn ôl i fanna,' gwaeddodd Dafydd, gan bwyntio at adeilad Chequers, 'a dwedwch eich bod chi wedi gwneud camgymeriad. Ry'ch chi wedi colli chwarter poblogaeth Cymru – 700,000 o bobl – drwy gytuno i hyn.'

Anwybyddodd Wil eiriau Dafydd a throi at Angharad. Erbyn hyn roedd wedi gwelwi ac yn crynu drwyddo.

'Be ydw i wedi'i wneud, Angharad? Ro'n i am achub ein cenedl ac amddiffyn y bobl rhag llid y Saeson. Ond dyna'r unig gynnig oedd ar y bwrdd ... a sut arall allwn ni gynnal y wlad yn ariannol, yn enwedig o gofio na fydd yr Undeb Ewropeaidd yn cefnogi'n haelodaeth os nad yw Cymru mewn sefyllfa ariannol gref,' meddai.

'Y geiriau olaf ddwedaist ti wrtha i, Angharad, oedd ei bod hi'n bwysig cael rhyw fath o ymrwymiad ariannol gan Loegr. A dyna'n union wnaethon ni,' ychwanegodd Cynan.

Ochneidiodd Angharad. 'Bydd yn rhaid inni ymddiswyddo a galw etholiad os ydyn ni'n cyfaddef i'r siop siafins hyn!' meddai.

'A cholli ein hunig gyfle o bosib i gael rhyddid i Gymru? Na,' meddai Dafydd. Bu'n camu yn ôl ac ymlaen gan grychu'i dalcen am gyfnod. Yna trodd at Angharad. 'Efallai y gall hyn weithio o'n plaid. Dyw'r Undeb Ewropeaidd dim yn fodlon inni ymuno â nhw oni bai ein bod ni'n gallu profi nad ydy Cymru'n fethdalwr,' meddai. Dyna oedd canlyniad y trafodaethau a gafodd Angharad ac yntau ym Merlin y penwythnos hwnnw. 'Weithiau mae'n rhaid cymryd camau eithafol i achub y genedl,' ychwanegodd.

'Hmmm. Os oedd e'n ddigon da i Hywel Dda mae'n ddigon da i mi. *Pura Wallia* amdani felly.' meddai Angharad yn dawel.

'Neu *Pura Wallia Plus* 2.0,' fel y bydda i'n ei werthu,' atebodd Dafydd yn hyderus.

III

Ddyddiadur annwyl. Methais gysgu o gwbl neithiwr. Mae camgymeriadau Wil a Cynan wedi rhoi ein cenedl mewn sefyllfa gythryblus, a dwi ddim yn sicr a allwn ni oroesi'r dyddiau nesaf. Bu'n rhaid imi gael sgwrs hir gyda Wil i'w gysuro a cheisio ail-ennyn ei hunanhyder ar gyfer y frwydr sydd o'n blaenau. Mae gan Wil egwyddorion, sy'n beth clodwiw iawn, ond yr egwyddorion hynny yw gwendid pobl o'r fath pan fyddan nhw'n dod wyneb yn wyneb â phobl ddidostur, boed hynny'n Wil yn wynebu Dee John, Chamberlain yn wynebu Hitler, neu Michael Collins yn wynebu Lloyd George.

Roedd fy sgwrs gyda Cynan yn un fyrrach o lawer. Roedd Dafydd am imi gael gwared ohono. Ond mae'n bwysig ein bod ni'n cefnogi'n gilydd dros y cyfnod anodd sydd i'w ddod. Caiff Cynan aros – am y tro, o leiaf. Mae'n rhaid inni wneud y gorau o'r gwaethaf. Efallai, yn y dyfodol, y gallwn ailgipio'r diriogaeth a'r bobl y byddwn ni'n eu colli heddiw. Ond efallai mai dyna'r pris sy'n rhaid inni ei dalu i gael rhyddid i'n cenedl.

Ond mae llygedyn o obaith, ddyddiadur ffyddlon. Mae'n ddiwrnod dathlu'r Santes Wivina, a fu farw yn 1170. Adeiladodd honno leiandy gyda help llond llaw yn unig o fynachod tlawd. Ffynnodd y lleiandy ar ôl cyfnod o lymder ar y dechrau. Rwy'n gobeithio y byddaf i a'm mynachod tlawd yr un mor ffodus.

Dydd Llun 25 Medi, 11yb

'Croeso i'r rhaglen a fydd yn datgelu dyfodol ein cenedl. Diolch o galon ichi am ymuno â ni, gyfeillion,' meddai'r cyflwynydd profiadol Llewelyn Llwyd, '...ac yn cadw cwmni i mi, ac wrth gwrs, yn cadw cwmni i chi, mae'r Athro Peredur Hurt o Brifysgol Caerdydd a'n Golygydd Materion Cymreig, Gwilym ap Dafydd,' ychwanegodd, gan wenu'n siriol i gyfeiriad y camera. 'Fe ddychwelwn ni at Peredur a Gwilym ar gyfer y *post mortem*, fel petai, ond draw â ni nawr at stepen drws 10 Stryd Downing, lle mae'r Prif Weinidogion ar fin cyhoeddi datganiad hanesyddol.'

* * *

Roedd hi'n fore braf yn Llundain, a safai Prif Weinidog Cymru a Phrif Weinidog Lloegr ochr yn ochr â'i gilydd yn yr heulwen y tu ôl i bodiwm. Nid oedd y naill na'r llall yn gwenu wrth i Dee John ddechrau traddodi. Datganodd yn swrth y byddai Cymru'n gwahanu'n swyddogol oddi wrth Lloegr ymhen deunaw mis, ar y cyntaf o Fawrth 2030, a byddai'r trafodaethau ynglŷn â'r gwahanu'n parhau dros y flwyddyn ganlynol.

Camodd Angharad ap Hywel ymlaen at y podiwm, a datgan bod yr Undeb Ewropeaidd, yn dilyn trafodaethau'r penwythnos, wedi cytuno i gais Cymru i ymuno â'r Undeb Ewropeaidd am fod Cymru, yn sgil y cytundeb arfaethedig gyda Lloegr, yn cwrdd â'r meini prawf ariannol.

Oedodd Angharad ap Hywel am eiliad cyn ychwanegu, dan deimlad:

'Mae Cymru'n gallu cwrdd â'r meini prawf ariannol am fod Cymru a Lloegr wedi cytuno y bydd Llywodraeth Cymru'n trosglwyddo chwe sir fwyaf dwyreiniol y wlad; Bro Morgannwg, Caerdydd, Casnewydd, sir Fynwy, Torfaen a Blaenau Gwent, i Loegr ar 1 Mawrth 2030, am iawndal o oddeutu £100bn. Mae Llywodraeth Cymru wedi penderfynu cytuno i ofynion Llywodraeth Lloegr gyda chalon drom. Roedd y rhan fwyaf o bleidleiswyr y chwe sir dan sylw wedi dewis un ai peidio â phleidleisio, neu bleidleisio yn erbyn annibyniaeth, yn y refferendwm ddydd Iau diwethaf. Mae Llywodraeth Lloegr o'r farn nad yw mwyafrif y bobl sy'n byw yn y siroedd hynny am fod yn rhan o'r Gymru newydd. O ganlyniad does dim dewis gan Lywodraeth Cymru ond ildio i ddymuniad Llywodraeth Lloegr, a throsglwyddo perchnogaeth y chwe sir i ddwylo'r wlad honno. Bydd y cam hwn, wrth gwrs, yn sicrhau buddsoddiad allanol yn ardaloedd diwydiannol y de-ddwyrain. Bydd yr iawndal yn galluogi Llywodraeth Cymru i greu banc cenedlaethol, a denu grantiau cyfalaf Ewropeaidd ar gyfer prosiectau a fydd yn adfywio economi Cymru.'

Trodd Angharad ap Hywel a Dee John ar eu sodlau a dychwelyd yn gyflym trwy ddrws 10 Stryd Downing.

Yn ôl yn y stiwdio, syllodd Llewelyn Llwyd yn gegagored ar y monitor am eiliad cyn troi at yr Athro Peredur Hurt a Gwilym ap Dafydd.

'Peredur ... Gwilym ... mae'n edrych yn debyg bod y ddau ohonoch chi'n anghywir, a hynny am yr eildro, fel petai,' meddai.

Gwgodd yr Athro Hurt arno.

'Na ... rwy wedi datgan bod 'na bosibilrwydd y gallai Angharad ap Hywel greu rhyw fath o *Pura Wallia* mewn sawl erthygl yn ... yn ... yn ystod y misoedd diwethaf,' meddai.

'Ac fel newyddiadurwr, rwy'n hollol ddiduedd, wrth gwrs, ac ymateb i'r posibiliadau yn unig yw fy swyddogaeth i,' meddai Gwilym ap Dafydd yn amddiffynnol.

'Y cwestiwn mawr a fydd ar wefusau pawb yn y chwe sir, ac ar fy ngwefusau innau hefyd yw – a ydyn ni'n parhau i fod yn Gymry?' gofynnodd Llewelyn Llwyd i'r ddau syfrdan.

'Fe fyddan nhw, a chithau, yn Gymry tan y cyntaf o Fawrth 2030, ond wedi hynny, fe fyddan nhw, a chithau Llewelyn, yn Saeson ... yn dechnegol,' meddai'r Athro Peredur Hurt, a oedd yn hynod falch erbyn hyn ei fod wedi symud i fyw i Landeilo'r flwyddyn cynt.

'Mae gen i gartref yma yng Nghaerdydd, ond mae gen i hefyd dŷ haf yn y Felinheli. Ydy hynny'n golygu y bydda i'n hanner Cymro, Gwilym?' gofynnodd Llewelyn.

'Y gwir amdani yw ... tydw i ddim yn gwybod, Llewelyn.'

Dydd Llun 25 Medi, 12yp

Roedd pethau wedi tawelu ar strydoedd de Cymru dros y penwythnos wrth i'r trigolion aros am ganlyniadau'r trafodaethau rhwng Llywodraethau Cymru a Lloegr. Ond yn dilyn y datganiad yn Stryd Downing ni fu'n hir cyn i arweinydd AnGaLl (Arweiniad Newydd i Gymru a Lloegr), Justin Bellows, gyflwyno'i sylwadau i'r newyddiadurwr profiadol Lenny Meredith.

Safai Justin Bellows o flaen ei siop greiriau yn ardal y Rhath yng Nghaerdydd. Cyn iddo droi at wleidyddiaeth, roedd wedi gwneud ei arian yn gwerthu creiriau ar-lein, gan ganolbwyntio ar greiriau milwrol megis cleddyfau, gynnau, medalau a lifrai. Cymerodd gam neu ddau ymlaen, gan obeithio y byddai blaen y siop i'w weld ar y sgrin, er mwyn cael hysbyseb rhad ac am ddim.

'Mr Bellows. Beth yw eich ymateb i benderfyniad y ddau Brif Weinidog y bore 'ma?' gofynnodd Lenny, gan wthio'i feicroffon o dan drwyn Justin.

'Wel, mae hi braidd yn gynnar imi ymateb ar hyn o bryd, Lenny. Bydd yn rhaid imi gysylltu â gweddill aelodau AnGaLl cyn rhoi ymateb ffurfiol yn ystod y diwrnod neu ddau nesaf,' atebodd Justin.

'Os felly, pam wnaethoch chi roi'r neges ganlynol ar eich tudalen Facebook ryw hanner awr yn ôl? Rwy'n dyfynnu'n uniongyrchol fan hyn: "Os yw Angharad ap Hywel a'i charfan o genedlaetholwyr rhemp wedi penderfynu cael gwared â'r bobl sydd ddim am fod yn rhan o'u harbrawf gorffwyll, efallai y dylen ni gael gwared â nhw o'r rhan hon o Loegr cyn gynted â phosib".'

Lledodd anghrediniaeth ar draws wyneb Justin Bellows.

'Ond dwi ddim wedi rhoi unrhyw neges o'r fath! O ble gawsoch chi'r wybodaeth?' gofynnodd, cyn i Lenny Meredith dorri ar ei draws.

'A beth am y sylw canlynol anfonoch chi at eich dilynwyr Trydar ryw chwarter awr yn ôl? "Pam aros tan y cyntaf o Fawrth 2030? Rwy'n dweud y dylen ni ddechrau ar y gwaith o ddatgymreigio'r chwe sir yn syth. Blwyddyn Sero amdani",' dyfynnodd Lenny Meredith am yr eildro, gan ddangos y trydariad ar ei ffôn symudol i brif wladweinydd AnGaLl.

'Blwyddyn Sero? Ond wnes i ddim dweud dim byd o'r fath,' meddai Justin, gan syllu'n syn ar y neges drydar. 'Rwy'n cael fy nghyhuddo ar gam fan hyn,' ychwanegodd.

O gornel ei lygad, gwelodd gar heddlu'n parcio tua ugain llath i ffwrdd a thri phlismon yn dod allan o'r cerbyd gan gamu'n gyflym tuag ato.

'Rydym wedi derbyn adroddiadau yn ystod y munudau diwethaf bod rhai siaradwyr Cymraeg wedi dioddef ymosodiadau gan eich dilynwyr chi yng nghanol Caerdydd. Beth yw eich ymateb chi i hynny?' gofynnodd Lenny. Ond ni chafodd Justin gyfle i ateb.

'Mr Justin Bellows. Rydym yn eich arestio o dan Ddeddf Gwrthderfysgaeth 2021 am anfon negesuon sy'n ysgogi eraill i gyflawni gweithredoedd terfysgol ...' meddai un o'r plismyn, wrth i Justin Bellows wadu'r cyhuddiadau mewn llais uchel.

Awr yn ddiweddarach, dechreuodd pobl ymgasglu ym Mae Caerdydd i gynnal gorymdaith i gyfeiriad y Senedd.

Dydd Llun 25 Medi, 3yp

Nid oedd gan Barry Abbott unrhyw syniad bod gorymdaith yn digwydd oddeutu chwarter milltir o'r garej roedd yn berchen arni ym Mae Caerdydd. Ar y pryd, roedd ynghanol ffrae danllyd gydag un o'i gwsmeriaid ynghylch pris serfis roedd wedi'i gyflawni ar sgwter *mobility* y cwsmer.

'Diawch, ychan, allen i fod wedi prynu sgwter newydd am y pris rwyt ti newydd 'i godi,' meddai'r cwsmer; dyn byr, tew yn ei saithdegau.

'Shgwla 'ma, Dai, wnes i'r serfis fel ffafr. Byddet ti wedi gorfod talu llawer mwy 'set ti wedi cael serfis gyda'r gwneuthurwr.'

'Pwff! Falle dest ti bant 'da'r *jury* am yr *armed robbery* 'na yn swyddfa bost Llanarthne bum mlynedd yn ôl, ond 'dyw hynny ddim yn rhoi'r hawl iti gyflawni *daylight robbery*, ychan,' meddai Dai.

Closiodd Barry at Dai a sibrwd yn ei glust.

'Shgwla di 'ma, Dai ... rwyt ti'n lwcus dy fod ti wedi colli defnydd o dy goese yn y ddamwain beiler 'na chwe mis yn ôl, neu 'sen i'n eu torri nhw bant nawr ... ond falle wna i'r tro 'da torri dy freichie di,' meddai Barry.

'*Cut*,' gwaeddodd y cyfarwyddwr, Aneirin Richards, gan gamu o'i safle y tu ôl i'r camera i gael gair gyda'r ddau actor. 'Gwych iawn... ond falle gallai Barry roi ychydig bach mwy o fygythiad yn ei lais,' awgrymodd.

'*Certainly. Absolutely*, Aneirin,' atebodd yr actor oedd yn chwarae rhan y dihiryn Barry Abbott yn y gyfres opera sebon hirhoedlog, *Pobol y Cwm.*

'A falle y gallai Dai edrych ychydig yn fwy ofnus?' awgrymodd y cyfarwyddwr.

Daeth yr actor oedd yn chwarae cymeriad Dai oddi ar ei sgwter i wynebu'r cyfarwyddwr.

'A fydde Dai'n gwneud 'ny? Rwy wedi chwarae'r rhan yma ers bron i ddeng mlynedd ar hugain, ti'n gwbod ...' dechreuodd.

'Rho gynnig arni,' meddai'r cyfarwyddwr yn swta cyn mynd yn ôl i'w safle y tu ôl i'r camera.

Aeth Dai yn ôl i eistedd ar ei sgwter *mobility* heb ddweud gair.

'O'r gorau. Pawb yn barod ... *action*,' gwaeddodd Aneirin Richards.

'Diawch, ychan, allen i fod wedi prynu sgwter newydd ...' dechreuodd Dai, ond ni orffennodd y frawddeg.

Gwelodd y criw ffilmio oddeutu deugain o bobl yn rhedeg i lawr prif stryd Cwmderi. Dechreuodd y dorf fechan ddinistrio ffenestri siop Dere i Dorri gan weiddi 'Welsh Out of England,' cyn ymosod ar yr hanner dwsin o ecstras oedd yn cerdded yn y cefndir y tu ôl i'r garej.

Yn reddfol, dechreuodd Aneirin a gweddill y criw redeg nerth eu traed tuag at y man lloches agosaf, sef y Deri Arms. Llwyddodd Aneirin, y dyn camera symudol a'r dyn sain i gyrraedd y dafarn, a chau a chloi'r drws ar eu holau. Gwelsant drwy'r ffenestri fod y dyrfa wedi cael gafael ar Barry Abbott, oedd yn cael ei ddyrnu'n ddidrugaredd, tra bod Dai yn ceisio dianc ar ei sgwter.

Roedd Aneirin wastad wedi bod o'r farn bod actorion y gyfres yn bobl faldodus a rhwysgfawr. Ond teimlai barch mawr tuag at yr actor oedd yn chwarae rhan Dai ar y funud honno. Gallai hwnnw fod wedi codi oddi ar ei sgwter a rhedeg i ffwrdd, ond roedd yr hen drŵper wedi mynnu parhau yn ei gymeriad. Gwaeddodd, 'arhoswch nes bod y *committee*'n clywed am hyn,' a gwasgu sbardun ei sgwter, cyn i'r dorf ei ddal a'i ddyrnu yntau'n ddidrugaredd hefyd.

Gwyliodd Aneirin a'r ddau arall y terfysgwyr yn dinistrio'r

set, gan obeithio na fyddai neb yn sylwi arnyn nhw'n cuddio yn y dafarn. Ond yn fuan, gwelsant fod oddeutu ugain o'r dyrfa yn rhuthro tuag at ddrws y Deri Arms. Oedodd y rheiny am ychydig pan glywsant sŵn llafnau hofrennydd uwchben.

Rhuthrodd Aneirin i fyny grisiau'r dafarn ffug. Roedd yn ffodus mai ef oedd y cyfarwyddwr a ffilmiodd yr olygfa ddirdynnol honno pan wnaeth y landlord fygwth neidio oddi ar y to wedi iddo golli'r dafarn i Barry Abbott mewn gêm o gardiau bum mlynedd ynghynt. Cofiodd fod ffenestr wedi'i gosod yn y nenfwd bryd hynny.

Cyrhaeddodd Aneirin a'r ddau arall y ffenestr wrth i'r dyrfa islaw lwyddo i dorri trwy ddrws y Deri Arms. Gwthiodd Aneirin y ffenestr ar agor gan glywed sŵn traed y terfysgwyr yn rhedeg i fyny'r grisiau. Llwyddodd i wthio'i hun drwy'r ffenestr, cyn troi i helpu'r ddau arall. Ond yn rhy hwyr. Roedd y terfysgwyr wedi cael gafael ar y dyn camera a'r dyn sain.

Caeodd Aneirin y ffenestr yn glep. Edrychodd i fyny a gweld hofrennydd uwch ei ben ac un arall yn hofran tua chanllath i ffwrdd. Gwelodd fod dyn yn disgyn yn araf ar raff o'r hofrennydd oedd uwch ei ben. Estynnodd hwnnw i lawr a llwyddo i osod harnais am Aneirin, cyn i'r rhaff eu codi ill dau i ddiogelwch y caban.

Hanner munud yn ddiweddarach roedd Aneirin yn eistedd yn ddiogel yn yr hofrennydd. Edrychodd i wyneb ei achubwr am y tro cyntaf.

'Diolch,' meddai, gan estyn ei law at y milwr a chyflwyno'i hun.

'Pleser. Fy enw i yw Kenny Loward ... ry'ch chi'n ddyn ffodus iawn,' meddai hwnnw yn Saesneg mewn acen gogledd-orllewin Lloegr, wrth i'r hofrennydd ddychwelyd i Sain Tathan.

Edrychodd Aneirin i lawr a gweld bod set y gyfres deledu erbyn hyn yn wenfflam. Dechreuodd wylo wrth feddwl am yr actorion a fethodd â ffoi. Er bod rhai o drigolion Cwmderi wedi pesgi ar Gymreictod a meddwi ar eu henwogrwydd, gwyddai Aneirin mai ei swyddogaeth ef, yn awr, oedd ysgrifennu am hanes cyflafan *Pobl y Cwm*, fel bod y Gymru newydd yn creu merthyron o'r actorion a fu farw y diwrnod hwnnw dros eu gwlad.

Y peth olaf a welodd Aneirin cyn i'r hofrennydd droi am Sain Tathan oedd Dai yn hongian yn gelain oddi ar sgaffalde siop Ewinedd Edwina.

* * *

SkyBBC oedd yn berchen ar yr ail hofrennydd, ac yn eistedd yn y sedd flaen, y drws nesa i'r peilot, ac yn darlledu'n fyw, roedd y newyddiadurwr Gwilym ap Dafydd.

'Ydych chi'n gwybod pwy gafodd eu hachub, Gwilym? Yw Dai'n ddiogel?' Clywodd Gwilym lais y darlledwr Llewelyn Llwyd drwy ei glustffonau.

'Gallaf gadarnhau erbyn hyn mai dim ond un o'r criw a oroesodd y gyflafan, ac nid Dai oedd hwnnw,' atebodd Gwilym. Roedd wastad wedi meddwl bod Dai a Benito Mussolini'n edrych yn syndod o debyg i'w gilydd, ac roedd yn od felly fod bywydau'r ddau wedi dod i ben yn yr un modd.

'Diolch o galon ichi, Gwilym ... rwy'n credu ein bod ni ar fin derbyn lluniau gan un o'n dronau sydd uwchben Amgueddfa Werin Sain Ffagan,' meddai Llewelyn Llwyd. Llanwyd y sgrin â lluniau o nifer o adeiladau'r amgueddfa werin ar dân.

'Ry'n ni'n derbyn adroddiadau bod Llys Llywelyn ar dân a bod Gwalia Stores wedi'i ddymchwel,' meddai, cyn troi at yr Athro Peredur Hurt. 'Peredur, diolch am ymuno â ni ar gyfer ein darllediad byw y prynhawn 'ma. Y cwestiwn mae pawb yn ei ofyn yw pa sefydliad Cymreig fydd yn cael ei dargedu nesaf. Rwy ar ddeall bod yr heddlu wedi llwyddo i warchod adeilad y Cynulliad.'

'Wel, Llewelyn, does dim dwywaith mai Canolfan y Mileniwm fydd y targed nesaf, fel y gwnes i ddarogan mewn neges destun i'm gwraig ddeng munud yn ôl ...' meddai'r Athro Hurt. Gyda hynny, clywyd swn torf yn gweiddi '*Welsh Out!*', a hynny yn y stiwdio.

'Wel, gallaf ddatgelu eich bod chi'n anghywir unwaith eto, Peredur. Mae gen i newyddion ecscliwsif i'r gwylwyr. Mae'n debyg mai stiwdios SkyBBC fan hyn yng nghanol Caerdydd fydd y targed nesaf,' meddai Llewelyn Llwyd. Trodd at yr Athro Peredur Hurt, ond roedd hwnnw eisoes wedi codi o'i sedd a rhedeg nerth ei draed i geisio dianc drwy gefn y stiwdio. Methodd â gwneud hynny mewn pryd, a chafodd ei fwrw'n anymwybodol gan dri o'r terfysgwyr. Gwelodd Llewelyn un arall o'r terfysgwyr yn dod tuag ato.

'Peidiwch â chwifio'r bat pêl-fas 'na yn fy wyneb i, gyfaill, rwy'n darlledu i'r genedl,' oedd y peth olaf a ddywedodd cyn i'r sgrin fynd yn ddu.

* * *

Mae wedi bod yn ddiwrnod arall tywyll yn hanes ein cenedl rydd ifanc, ddyddiadur annwyl. Mae'n drist gennyf orfod cofnodi'r trais sydd wedi digwydd ar strydoedd Caerdydd heddiw. Rwy'n teimlo'n ddi-rym wrth aros am yr awyren a fydd yn fy mghludo i, Wil, Cynan a Dafydd o faes awyr Awyrlu Lloegr yn Brize Norton. Rwy'n ofni y bydd Dee John yn manteisio ar y sefyllfa ac yn ceisio tanseilio awdurdod ein Llywodraeth. Mae'n edrych yn debyg mai grymoedd tywyll imperialaidd Lloegr sydd wedi gwneud y sefyllfa'n waeth drwy annog aelodau AnGaLl i ymfyddino. Mae'n rhaid imi feddwl am gynllun i atal cynlluniau Dee John. OND PA GYNLLUN? Mae'n edrych yn debygol y bydd y Gymru rydd yn farw cyn iddi godi ar ei thraed.

Dydd Llun 25 Medi, 3.05yp

Doedd Prif Weinidog Lloegr, Dee John, ddim yn un am bwyso ar ei rhwyfau. Pan welodd y terfysg yng nghanol Caerdydd ar y teledu yn lolfa 10 Stryd Downing, penderfynodd weithredu yn yr un modd ag y gwnaeth flwyddyn ynghynt, yn dilyn y terfysgoedd gwrth-dlodi ym Manceinion, Bryste a Lerpwl.

Trefnodd fod catrawd yn cael ei hanfon yn uniongyrchol o Henffordd, a hofrenyddion o Sain Tathan, i roi cymorth i'r heddlu a cheisio sefydlogi'r sefyllfa. Yna, ffoniodd Angharad ap Hywel i'w hysbysu ei bod hi'n bwriadu sefydlu'r ffiniau arfaethedig rhwng Cymru a Lloegr ar unwaith, i sicrhau na fyddai unrhyw un yn gallu dod i mewn na gadael y chwe sir.

Ar y pryd, roedd Angharad ap Hywel yn hedfan yn ôl o Lundain i Faes Awyr Caerdydd gyda'r tri aelod arall o'i chabinet mewnol. Penderfynwyd y byddai'n ddoeth dargyfeirio'r awyren i faes awyr ger Abertawe i sicrhau diogelwch y gwleidyddion.

'Mae'r terfysgwyr wedi rhoi esgus i Lywodraeth Lloegr gymryd rheolaeth o'r de-ddwyrain ... rwy'n amau mai nod Dee John yw honni bod fy Llywodraeth wedi colli rheolaeth o'r wlad, a chymryd grym mewn pwtsch fel y gwnaeth Sbaen yng Nghatalonia annibynnol y llynedd,' meddai Angharad.

'Fe fydd hi'n awr arall cyn inni allu gweithredu,' meddai Cynan McClare yn bryderus.

'Ond mae'n rhaid i'r rheiny sydd am ffoi o'r de-ddwyrain gael lloches yn y diriogaeth newydd,' meddai Angharad.

'Rhaid inni gysylltu â Beca Booth ar unwaith. Bydd yn rhaid i'r Gweinidog Cartref gymryd yr awenau nes inni gyrraedd Abertawe,' meddai Wil Morgan.

'Ond cyn hynny, rwyt ti'n gwybod mai dim ond un person all ein helpu ni nawr ...' meddai Dafydd Rogan, gan roi'r ffôn i Angharad ap Hywel.

Dydd Llun 25 Medi, 6yh

Wrth i'r adroddiadau am y terfysg yng Nghaerdydd ledu ar draws y cyfryngau cymdeithasol y prynhawn hwnnw, dechreuodd cannoedd o Gymry heidio tuag at y ffin newydd rhwng Cymru a Lloegr, er mwyn ceisio osgoi llid dilynwyr AnGaLl a'r anhrefn yn yr hen brifddinas. Ond dim ond llond dwrn ohonynt a lwyddodd i ddianc cyn i filwyr y fyddin Brydeinig osod rhwystrau ar draws y ffyrdd a arweiniai o'r chwe sir at siroedd y Gymru rydd ym Mhen-y-bont ar Ogwr, Rhondda Cynon Taf, Caerffili a Phowys. Roedd Dee John hefyd wedi mynnu bod Llynges Prydain yn anfon cychod i fyny afon Taf ac afon Gwy i sicrhau na fyddai unrhyw un yn ceisio croesi'r afonydd hynny i'r Gymru newydd.

Roedd y mwyafrif wedi penderfynu teithio i ddiogelwch y gorllewin ar hyd yr M4. Erbyn chwech o'r gloch y noson honno, roedd ciw yn ymestyn ugain milltir yn ôl i'r brifddinas. Safai platŵn arfog o oddeutu ugain milwr o flaen rhwystr ar yr M4 ar y ffin rhwng siroedd Caerdydd a Rhondda Cynon Taf, yn gweithredu'r gorchymyn y dylid atal dinasyddion newydd Lloegr rhag ymfudo i Gymru. Roedd yr ardal o dan gyfraith rhyfel.

Roedd Gweinidog Cartref y Gymru Newydd, Beca Booth, wedi bod yn pendroni beth allai ei wneud ynglŷn â'r sefyllfa, wrth iddi deithio o'i hetholaeth yng ngogledd Sir Benfro'r prynhawn hwnnw. Tywyswyd y Gweinidog yn ei char drwy'r traffig gan feicwyr Heddlu Dyfed Powys, nes iddynt gyrraedd yr ochr arall i rwystrau'r fyddin Brydeinig ar yr M4. Camodd Beca allan o'r car a mynd draw at yr uwch-gapten oedd yn rheoli'r platŵn oedd yn gyfrifol am warchod y rhwystr.

'Agorwch y rhwystrau a gadewch i'r bobl ddod trwyddynt,' meddai wrtho'n awdurdodol.

Edrychodd yr uwch-gapten ar Beca o'i chorun i'w sawdl.

'Pam? Pwy ydych chi?' gofynnodd yn sarrug.

'Fi yw'r Gweinidog Cartref.'

Gwenodd yr uwch-gapten yn gam.

'Dydych chi ddim yn edrych fel Jacob Rees-Mogg,' atebodd yn Saesneg.

'Gweinidog Cartref Cymru. Rwy'n mynnu eich bod chi'n gadael i bwy bynnag sydd am deithio i Gymru wneud hynny,' meddai Beca, gyda thinc o rwystredigaeth yn ei llais.

'Ond rydw i'n sefyll ar dir Lloegr ... ac mae ein Prif Weinidog ni wedi cyhoeddi fel arall y prynhawn 'ma,' meddai'r uwch-gapten yn sur. 'A phwy yn union sy'n mynd i fy nghorfodi i gael gwared â'r rhwystr? *You and who's army, Minister?*' ychwanegodd yn wawdlyd.

Gyda hynny, o gyfeiriad y gorllewin, clywyd sŵn hofrennydd – yn wir, sŵn dwsin o hofrenyddion. Ymhen ychydig funudau roeddent yn hofran uwchben, cyn glanio ar y draffordd.

Gwenodd Beca Booth. Ddwyawr ynghynt roedd Angharad ap Hywel wedi ffonio Prif Weinidog yr Alban, Moira Haddock, a gytunodd i anfon tair catrawd o filwyr yr Alban i helpu i ddiogelu a gwarchod tiriogaeth y Gymru ifanc.

Camodd milwyr yr Alban, oedd wedi teithio o'u gwersyll ger Caeredin, allan o'u hofrenyddion ac amgylchynu'r platŵn o ugain milwr o Loegr. Tri chan chwe deg tri ddaeth i'r draffordd, ffraeth eu llu.

Trodd Beca Booth i wynebu'r uwch-gapten.

'Ddweda i wrthoch chi pa fyddin fydd yn eich gorfodi i gael gwared â'r rhwystr ... y fyddin Geltaidd,' meddai.

Amneidiodd yr uwch-gapten ei ben yn anfodlon cyn galw ar ei blatŵn i ddatgysylltu'r rhwystrau. Fel gweithred symbolaidd, camodd Beca Booth ymlaen i helpu gyda'r gwaith. Yn fuan wedi hynny, dechreuodd y cerbydau ar y draffordd symud i diriogaeth Cymru.

Y noson honno, yn dilyn sgwrs ffôn hir rhwng Angharad ap Hywel a Dee John, cyhoeddodd y ddwy wlad fod Cymru'n annibynnol o'r diwrnod hwnnw ymlaen. Roedd Dee John yn fodlon am ei bod o'r farn y byddai Cymru'n methu'n ariannol o fewn chwe mis. Bryd hynny, byddai'r Llywodraeth yn dymchwel, gan arwain at refferendwm arall.

Nid oedd Angharad ap Hywel yn fodlon ei byd. Serch hynny, roedd hi a'i Gweinidogion wedi gwneud y gorau o'r gwaethaf, gan sicrhau y byddai Cymru'n parhau am ychydig eto.

III

Dydd Mercher 25 Medi, 10yh

Tawelodd y sefyllfa gythryblus yn y de-ddwyrain dros y ddeuddydd canlynol. Cyhoeddodd Dee John y byddai ei llywodraeth yn cynyddu'r buddsoddiad mewnol dros y flwyddyn ganlynol o fewn y chwe sir oedd erbyn hyn yn rhan o Loegr, i leddfu'r ergyd economaidd yn sgil cael eu gwahanu o Gymru.

Fodd bynnag, roedd y berthynas rhwng Cymru a Lloegr yn parhau i fod yn oeraidd iawn, gyda milwyr yr Alban yn dal i herio milwyr Lloegr ar y ffin rhwng y ddwy wlad.

'Dwi ddim yn siŵr faint o help ariannol allwn ni gynnig i bobl sydd am symud i Gymru o'r chwe sir,' meddai'r Canghellor, Cynan McClare, gan chwarae gyda'i gyfrifiannell. Eisteddai gyda Beca Booth, Wil Morgan, Dafydd Rogan ac Angharad ap Hywel yn ystafell dros dro y cabinet yn adeilad y cynulliad ym Mae Abertawe. 'Mae colli'r chwe sir yn golygu ein bod yn colli 700,000 o bobl – bron i chwarter ein poblogaeth– sy'n golygu y byddwn ni'n cael llai o drethi na'r disgwyl. Mae angen ffynhonnell ariannol arall arnon ni. Does ganddon ni ddim adnoddau fel olew'r Alban, nag ychwaith goeden arian hud,' ychwanegodd.

'Fe allen ni honni bod 'na bosibilrwydd cryf bod olew ym Mae Ceredigion,' awgrymodd Dafydd Rogan, wedi i'r pump eistedd mewn tawelwch am funud.

'Ond dyw hynny ddim yn wir, ydy e?' gofynnodd Beca Booth.

'Na. Ond byddai'n prynu amser ac yn cynyddu hyder pobl y gall Cymru oroesi'n economaidd petaen nhw'n meddwl bod ganddon ni ffynhonnell ariannol annibynnol,' atebodd Dafydd. 'Byddai'n weddol rwydd creu dogfen amwys ynghylch olew yn y moroedd oddi ar arfordir Cymru.'

'Ond celwydd ... newyddion ffug ... fyddai hynny,' meddai Wil.

'Yn hollol. Ond pa ots? Dyw cenedl ddim yn bodoli oni bai bod pobl yn credu ynddi. Wedi'r cwbl, nid dyna fyddai'r tro cyntaf inni wneud hynny.'

Trodd Dafydd i weld yr ymateb ar wyneb Angharad, oedd yn eistedd wrth ei ymyl.

'Be wyt ti'n ei olygu, Dafydd?'

'Fel y dwedodd Lenin yn ystod y chwyldro yn Rwsia, y ffordd orau i reoli'ch gwrthwynebwyr yw eu harwain eich hun. Mater bach oedd imi drefnu i ddefnyddio cyfrifon Facebook a Trydar Justin Bellows ac anfon y negeseuon a arweiniodd at y terfysg,' meddai Dafydd. Chwifiodd ei ffôn yn yr awyr ac edrych o'i amgylch ar aelodau'r cabinet. 'Peidiwch â phoeni. Fydd neb yn gallu olrhain tarddiad y negeseuon .. a pheidiwch ag edrych mor syn arna i. Mae fy nghynllun wedi gweithio i'r dim. Rwy wedi llwyddo i gael annibyniaeth i Gymru dros nos,' meddai gan chwerthin. Gosododd y ffôn ar y bwrdd a chodi o'i sedd.

'Ond mae nifer o bobl wedi gorfod gadael eu cartrefi i ffoi dros y ffin,' meddai Cynan.

'... a mwy na thebyg wedi'u colli nhw am byth,' ychwanegodd Beca.

' ... ac mae nifer o bobl wedi colli gwaed ...' meddai Wil yn dawel.

'... a rhai wedi colli eu bywydau,' cytunodd Beca, gan godi ar ei thraed. 'Pwy roddodd yr hawl i ti benderfynu ar y ffordd orau o sicrhau ein rhyddid? Dwyt ti ddim hyd yn oed wedi dy ethol gan y bobl,' taranodd.

'Mae Beca'n iawn, Dafydd. Rwyt ti wedi gweithredu mewn modd hollol annemocrataidd,' meddai Angharad yn dawel.

Gwenodd Dafydd ar y pedwar a siglo'i ben.

'A diolch byth am hynny,' meddai, gan bwyntio at Cynan a Wil. 'Gwnaeth Syr Wynff a Plwmsan fan hyn smonach o bethau yn Chequers – ac rwyt ti, Angharad, wedi ymateb yn drwsgl i gynlluniau cyfrwys Dee John. Dy'ch chi ddim yn deall, ydych chi? Mae'n rhaid colli gwaed yn ystod chwyldro. Does dim ots am y dulliau a ddefnyddir. Mae Cymru erbyn hyn yn wlad hollol annibynnol, a hynny ddeunaw mis yn gynharach na'r disgwyl.'

'Ai ti sydd wedi cyflawni'r chwyldro? Neu wyt ti wedi cael help allanol i gyflawni'r gwaith?' gofynnodd Angharad, gan roi ei dwy law ar y bwrdd o'i blaen.

'Alla i ddim dweud dim ar hyn o bryd, ond rwy'n siŵr y bydd pennaeth penfoel un o wledydd Dwyrain Ewrop yn fodlon dangos ei ddiolchgarwch pan fydd ein sefyllfa ariannol ni'n gwaethygu.'

Erbyn hyn roedd Angharad wedi symud ei dwylo ac wedi'u gosod o dan y bwrdd.

'Na. Dwi ddim am i'r Gymru Newydd ddechrau ar gelwydd, nac am iddi fod yn ddibynnol ar unrhyw wlad arall am ei heinioes,' meddai.

'Pa gelwydd? Mae celwydd sy'n cael ei adrodd yn ddigon aml yn troi'n wirionedd. Pam wnaeth dy blaid di ennill yr etholiad ddwy flynedd yn ôl, ac ennill annibyniaeth wythnos yn ôl? Yn syml, am fod pobl yn fodlon credu dy gelwydd di yn hytrach na chredu celwydd unrhyw blaid arall,' meddai Dafydd yn hunangyfiawn. 'Dyna pam mai'r unig ddewis yw honni bod 'na bosibilrwydd cryf bod olew ym Mae Ceredigion.'

'Rwy'n credu bod mwy nag un dewis. Wnaiff celwydd mo'r tro, Dafydd,' meddai Angharad, gan godi ei dwylo uwchben y bwrdd. Erbyn hyn roedd hi'n dal ffôn Dafydd yn ei llaw chwith. 'Dyna ni. Anfon,' meddai, cyn gwasgu botwm ar y ffôn. Edrychodd Dafydd arni'n wyllt. 'Rwy newydd anfon neges ar dy gyfrif Trydar yn datgan dy fod newydd ymddiswyddo fel pennaeth cysylltiadau cyhoeddus Llywodraeth Cymru. Efallai na alla i brofi dy fod wedi torri'r gyfraith ond mi wna i 'ngorau glas i wneud hynny,' ychwanegodd.

'Rwyt ti wedi gwneud camgymeriad anferth, Angharad. Rwyt ti angen fy help i i gadw'r boblogaeth yn ufudd. Dy'n nhw ddim am glywed y gwir, yn enwedig y ffaith fod Cymru'n fethdalwr.'

'Efallai. Ond mae 'na fyd o wahaniaeth rhwng ceisio darbwyllo pobl i gredu yn ein polisïau, a dweud celwydd. Rwyt ti wedi gwenwyno meddyliau pobl yn rhy hir,' meddai Angharad. Wrth iddi siarad, roedd hi wedi gwasgu botwm o dan y bwrdd i alw am gymorth pedwar aelod o'i gwasanaeth diogelwch, oedd erbyn hyn yn sefyll ger drws yr ystafell.

'Fe fyddi di'n edifar am hyn,' ysgyrnygodd Dafydd wrth iddo gael ei amgylchynu gan blismyn.

'Gwnewch yn siŵr ei fod yn gadael yr adeilad ac nad yw'n dychwelyd, os gwelwch yn dda,' meddai Angharad wrth y swyddogion diogelwch.

Bu tawelwch yn yr ystafell am gyfnod ar ôl i Dafydd Rogan gael ei dywys oddi yno. Yna, pesychodd Cynan McClare yn dawel.

'Rwy wedi bod yn meddwl,' meddai. Griddfanodd y gweddill. 'Does dim rhaid inni ddweud celwydd. Mae ganddon ni adnoddau sy'n cael eu trosglwyddo i Loegr yn ddi-dâl ar hyn o bryd. Adnoddau y dylai Lloegr dalu amdanynt,' ychwanegodd.

'Ymhelaetha, os gweli'n dda,' gofynnodd Angharad ap Hywel.

'Er nad oes yma ffynhonnell o olew, mae Cymru'n berchen ar ffynhonnell o danwydd, sef y nwy LPG sy'n cyrraedd porthladd Aberdaugleddau, ac sy'n cael ei gludo gan bibell danddaearol o Sir Benfro, trwy Sir Gâr a Phowys, i Loegr.

'Ond Llywodraeth Lloegr sy biau'r tanwydd hwnnw,' meddai Beca Booth.

'... *oedd* biau'r tanwydd – falle ddylen nhw dalu i ni am adael i'r tanwydd gael ei gludo ar draws Gymru,' awgrymodd Cynan.

'Falle mai nhw sydd biau'r tanwydd LPG. Ond ni sydd biau'r tap,' ategodd Beca, gan wenu.

'... yr un fath â'r dŵr sy'n mynd o lynnoedd Celyn a Chlywedog, a chronfeydd dŵr Dyffryn Elan, i Lerpwl a Birmingham. Nhw sy'n berchen y dŵr ... ond ni sydd biau'r tap,' ychwanegodd Cynan.

'Rwy'n cytuno,' meddai Angharad ap Hywel gan godi ar ei thraed. 'Mae'n rhaid inni wladoli adnoddau dŵr Cymru a'r porthladdoedd olew, a mynnu bod Lloegr yn talu arian teg am y tanwydd LPG a'r dŵr sy'n cael ei gludo drwy Gymru. O hyn ymlaen, ni fydd biau'r adnoddau a'r tap,' ychwanegodd.

'Mewn llawenydd fe dynnwch ddŵr o ffynhonnau iachawdwriaeth,' meddai Wil, gan edrych tua'r nen.

'Wyt ti'n meddwl y bydd y bobl yn derbyn hyn?' gofynnodd Cynan i Angharad.

'Ydw. Wedi'r cyfan, dim ond cymryd y dŵr yn ôl ydyn ni. Does neb wedi anghofio beth ddigwyddodd yn Nhryweryn a Chapel Celyn.'

Awr yn ddiweddarach, roedd Angharad ap Hywel a Dee John yn wynebu'i gilydd ar Skype ac yn trafod telerau newydd ysgariad Cymru a Lloegr.

'Cyn inni ddod â'r briodas i ben, Dee, rwy am eich hysbysu o'n hawliau, sy'n ymestyn yn ôl i oes Hywel Dda,' meddai Angharad ap Hywel. 'Galwch e'n gytundeb ôl-briodasol, os mynnwch chi,' ychwanegodd. Syrthiodd wyneb Dee John yn araf wrth i Brif Weinidog Cymru esbonio cynlluniau gwladoli Llywodraeth ei gwlad.

'Rwy'n credu y dylen ni gadw hyn rhyngddon ni'n dwy am y tro. Rwy'n siŵr bod 'na ffordd arall ...' awgrymodd Dee John yn ansicr, cyn i Angharad ap Hywel dorri ar ei thraws.

'Mae'n rhy hwyr. Mae rhywun eisoes wedi rhyddhau'r wybodaeth i'r wasg,' meddai.

Wedi i'r sgwrs ddod i ben, gwyliodd Angharad *Newyddion Naw* ar SkyBBC, oedd yn cael ei gyflwyno gan Llewelyn Llwyd. Cafodd y newyddiadurwr ei ryddhau o'r ysbyty dair awr ynghynt am mai mân anafiadau yn unig a gafodd yn dilyn ymosodiad y terfysgwyr ar stiwdio SkyBBC ddeuddydd ynghynt.

'Rwy'n deall eich bod wedi derbyn newyddion syfrdanol yn ystod y munudau diwethaf,' meddai Llewelyn Llwyd, gan fethu â throi i wynebu Gwilym ap Dafydd am ei fod yn gwisgo coler-gwddf.

Roedd Angharad ap Hywel wedi hysbysu Gwilym ap Dafydd o'r newyddion hanner awr ynghynt.

'Newyddion da i Lywodraeth Cymru. Mae SkyBBC ar ddeall fod y Llywodraeth yn bwriadu gwladoli a datgyfalafu adnoddau Cymru,' meddai Gwilym ap Dafydd, cyn esbonio goblygiadau ariannol y weithred i ddyfodol Cymru. 'Ac ar fater llai pwysig ... mae pennaeth cysylltiadau cyhoeddus y Llywodraeth wedi ymddiswyddo am ei fod yn teimlo ei fod wedi cyflawni ei waith dros Gymru,' ychwanegodd.

Ddeng munud yn ddiweddarach canodd ffôn Angharad ap Hywel. Ar ben arall y ffôn roedd arweinydd Cyngor Gwynedd.

Esboniodd hwnnw'n blwmp ac yn blaen wrth Brif Weinidog Cymru fod Llyn Celyn yn rhan o diriogaeth Gwynedd, a byddai'r sir honno'n disgwyl ad-daliad teg gan Lywodraeth Lloegr am ddefnyddio dŵr pobl Gwynedd.

'Os na fydd yr ad-daliad yn ddigonol, Angharad, mi fydd yn rhaid i bobl Gwynedd ystyried cynnal refferendwm i adael Cymru a chreu Gwynedd Rydd,' meddai.

'Ry'ch chi'n swnio'n hyderus iawn,' meddai Angharad.

'Wel, mae gynnon ni rywun sy'n fodlon cydlynu'r ymgyrch. Dafydd Rogan.'

Diffoddodd Angharad ap Hywel y ffôn heb ddweud gair arall.

Mae hi wedi bod yn wythnos hir, ddyddiadur ffyddlon. Ry'n ni wedi gorchfygu'r bygythiad allanol i Gymru. Ry'n ni wedi gwneud y gorau o'r gwaethaf, sef colli'r chwe sir yn y de ddwyrain. Ond dyna fu hanes ein cenedl erioed. Ymladd i oroesi ac aros ... aros am gyfle i adennill y tiroedd coll. Ond mae'r hen broblem arall yn dal i fodoli, sef ein hawydd i frwydro yn erbyn ein gilydd yn hytrach na chydweithio. Ond fel'na mae'r rhod yn troi. Ymladd am eu hoedl y bu'r Cymry o'r cychwyn.

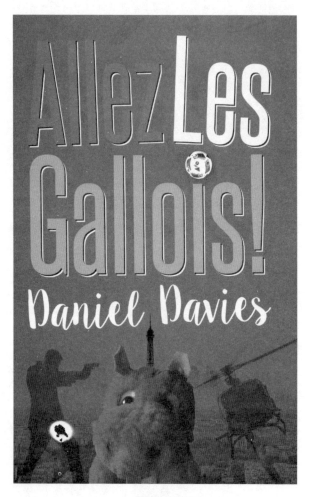

'Clyfar'
'Pièce de résistence'
'Prynwch o!'

Adolygiadau criw *Ar y Marc*, Radio Cymru o
Allez Les Gallois gan Daniel Davies

Ar gael o www.carreg-gwalch.cymru

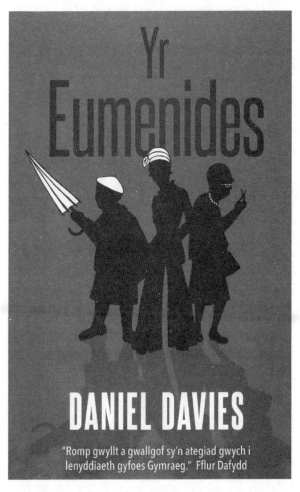

Yr Eumenides

DANIEL DAVIES

"Romp gwyllt a gwallgof sy'n ategiad gwych i lenyddiaeth gyfoes Gymraeg." Fflur Dafydd

'Nid wyf yn credu i mi chwerthin cymaint wrth ddarllen nofel Gymraeg ers tro.'

Gareth F. Williams

Ar gael o www.carreg-gwalch.cymru